DE LA VEGA
é uma série spin-off do livro Namorado Por Acaso

ENIGMA

SEDUZIDO POR *Acaso*

DE LA VEGA - Livro 3

ALINE SANT'ANA

Este livro é um trabalho de ficção. Todos os nomes, personagens, locais e incidentes são produtos da imaginação das autoras. Qualquer semelhança com pessoas reais, coisas, vivas ou mortas, locais ou eventos é mera coincidência.

1ª Edição 2023.

Produção Editorial: Editora Charme
Capa e diagramação: Verônica Góes
Imagens: Adobe Stock e Freepik
Preparação de texto: Andresa Vidal
Revisão: Equipe Charme

CIP-BRASIL. CATALOGAÇÃO NA PUBLICAÇÃO
SINDICATO NACIONAL DOS EDITORES DE LIVROS, RJ

S223s

Sant'ana, Aline
Seduzido por acaso / Aline Sant'ana. - 1. ed. - Campinas [SP] : Charme, 2023.
272 p. ; 22 cm. (De La Vega ; 3)

ISBN 978-65-5933-135-2

1. Romance brasileiro. I. Título. II. Série.

CDD: 869.3
23-85510 CDU: 82-31(81)

Meri Gleice Rodrigues de Souza - Bibliotecária - CRB-7/6439

loja.editoracharme.com.br
www.editoracharme.com.br

Editora Charme

DE LA VEGA
é uma série spin-off do
livro Namorado Por Acaso

ENIGMA

SEDUZIDO POR Acaso

DE LA VEGA - Livro 3

ALINE SANT'ANA

NOTA DA AUTORA

Rhuan De La Vega causou uma expectativa imensa. Os leitores que o acompanharam nos outros livros da série o conheceram através do ponto de vista dos outros personagens como um homem centrado, ciente das emoções e muito responsável afetivamente. Inclusive, Rhuan se autodenomina um homem mestre em autoconhecimento e que possui as ferramentas perfeitas para driblar as emoções.

Mas será que isso é possível?

Psicólogos são cuidadores da mente, e todo cuidador precisa de cuidado.

Ele é um homem que carrega feridas que vocês, leitores, vão conhecer durante a história, e que precisa de uma perspectiva nova na vida para sair da zona de conforto que criou para si mesmo.

Então, não esperem um príncipe encantado em um cavalo branco. Esperem um homem real.

Esperem falhas, erros e acertos. Esperem um personagem que vai se transformar na frente dos olhos de vocês e que vai crescer, amadurecer e entender que a vida não é previsível.

Psicólogos são humanos, sentem, também têm emoções conflitantes, questões internas e seus próprios mecanismos de defesa.

Com isso em mente, abram este livro cientes de que é uma história humana, nua e crua.

Como o Rhuan.

E entendam que a autodescoberta é um processo constante, mesmo para quem trabalha com a mente, as emoções e a saúde mental.

Para fechar essa nota, leitor, um pedido: promete que vai se cuidar? Cuidar do seu coração, da sua mente e sair da sua zona de conforto para viver o que te faz feliz?

Você é importante para mim, tá?

Com amor,

Aline

PARTE I

Capítulo 01

Estou pronto para ir
a lugares que eu não pertenço.
Andrew Lambrou — Confidence

Nicki

Então é isso o que as pessoas fazem depois que se divorciam? Elas vão a lugares públicos, abrem aplicativos de namoro e tentam achar algum ser humano que aceite sexo sem compromisso?

Droga, eu me sentia exausta.

Olhei as mensagens que eu tinha recebido.

> ***Bernat:*** *Nicki, vi seu perfil. Você é tão bonita, tão nova. Perdoe a minha curiosidade, mas como assim você já foi casada?*

Como eu fui casada? Casando, ué. Bloqueado.

> ***Guillermo:*** *Quer ir pra minha casa esta noite? Vinho, chocolate, filme. Eu e você?*

Para quê? Bloqueado.

> ***Ander:*** *Você gosta de música clássica? Podemos ir à ópera.*

Incrível, eu iria, mas não quero. Bloqueado.

Os dois últimos pareciam ser caras legais para quem estava buscando um relacionamento sério. Não era isso o que eu queria e estava escrito de forma bem explícita no meu perfil. Depois de me divorciar, tudo o que eu precisava era aproveitar a vida e conhecer pessoas novas. Não estava pronta para um relacionamento estável. E tudo bem.

Já estava na hora da sociedade normalizar isso.

Antes que pensem que é o meu trauma falando e não eu, o meu ex-marido ainda é o meu melhor amigo. Hoje ele mora na Colômbia com sua linda namorada; partiu meses depois de resolvermos a papelada. Eu estava feliz por Rafael, nosso amor havia acabado anos antes de assinarmos o divórcio. É provável que tenha acabado antes mesmo de chegarmos ao altar. E agora...

Dio mio, eu estava livre.

Angél: *Vi que você está interessada em um lance sem compromisso. O que acha de eu te buscar esta noite para nos divertirmos um pouco? Posso levá-la a uma boate, nada complicado. Se gostar de mim, seguimos adiante. Se não, eu te deixo em casa.*

Isso, Angél!

Fui no perfil dele. Passei por tantos rostos que tinha me esquecido de como ele era. Tínhamos dado *match*, mas não havíamos conversado, e eu gostei da atitude. Curta e direta; o tipo de pessoa que não me faria perder tempo.

Angél, trinta e poucos anos e de Madrid. Ele era lindo. Não, lindo seria um adjetivo pobre. Acho que nunca vi um homem tão espetacular, nem quando eu tinha minha agência de modelos. Cabelo castanho, curto nas laterais e cheio em cima, olhos verdes, barba por fazer e muitas tatuagens. O maxilar quadrado era definido, e a boca tinha lábios tão desejáveis. Seu corpo era inacreditável e musculoso, mas não a ponto de ser confundido com um *body builder*. Angél era alto, sexy e tinha uma carinha de não-se-envolva-comigo.

É de um desse que eu preciso.

Eu: *Parece bom, mas prefiro ir até você.*

Angél: *Oito da noite?*

Eu: *Nove.*

Angél: *Ok, te envio a localização em algumas horas.*

Eu: *Perfeito, obrigada.*

Parecia uma negociação? Parecia. Mas devia ser quase isso.

Ergui o queixo quando o garçom se aproximou.

— A senhora aceita mais uma taça de champanhe?

— Sim, obrigada.

O garçom se afastou e os meus olhos pairaram em um homem. Ele estava sentado a duas mesas da minha. Seu braço estava no encosto de outra cadeira, agindo como se fosse dono do lugar. Com um sorriso sacana no rosto, apenas um canto do lábio erguido, vendo graça em algo que acontecia na tela do seu telefone. Franzi a testa enquanto percorria os olhos por ele. Vestia uma camisa vermelha da Lacoste e seus braços tatuados pareciam familiares.

Abri o aplicativo e analisei as fotos de Angél.

Olhei para frente.

Definitivamente, aquelas eram as *mesmas* tatuagens.

Meu estômago fez um movimento estranho quando o vi umedecer os lábios. Angél estava sozinho. E ali. Bem perto de mim.

Era ele, certo?

Conferi pela terceira vez.

Sim, era.

Fiquei um pouco impressionada por Angél ser ainda *maior* pessoalmente. A camisa justa parecia esmagar seus músculos, e havia um traço de sarcasmo naqueles lábios que fez meu estômago gelar. Senti a atração percorrer minhas veias e fiquei sem fôlego no segundo em que Angél sentiu que estava sendo observado, erguendo o queixo, fixando os olhos verdes em mim.

A taça de champanhe foi servida e eu devo ter agradecido.

Sério, um homem bonito assim deveria irritar os deuses.

Eu tinha que ir lá falar com ele, certo? Será que me reconheceu?

Seus olhos sorriram, acompanhando seus lábios. Angél pareceu surpreso por um segundo, então ergueu seu copo com a dose de alguma bebida amadeirada e deu uma piscadinha para mim.

Eu me levantei, coloquei a bolsa no ombro, peguei a taça de champanhe, meu celular e fui até ele.

O pequeno vislumbre de surpresa se tornou curiosidade quando puxei a cadeira e me sentei a sua frente.

— Acho que é mais fácil conversarmos aqui do que pela internet. Sou a Nicki, estava falando com você pelo aplicativo. — Deixei o celular e a bebida sobre a mesa, e estendi a mão.

Angél ergueu apenas uma sobrancelha. Devagar, apoiou seu drinque sobre a toalha de mesa elegante, com movimentos calculados, e ergueu aqueles olhos claros para mim. Eram verdes mesmo, mas tinham um fundo acinzentado. O tipo de olhar que faria uma mulher esquecer seu próprio nome. Não apenas pela cor, mas pelo formato. Enigmáticos, capazes de ler mais do que você está disposta a permitir. Seus cílios eram tão escuros e espessos, curvados, e foi quando eles desceram e subiram que percebi que havia alguma coisa errada.

Abaixei a mão.

— Aplicativo? — falou pausadamente, e pela visão periférica, vi que seu dedo indicador começou a traçar a lateral do copo, subindo e descendo, brincando com as gotas que se formavam pelo gelo que derretia.

Que voz é essa?

— Sim. — Fiquei confusa. Por causa da pergunta, por ele, por aquele indicador subindo e descendo, por sua voz ser ainda mais rouca do que eu esperava. Por Angél não ter apertado minha mão. — Aplicativo.

— Sobre o que estávamos conversando? — Ele abriu um sorriso divertido.

Percebi que sua voz estava calma, como se ele estivesse lidando com uma situação de alto risco e não ficasse nem um pouco nervoso com isso.

O que estava acontecendo?

Entreabri os lábios.

— Sobre irmos a uma boate esta noite.

Seus ombros ficaram tensos sob a camisa vermelha. Mas ele manteve o sorriso, o olhar fixo no meu, sem desviar, sem alterar sua expressão.

— Eu não estava conversando com você.

Mostrei a tela do celular para ele, meu coração quase saindo pela boca.

— Não é você? — Ouvi minha própria voz sair trêmula.

— Sou, mas não me chamo *Angél*. — Fez uma pausa, como se estivesse pensando no que dizer. Então, franziu o cenho. — Estão usando as minhas fotos.

— Ah.

Merda.

Congelei por alguns minutos até entender que eu ia sair com um maldito *fake*. Quando percebi e entendi o que estava acontecendo, quando consegui pensar, tirei capturas de tela de todas as fotos, do perfil, denunciei o Angél na própria plataforma e desinstalei o aplicativo, meu coração retumbando.

— Sinto muito. Desculpe tomar o seu tempo. Vou para a minha mesa — falei, apressada.

— Não. — Ele me estendeu o copo d'água que já estava ali, intocado, e seus olhos perderam o sarcasmo e a diversão. — Beba isso.

— Eu estou bem.

— Não está.

Tomei um gole d'água e respirei fundo.

— Você está certo, não estou. E se eu tivesse saído com esse cara?

Ele parou e me observou com cautela, inclinando o rosto para a direita, acompanhando as linhas do meu rosto e me... *analisando*?

— Mas não saiu. — A voz rouca e grave soou tão devagar, arrastando aquelas três palavras, como se pertencessem a uma longa frase, ainda que não fossem.

Era como se ele estivesse tentando me tirar do pânico.

— Se eu não tivesse te encontrado, talvez...

— Mas encontrou.

— Tive sorte.

— Pensar em tudo o que poderia ter dado errado caso tivesse saído com esse homem não é uma boa alternativa. Vou entender se quiser explorar esses cenários, mas não acho que precise. — A voz tranquila estava lá. Rouca, tão rouca, que fez os pelos da minha nuca se arrepiarem. — Agora, o que tem que fazer é entender que não saiu. Que está aqui, segura, nesse restaurante. Olhe ao redor.

Obedeci. Analisando, no meu ritmo, as cortinas elegantes, as mesas longe umas das outras, as conversas baixinhas e o movimento dos funcionários. Tomei o meu tempo observando a pianista, na qual eu sequer tinha reparado desde que chegara. A maneira como seus dedos deslizavam nas teclas, sua concentração e o vestido cor-de-rosa delicado.

Foi quando voltei os olhos para o desconhecido, que sorriu.

— Alguns acasos são escritos pelo destino — garantiu, mas pareceu uma promessa muito antiga.

Sua voz realmente me acalmava e ele fez questão de mantê-la assim, tranquila. De manter seus olhos nos meus. Mas quando finalizei o copo d'água, seu olhar quente desceu pelo meu pescoço pela primeira vez, e entre os meus seios, me fazendo lembrar do quanto me senti atraída por ele à primeira vista.

Atraída por um homem do qual não sabia nem o nome.

Umedeci os lábios, apoiei o copo vazio na mesa e respirei fundo.

— Está mais calma?

Assenti.

— Eu não uso aplicativos de namoro — finalizou.

Claro. Por que um homem como *ele* precisaria de algo assim para transar? Era só estalar os dedos. Não, era só... *existir.*

— Sim, estou bem. Obrigada. Os aplicativos são práticos. Mas não tão confiáveis, aparentemente. Não levei em consideração que algumas pessoas poderiam usar fotos de outras. Não se preocupe, eu denunciei o perfil.

— Ótimo. — Sua voz permaneceu naquele timbre inalterável, e seus olhos passearam por mim.

Mas, aparentemente, a viagem dos seus olhos encontrou um destino final: meus lábios. Então, me surpreendeu quando soltou uma risada um pouco incrédula, e parou de rir quando ponderou o que ia dizer.

— Sabe, Verónica Castelli, achei que você sabia quem eu era.

Espera.

— Mas, pelo visto, você não faz ideia. — Voltou a sorrir, acomodou-se melhor na cadeira e passou a mão no cabelo denso e castanho.

Droga, ele me conhecia. Realmente me conhecia.

Ninguém me chamava de Verónica, nem os meus pais. Há anos, eu era apenas Nicki, o apelido que me deram na adolescência. Senti algo agarrar a boca do meu estômago e dar um nó.

— Eu... não... como você sabe o meu nome? — Meu coração acelerou, como um alerta para sair correndo dali.

Ele riu.

— Rafael foi meu sócio. Na verdade, parte sócio e parte investidor do clube Enigma. Ele não tinha tempo para a sociedade, então chegou um momento em que apenas investiu dinheiro. Achei que Rafael pelo menos tivesse mostrado alguma foto minha, já que nunca tive a oportunidade de te conhecer pessoalmente. É interessante como nossos destinos ainda não tinham se cruzado.

Ele sorriu. Sua voz era tão, tão calma...

— Rhuan De La Vega — ele disse, e só então estendeu a mão para mim.

De La Vega... Ai, puta merda!

Meu ex tinha vários investimentos pelo país e o clube Enigma, com o De La Vega, era um deles. Eu me lembro de Rafael ter me contado com empolgação sobre reencontrá-lo, que era amigo de um amigo, e os dois terem conversado sobre o clube. Ambos se apaixonaram pela ideia. Mas a verdade é que eu não conhecia todos os negócios do meu ex, até porque eu tinha uma agência de modelos, que consumia o meu tempo.

Mas, claro, ouvi algumas histórias.

Psicólogo renomado, atende as pessoas mais ricas da Espanha, mestre em relacionamentos afetivos, como também cuida de corações partidos. Rhuan tinha uma vida durante o dia; ele era um terapeuta exemplar. À noite, administrava o clube.

— Eu nunca imaginei um rosto para você — confessei, pegando sua mão. Era quente, embora a ponta dos dedos estivesse fria por causa da temperatura do copo. O aperto foi firme.

— Que bom... então nem vai precisar imaginar. — Ele se inclinou na mesa assim que quebramos o contato, como se fosse compartilhar um segredo comigo. — Fomos devidamente apresentados e eu vou te dar um conselho. Não procure homens em aplicativos, procure pessoalmente.

— Não quero um relacionamento.

Um vinco se formou entre suas sobrancelhas, então ele abriu um sorriso preguiçoso.

— Você não precisa querer.

Fiquei alguns segundos hipnotizada por seus olhos verdes.

— Rhuan De La Vega.

— Verónica Castelli.

— Foi um prazer conhecê-lo — arrematei, porque não havia razão alguma para eu permanecer ali.

Ele abriu um sorriso enigmático.

— Prazer é algo muito mais profundo do que isso. Mas, sim, foi bom vê-la ao vivo, e não apenas através de uma foto ou de algumas manchetes de revista.

Ah, ele sabia da minha agência de modelos. Ele me conhecia. Eu não era famosa ou algo do tipo, mas tive sucesso com a agência o suficiente para vendê-la para uma empresa internacional quando chegou o momento. Eu amava meu trabalho, mas agora não fazia mais sentido. Vender foi a melhor coisa que fiz, financeira e psicologicamente falando.

— Desculpe pelo mal-entendido.

— Há mal-entendidos piores do que esse. — Rhuan riu suavemente.

— Acho que eu deveria ir para casa.

Ele concordou. E, surpreendentemente, foi um cavalheiro quando se levantou e puxou minha cadeira. Sua mão se conectou à minha por apenas um segundo, ajudando-me a levantar. Foram dois toques nesse homem em apenas uma interação boba e desimportante, mas por que pareceu... *mais*?

— Boa noite, Verónica.

— Pode me chamar de Nicki.

Ele inclinou a cabeça para o lado.

— Gosto de Verónica porque dura mais tempo na língua. Nicki é doce, também combina com você.

— Você está falando isso por educação?

— Pareceu um insulto?

— Não, pensei que estivesse decidindo qual nome usaria quando eu estivesse na cama com você. Eu não negaria, se me pedisse — falei, sincera.

Sua gargalhada me arrepiou.

— De todas as coisas que poderia me dizer, eu não esperava isso.

— Não gosto de perder tempo.

— Nem eu. Mas não posso.

— Quem perde é você.

Ele gargalhou de novo.

— Não duvido disso nem por um segundo.

Rhuan De La Vega parecia o tipo de homem que ninguém deveria se envolver. O meu tipo de homem. O tipo que ninguém ousaria tocar, além de mim.

Talvez eu devesse...

Não, péssima ideia. Esse seria meu primeiro e último encontro com ele. Nunca mais o veria, com toda certeza.

— *Ciao*, Rhuan.

Ele pareceu relutante em me deixar ir.

O magnetismo era algo com que eu estava acostumada a lidar. O problema é que ele parecia ir bem além disso. Magnetismo parecia algo até singelo, se comparado a um homem que parece brincar entre tempestades.

Mas, como eu disse, nunca mais o veria.

Pelo menos eu havia tentado, certo?

Ninguém me culparia por tentar.

Capítulo 02

Eu sei que somos estranhos neste momento.

Daecolm feat. Marc Benjamin — With Me

Rhuan

Encerrei a videochamada com meus primos, ainda no restaurante e sozinho depois do mal-entendido com a ex-esposa do meu investidor.

Enfim, estava feliz pra *carajo* por Esteban ter saído daquele padrão de comportamento com Laura e ter ouvido suas emoções. No fundo, eu sentia que todos os meus primos encontrariam seu destino; eram românticos. Eu me via como o oposto disso tudo. Não que eu evitasse as emoções. Como psicólogo, sei reconhecer que elas existem e que são importantes. E como um psicólogo que faz terapia, ainda mais. Mas cheguei a uma etapa de autoconhecimento em que não me deixo levar por paixões avassaladoras. Eu sei driblar o coração como nenhum outro De La Vega é capaz.

Se isso me torna o único homem solteiro da família, *mierda*, que seja. Estava acostumado com os apelidos malucos e a cobrança constante da minha mãe para eu me casar.

Isso não ia acontecer.

— Traga a conta para mim, por favor — pedi ao garçom e ele se afastou, enquanto eu passava as mãos pelo cabelo.

Verónica Castelli. Sim, ela era gostosa, mas fazer algo imprudente como dormir com ela, como brinquei com o Esteban? Não, eu não iria tão longe.

Mesmo que ela tivesse me convidado para isso.

Carajo, tão direta.

Ela tinha feito seu nome em Madrid quando fechou contratos internacionais através de sua agência de modelos e ganhou em apenas cinco anos o dinheiro que as pessoas levam de trinta a quarenta anos para conseguir. Acompanhei à distância o sucesso dela, através de Rafael, e do quanto ele se orgulhava da esposa. Não nos encontrávamos todas as vezes, mas sempre que fazíamos, Rafael me dizia o quanto Nicki era inteligente e criativa. Além de ter feito o investimento do século ao tornar a agência um sucesso e depois vendê-la.

Interessante como parecemos ouvir um do outro e saber da existência um do outro, mas sem nos aprofundarmos, nos conhecermos ou termos tido a chance de nos encontrarmos. Ainda mais interessante do que isso era o que a imprensa e seu ex-marido jamais me contariam.

Em uma breve conversa, percebi que era muito decidida e, ao mesmo tempo, muito indecifrável, porque sua expressão não mudou quando disse que passaria a noite comigo. Não era comum alguém ser tão óbvio. Mas o que me surpreendeu mesmo foi o seu rosto e sua linguagem corporal, como se estivesse falando sobre um assunto corriqueiro, como a mudança do clima. Havia um sotaque na sua voz, espanhol não era o seu primeiro idioma, e fazia sentido seu sobrenome ser Castelli. Ela era italiana ou uma mistura de Itália e Espanha que havia dado muito certo.

Seus cabelos eram loiros, lisos e tão compridos que batiam na bunda. Seus olhos eram como o tempo nublado, nem azuis nem verdes, apenas... como nuvens se preparando para a chuva. Os traços eram delicados, desde o queixo pequeno aos lábios suaves e rosados. Não entendia como alguém com uma aparência tão doce poderia ser tão altiva.

Mas é como dizem: não julgue um livro pela capa.

Então havia o seu corpo, que era tão delicioso quanto uma pera. Seios grandes, cintura estreita e quadris largos o suficiente para um homem morder. Eu beijaria aquela *mujer* e a faria gozar na minha boca só para ver se sua boceta ficaria tão vermelha quanto as maçãs do seu rosto.

Mas, não. Eu não faço isso.

Apenas profissionais do sexo dividem a cama comigo, e essa era minha regra número um, que me permitia não me envolver emocionalmente e também não ser irresponsável e iludir mulheres que esperam um segundo encontro.

Eu jamais partiria o coração de alguém, de forma deliberada ou não.

Para não haver dúvidas, me relacionar sexualmente com pessoas que não esperavam nada além do meu dinheiro era o tipo de envolvimento que eu podia oferecer.

Verónica Castelli não se encaixava nas minhas regras.

Mas, sim. Ela era a *mujer* mais bonita que eu já tinha visto. E isso era um fato, não baseado em emoção.

Saí do restaurante e fui direto até o carro, pensando em dirigir até o Enigma, mas meu celular tocou antes que eu pudesse dar partida e sair do estacionamento; era uma das minhas pacientes. Assim que a ouvi do outro lado, percebi que ela estava chorando de forma dolorosa.

Estava lutando para sair de uma dependência emocional, então havia recaídas e momentos difíceis. Eu sabia que deveria me ater apenas a atendimentos no consultório, mas algumas situações pediam uma intervenção de emergência. E se meus pacientes precisavam, eu fazia o mundo girar ao contrário para atendê-los.

Sim, acolhia corações partidos e ajudava no direcionamento das pessoas nessa jornada até o amor-próprio. Mas o que ressoava comigo era tratar o aqui e agora, por isso escolhi a abordagem da Gestalt, porque era capaz de ajudar o paciente a se concentrar no presente, levando em consideração sua história e seu protagonismo.

— Rhuan, ele me ligou, me mandou várias mensagens. Kevin me ama? Ele quer voltar? Eu estou morrendo sem ele. Não sei o que fazer... Eu quero ligar de volta, mas resolvi ligar para você.

— Pilar, você fez uma ótima escolha. Quer conversar sobre como está se sentindo?

— Não consegui ler as mensagens que ele me mandou. Estou com medo de ser algo ruim. Eu quero que seja algo bom.

Ansiedade. Eu precisava anotar que Pilar estava começando a apresentar sintomas de ansiedade relacionados à dependência emocional.

— O que seria bom e o que seria ruim neste momento? — falei, devagar.

— O bom seria ele voltar para mim, o ruim seria ele terminar tudo. O meu mundo acabaria, Rhuan. *Ay*, eu o amo tanto.

— Você já está passando pelo término, Pilar. Você já está vivendo isso.

Ela fez uma pausa.

— Estou?

— Qual é a pior coisa que poderia acontecer entre você e Kevin?

— O término — ela choramingou.

— E já está acontecendo. O seu mundo não ruiu. Você está aqui e agora.

Ela fungou do outro lado.

— Meu medo é irracional. Eu sei que é. Mas estou apavorada.

— Você tem opções, Pilar. Quer me falar quais são elas?

— Olhar as mensagens e responder, olhar as mensagens e não responder ou apagar e fingir que nada aconteceu. — Ela chorou mais um pouco, mas sua voz estava mais calma.

— Entre essas opções que me listou, precisa respirar fundo e pensar qual delas soa melhor para você, para o seu bem-estar. Lembra? Você está no controle.

— Você vai me culpar se eu ligar para o Kevin?

— Meu papel não é esse. Nunca vai ser. Jamais vou te culpar ou julgar. Estamos em um espaço seguro, livre de qualquer opinião externa. Qualquer que seja a sua decisão, eu estarei amanhã no consultório com você e nós vamos lidar com o que quer que aconteça. Você só precisa deixar as emoções virem e, então, quando se sentir pronta, ser honesta a respeito de qual decisão vai tomar. O que quer fazer neste momento?

— Me afastar do telefone para conseguir pensar com clareza. Se eu ficar perto do celular, vou responder. E talvez eu me arrependa.

— Ótimo, ótimo. Você acha que pode fazer alguma atividade agora que tiramos a sua mente um pouco desse questionamento constante?

— Talvez eu vá correr no parque.

— Parece bom. A noite está agradável.

Pilar respirou fundo e parou de chorar.

— Eu vou conseguir, Rhuan.

— Um passo de cada vez, lembra?

— Um passo de cada vez para mais perto de mim — ela sussurrou.

A dependência emocional sabe ser cruel. Vem com o amor, mas, na verdade, são vários fatores, incluindo a desconexão com o amor-próprio, o acúmulo de inseguranças, a baixa autoestima. É assustador o suficiente para não se enxergar sem a pessoa. *Mierda*, não consigo concordar com a romantização da doação para o outro; nós precisamos ter um relacionamento saudável com nós mesmos para conseguirmos dividir a vida com outra pessoa.

— Vou desligar agora — Pilar disse, depois de alguns minutos em silêncio. — Obrigada, Rhuan. Não existe uma pessoa nesse mundo que me entenda como você.

— É o meu trabalho te acolher.

— Eu te vejo amanhã, certo?

Respirei fundo.

— Certo, te vejo amanhã. Boa noite, Pilar. — Desliguei.

Emoções são incríveis de serem vividas. Mas não é fácil gostar de alguém sem se perder no processo, quando deixa de viver para si e passa a viver em função do outro.

Liguei o carro e dirigi direto para o Enigma, dando um tempo para mim mesmo, para desligar minha cabeça do trabalho. Era difícil não levar essas coisas para casa e, por isso, eu fazia terapia. Na verdade, é orientado desde a faculdade que nós terapeutas façamos isso, afinal, também somos seres humanos. Mas meu terapeuta estava fazendo um curso nos Estados Unidos e só voltaria em alguns meses. Então o clube era um dos meus refúgios. Era também um ambiente de alto luxo que agora era administrado apenas por mim, embora ainda contasse com o investimento de Rafael.

O clube, localizado nas ruas mais movimentadas de Madrid, funcionava como um bar, mas não só isso. Havia homens e mulheres, dançarinos profissionais, tirando suas roupas depois da meia-noite. O clube de strip-tease tinha como público-alvo as pessoas da alta sociedade espanhola. Eu ficava apenas nos bastidores, e poucas pessoas sabiam que eu era o dono, afinal, isso poderia manchar minha reputação como psicólogo.

Não que alguém fosse se importar de verdade, mas a sociedade é mais conservadora do que eu gostaria de admitir.

Olhei para o relógio.

Hora do show.

Capítulo 03

As coisas que eu faço, garoto, você nunca poderia...

Felix Jaehn feat. Zoe Wees — Do It Better

Nicki

Havia uma chamada perdida de Rafael assim que cheguei em casa.

Muitas pessoas não entendiam como meu ex-marido era um grande amigo, mas a verdade é que Rafael e eu nos conhecíamos desde os quinze anos, nossos pais eram amigos e uma coisa levou a outra.

Parecia certo me casar com alguém como *ele*.

Tivemos um relacionamento prático, quase sem emoções, e vivemos bem, apesar de sermos completamente opostos. Rafael gostava de uma vida confortável, e acho que mudar de país e ficar com Selena foi a coisa mais ousada que ele já fez na vida. E eu? Bem, era direta ao ponto, gostava de sair da zona de conforto e saltar para o desconhecido.

Mesmo Rafael sendo meu amigo, eu não conseguia mais me ver presa à instituição do casamento.

Esse divórcio foi a melhor coisa que poderíamos ter feito um pelo outro.

Terminamos tudo quando ele se apaixonou por outra pessoa, e eu sabia que Rafa queria viver com Selena o relacionamento romântico dos sonhos dele. Eu não conseguia me enxergar me apaixonando por alguém, nem pelo meu próprio marido, quanto mais por qualquer outra pessoa, e no fundo eu sabia que Rafael sempre buscou isso.

Eu sempre amei o Rafa de um jeito confortável, como amamos um amigo querido. Quando se deseja a felicidade do outro, mas não há paixão ou desejo sexual; é esse tipo de amor que temos.

Não esperava que todas as pessoas fossem capazes de entender, mas era como era.

— Rafa, você não faz ideia de quem encontrei — falei, depois de colocarmos um pouco da conversa em dia. Parecíamos duas velhas fofoqueiras.

Ele soltou uma risada do outro lado da ligação.

— Não consigo imaginar.

— Rhuan De La Vega.

Não podia vê-lo, mas sabia que Rafa estava sorrindo.

— Que ótimo. — Então, fez uma pausa. — Isso já facilita as coisas.

Franzi a testa.

— Facilita o *quê*?

Ouvi o som de Rafael se remexendo onde quer que ele estivesse sentado. Eu o conhecia há anos e sabia que, quando ele se movia assim, era porque ia me dizer algo que eu relutaria em aceitar.

— Nicki, você me conhece a vida inteira, certo?

— Sim.

— E sabe o quanto nosso divórcio foi injusto para mim.

Ele não estava falando do divórcio em si, mas do dinheiro que eu não quis aceitar. Eu tinha o suficiente para me bancar pelo resto da vida depois de ter vendido a agência. Nunca precisei de nada de Rafael, e ele sabia disso.

— Depende do ponto de vista. O seu dinheiro e os seus investimentos eram seus, a agência era minha.

— Eu assinei e concordei com isso meses atrás, mesmo relutando. Acho que a única vez que brigamos foi porque você não quis aceitar o dinheiro que ofereci.

— Rafael, isso nunca foi negociável.

— Pois é, mas e se eu disser que agora não é sobre aceitar o meu dinheiro? — Ele fez uma pausa. — Eu fiquei pensando, desde que me mudei. Nicki, você é altiva, criativa, empreendedora. Multiplicou o dinheiro na sua agência, mas, além disso, tem a alma nos negócios e entrega seu coração de uma forma que eu não consigo fazer. Você sabe o meu mecanismo, não é? Invisto e isso é tudo. Tenho um *feeling* para investimentos bons, mas não sou criativo para alavancar um negócio.

Revirei os olhos.

— Você sempre foi péssimo em enxergar seus empreendimentos com o coração.

Ele fez uma pausa.

— É por isso que vocês são perfeitos.

— Perfeitos para o quê?

— Vocês são iguais. Você não consegue ver isso porque ainda não o conhece.

Eu ri.

— Não pretendo encontrá-lo de novo.

Tá bom. Eu só me encontraria com Rhuan se ele aceitasse tirar minha roupa, mas eu não diria isso para o meu ex.

— Estou dizendo que você deveria se aproximar de Rhuan e conversar com ele. — Rafa riu. — Vocês seriam ótimos amigos ou...

— Ou o quê?

— Sócios. — Ele fez uma pausa até continuar: — Eu estaria disposto a te entregar toda a minha parte se você desse uma chance para o clube, Nicki. Isso não é sobre dinheiro, é sobre eu querer te ver feliz. Desde a venda da agência, você está procurando algo que faça o seu coração acelerar. — Ele respirou fundo. — Eu nunca consegui fazer você se apaixonar por mim, mas sei que o Enigma seria o tipo de coisa que faria o seu coração bater mais forte.

— Rafa... — Senti uma pontada no estômago.

— Eu só quero que você dê uma chance para o Rhuan.

— Por que não me disse isso antes?

— Porque tenho medo de você.

Gargalhei.

— Rafa, não sei se é uma boa ideia. Acabamos de nos conhecer! Você sabe se ele estaria disposto? Não posso te dar uma resposta sem ver os números, sem ver o empreendimento, sem conhecer o homem por trás do Enigma. Eu precisaria de um tempo.

— Não quero pressionar nenhum dos lados, só estou pedindo que você se aproxime dele e veja por si mesma. — Respirou fundo. — Há apenas alguma parte sua interessada em trabalhar em algo mais passional do que uma agência de modelos? Você sempre foi mais livre do que eu, Nick, e o

Enigma, porra, é o sinônimo de tudo o que você busca, mas talvez tenha que descobrir isso conversando com o Rhuan. — Então, Rafa exalou com calma. — Se você confiou em mim desde a adolescência, confie em mim agora sobre isso.

— Posso pensar?

— Sim, deve. Faça suas pesquisas, conheça-o, tome seu tempo. Quando tiver uma resposta, me fale e assinaremos a papelada, ou não... Mas estou feliz que você encontrou o Rhuan. Eu deveria ter apresentado vocês antes. Enfim, ele parece um pouco assustador, mas tem um coração gigante. Afinal, é psicólogo, e você sabe algumas histórias. Ele só parece...

Rafael não completou a frase.

— O quê?

— Um pouco perdido.

Como eu.

— Me diz que isso não é uma tentativa de presente de grego, Rafa.

Meu ex riu.

— Não é.

— Tudo bem, vou conversar com ele.

— É tudo o que estou pedindo.

Encontrar Rhuan nas redes sociais foi fácil, porque tínhamos Rafa como amigo em comum. Seu perfil era mais profissional do que eu esperava, completamente focado em sua carreira de psicólogo. Não tinha nenhuma informação sobre o Enigma, como se ele não misturasse suas vidas.

Ele tinha quase cem mil seguidores e era muito famoso, além de estar sempre com a agenda lotada. Eu sequer imaginava qual seria o preço de uma consulta com ele. E, de repente, a forma como falou comigo no restaurante... fez todo sentido.

Mas eu queria entender *quem* ele era.

Havia fotos dele vestido com roupa social e em seu consultório, além da agenda de horários para atendimento, algumas palestras antigas que ele deu pela Europa e pelos Estados Unidos. Rhuan parecia ainda mais imponente com um microfone próximo à boca, apontando para um telão.

Como podia ser tão bonito?

Também havia vídeos que indicavam que ele fazia lives com frequência nas redes sociais. Uma postagem chamou minha atenção: Rhuan explicando qual era a sua abordagem na psicologia e como ajudava os pacientes a se concentrarem no presente.

Rhuan debatia temas como amor-próprio, insegurança e dependência emocional. Ele parecia se concentrar no momento. Não apenas como pessoa, mas como profissional. Era como se vivesse todo dia como se fosse o último. Ainda assim, sua preocupação com os pacientes e a não romantização de certos comportamentos era o seu principal foco.

Ele lutava contra relacionamentos abusivos.

Um homem lutando para mostrar que o amor de verdade não fere quem você é.

Rhuan, quem é você?

"Eu posso gastar horas explicando tudo o que acontece fisicamente com vocês apenas pelo fato de serem humanos, ir além da psicologia e dos conceitos de Freud, Lacan, Sternberg e tantos outros. Posso citar os sete tipos de amor da psicanálise, mas não é por isso que estou aqui. Estou aqui para dizer que o amor não é vilão, nenhuma emoção é, desde que você saiba se conhecer o suficiente para que as avalanches emocionais não te levem para longe de si mesmo", ouvi-o dizer em um vídeo curto.

A única coisa pessoal que encontrei foi uma foto sua com alguns rapazes. Tinham traços semelhantes e a mesma pele bronzeada, todos assustadoramente bonitos, como se tivessem sido desenhados por um anjo apaixonado. Imaginei que fossem irmãos, mas a legenda denunciou que eram primos. Então ele escreveu sobre a importância de ter um pilar familiar e como os primos o ajudaram a ser o homem que ele era agora.

Ele havia marcado o Instagram de todos e fiquei curiosa para saber sobre cada um deles, mas decidi não ir tão longe. Não hoje. Diego e Hugo eram mais parecidos entre si, talvez fossem irmãos. Rhuan tinha os mesmos olhos verdes de Esteban, embora seu primo tivesse um semblante mais divertido e leve. Andrés parecia ser altivo e sério. Todos estavam sorrindo, mas eu podia ver que cada um tinha um diferencial.

Ponderei se eu deveria enviar uma mensagem, pedindo desculpas pela aproximação no restaurante, mas não me desculparia por ter dado em cima dele.

Enfim. *Talvez outro dia.*

— Por que Rafael disse que Rhuan era um pouco perdido? — perguntei a mim mesma em voz alta, olhando suas fotos, sua agenda lotada, seu cronograma de viagens. Não fazia ideia de como ele conseguia administrar a carreira de sucesso e um clube noturno.

Ele parecia tão seguro e estável profissionalmente, tão bem-resolvido.

É aquela coisa. As redes sociais não dizem tudo. Talvez houvesse mais sobre o Rhuan para descobrir.

Agora eu estava curiosa.

Estava colocando o celular para carregar e indo até o meu quarto quando a campainha tocou. Já era tarde da noite, e ninguém além de Katarina, uma das minhas amigas, aparecia tão tarde assim.

Vi pela câmera que era um entregador de encomendas.

Que estranho.

Abri a porta e assinei o recibo. Era uma caixa de chocolates com um laço azul em cima. Havia uma carta e uma letra masculina com o meu nome. Fechei a porta, e meu coração acelerou.

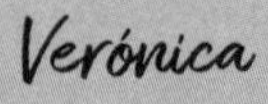

Senti um frio na barriga. A única pessoa que me chamou de Verónica...

Coloquei os bombons em cima da mesa de centro e abri a carta, minhas mãos mais agitadas do que eu esperava.

Verónica,

Você deve estar recebendo isso tarde da noite, me desculpe pelo horário. Depois que nos encontramos, vi uma loja de doces e presentes que fica aberta vinte e quatro horas, fiz o pedido e escrevi esta pequena carta, pedindo que eles entregassem diretamente em suas mãos.

É minha forma de te acolher depois do susto que você levou com o cara do aplicativo e a aproximação no restaurante.

Eu não fiquei constrangido, pelo contrário, ok?

Você é a ex de um homem que considero um amigo, e não queria que nos esbarrássemos uma próxima vez e ficasse um clima estranho. Caso acontecesse.

Aproveite os chocolates. E, por favor, cuide da sua segurança ao não sair com caras da internet.

— De La Vega

P.S: Eu sabia onde o Rafael morava, foi apenas uma suposição imaginar que você permanece no endereço. E se você não é a Verónica e está recebendo isso, aproveite os chocolates mesmo assim.

Ele se preocupou comigo sem sequer me conhecer. Parecia muito com algo que eu faria, talvez por isso Rafael tenha dito que nós dois somos parecidos.

Uma sensação nova dançou na minha barriga.

Empolgação, curiosidade... eu estava atraída não só pela aparência dele. Não me lembrava de sentir isso há anos. Na verdade, não sabia se eu já havia me sentido assim antes por qualquer outra coisa na minha vida.

Respirei fundo várias vezes e o sono demorou a chegar.

Capítulo 04

Estou dizendo a você
Não fale demais
Não se abra para mim.
Seeb — Unfamiliar

Rhuan

Alguns dias se passaram sem qualquer novidade. Apenas na correria entre o Enigma e os atendimentos aos meus pacientes. Eu estava no meu horário de almoço, dividindo uma refeição com Andrés, quando a coisa mais interessante da semana aconteceu.

> ***Nicki:** Rhuan, foi muito gentil da sua parte. A vida é uma caixa de bombons, nunca sabemos o que vamos encontrar. :) Espero que você esteja bem, e mais uma vez, obrigada pela gentileza. Abraços, Nicki.*

Fiquei alguns minutos olhando para a tela sem saber o que dizer. Ela parecia impessoal, mas, ao mesmo tempo, gentil. Citou Forest Gump, um dos meus filmes favoritos, sem saber. Parecia colocar uma barreira entre nós, mas não tanto. Por quê?

Porque ela não confia em você, porque não te conhece como você a conhece através do Rafael e das coisas que leu sobre ela. Ainda assim, ela passaria uma noite com você e, confesse, você adoraria isso.

Não. Péssima ideia.

Fui olhar suas fotos.

Havia várias dela sozinha, mas muitas postagens com as *mujeres* da sua família. Sua mãe era espanhola e seu pai, italiano, percebi. O que me chamou atenção foi a legenda que ela colocou na foto com a mãe.

Eu só poderia ganhar flores da mulher mais doce do mundo, a minha mãe. Peônias são as minhas favoritas!

Na foto com seu pai, outra legenda.

O primeiro homem que me amou. Papá, obrigada por me ensinar a importância de construir nosso caráter.

Verónica era forte, sólida e tinha um pilar familiar que a permitia ser quem era. Mas, apesar de tanta força e tanta beleza, parecia incompleta. Eu não conseguia entender o motivo de sentir que faltava algo em uma *mujer* que tinha tudo sob controle.

Não havia mais fotos com o Rafael no seu perfil, apenas uma. Verónica, o ex-marido e a atual namorada dele. A legenda era altruísta, e senti verdade em suas palavras.

Sempre vou torcer pela sua felicidade, Rafa. Faça uma boa viagem!

O sorriso de Nicki na foto parecia tão sincero, assim como cada imagem no seu Instagram. Ela não usava a rede social para se exibir. Era apenas a verdade. Como se não fosse o tipo de mulher que se esconde, ela era a personificação do amor-próprio, da racionalidade e da resolução.

Ela era assustadoramente parecida comigo, pensei.

— Depois do bombom, já fomos para esse nível? — Andrés se sentou assim que voltou para a mesa. Ele teve que fazer uma ligação de trabalho e estávamos almoçando juntos. — Olhando o Instagram dela e tudo?

— Sabe que não estou olhando para ela, estou olhando *além* dela.

— Você nunca para de analisar as pessoas. — Andrés pegou uma garfada de macarrão.

— Não, Andrés. — Encarei meu primo. Ele ergueu uma sobrancelha para mim. — Essa *mujer* é diferente.

Andrés riu.

— Aham. Você vai responder à mensagem dela?

Respirei fundo.

— Eu não faço isso, *mierda*.

— Falar com *una mujer*?

— Você sabe que não tenho amigas, a não ser Natalia, Elisa, Victoria e Laura. E isso porque elas são oficialmente de vocês ou eu nunca...

— Eu sei, *hermano*. — Ele me esperou engolir a comida, e eu sabia que quando agia assim era porque estava se preparando para jogar algo na minha cara. — Quem disse que você precisa ser amigo da Verónica?

— Não posso dormir com ela.

— Ela quis e você disse não.

— Eu não faço isso — repeti e o encarei.

— Eu sei. — Andrés riu.

Peguei o celular e respondi a mensagem.

Eu: *Foi um prazer. Espero que tenha gostado dos bombons.*

Ela estava on-line e eu me remexi na porra da cadeira.

Nicki: *O de recheio de morango foi o meu favorito, derrete na boca. Perfeito.*

Podia ser outra coisa derretendo na sua boca, mas...

Andrés estava me observando.

— Está fantasiando com ela?

— Cala a boca, Andrés — grunhi.

— Sei quando alguém está fantasiando, eu trabalho com isso.

— Não posso tocá-la.

— Não estou falando que você vai, *hombre*. — Ele pareceu se divertir com o meu sofrimento. — Que desespero é esse?

Respirei fundo.

— Preciso ser racional.

— Não estou te impedindo — Andrés brincou.

Eu: *Morango também é o meu favorito.*

Nicki: *:) Nossa, suas fotos são tão profissionais.*

Ergui uma sobrancelha.

Eu: *Não acredite em tudo o que vê nas redes sociais.*

Nicki: *Deve ser bem legal ter um clube noturno.*

Eu: *É um pouco mais do que legal, rs.*

Nicki: *Me diz uma coisa, você tem segredos, Rhuan?*

Não posso flertar com ela.

Eu: *O único segredo que tenho é que meu nome se escreve Rhuan, e não Juan, porque erraram na hora de me registrar.*

Nicki: *Não acho que seja só isso. Você parece misterioso, um problema, o tipo de homem do qual qualquer mulher fugiria.*

Eu: *Mas não você?*

Ela parou de digitar, como se estivesse ponderando.

Nicki: *Não eu.*

Encarei Andrés.

— Ela está flertando?

— Está, mas isso nunca vai acontecer.

— Todas as regras dos De La Vega caíram por terra, só falta a sua. — Andrés se levantou e tocou meu ombro. — Você não está preso na sua zona de conforto, está agarrado a ela como um bote salva-vidas.

— Não me analisa. Já tenho o meu terapeuta para isso.

Ele deu um riso suave. Estava tão apaixonado por Natalia que era possível ver o amor em seus olhos.

— Eu vou deixar você quebrar a cara, prometo. — Ele me deixou sozinho, e fiquei um tempo refletindo sobre o que Andrés disse, até meu celular vibrar novamente.

Nicki: *Como está indo o Enigma?*

Eu: *Nossa, tenho uma resposta longa para isso.*

Nicki: *Eu gosto de respostas longas.*

Eu: *O lugar é ótimo, mas tem sido complexo por duas questões. Uma delas é a responsabilidade imensa que tenho em administrar o clube e minha carreira na psicologia ao mesmo tempo. E a segunda questão é que eu gostaria que estivesse com mais movimento. Em alta temporada é ótimo, mas precisamos de uma atração que mantenha as pessoas interessadas o ano todo. E não sei como fazer isso estando sempre tão ocupado.*

Nicki: *Você gosta das duas coisas? Da psicologia e do clube?*

Eu: *Gosto das minhas duas profissões, sim. Sinto prazer em ajudar as pessoas e em oferecer entretenimento de outra forma. O Enigma é sexy, mas também um ambiente confortável de alguma maneira.*

Nicki: *Talvez eu passe lá qualquer hora.*

Eu: *Vai ser um prazer recebê-la.*

Nicki: *Vai mesmo?*

A pergunta implícita estava ali. O fato era que Verónica era capaz de ler minha relutância. Ela queria descobrir se seria bem-vinda. Era uma *mujer* inteligente o suficiente para saber que a carta e a caixa de bombons foram uma despedida. Inteligente o suficiente para saber que a chamei de ex do meu amigo por um motivo. Mas era como se Verónica precisasse de algo mais convincente do que isso.

Eu: *Eu vou ser direto.*

Nicki: *Por favor.*

Eu: *Você me intriga, mas não me relaciono com pessoas que conheço.*

Nicki: *Está falando de sexo?*

Carajo, ela era tão direta.

Eu: *Sim.*

Nicki: *Você se sente confortável em aprofundar isso ou prefere que eu não saiba? Sei que não me conhece direito, então tudo bem não querer compartilhar. :)*

Verónica era empática; ela acolhia as pessoas.

Respirei fundo e ponderei se me sentia confortável em dizer.

Sim, eu me sentia. Era estranho. Mas não era um segredo. Sempre fui muito honesto com todas as pessoas que me perguntaram a respeito, por que não seria com ela?

Eu: *Durmo apenas com profissionais. É como me sinto mais confortável. Obrigado por querer saber. Estou acostumado a ouvir as pessoas, não o contrário. Foi muito gentil.*

Ela digitou e digitou por muito tempo. Eu estava pronto para uma resposta dura, mas Verónica me surpreendeu assim que a mensagem chegou.

Nicki: *Você está no seu direito de fazer essa escolha. Eu acho bem corajoso da sua parte optar por relações mais práticas e também acho um pouco admirável. Significa que é resolvido emocionalmente o suficiente para não se entregar à carência que o sexo pode criar. Ou que você prefere relacionamentos práticos para não se ferir ou ferir ninguém. Estou certa?*

Carajo, ela me entendeu?

Eu: *Não conseguiria iludir uma mujer só para levá-la para a cama. Eu lido com questões de dependência emocional diariamente, não quero ser o hijo de puta que faz alguém chorar. Como não estou em busca de um relacionamento estável, as profissionais são perfeitas. Elas dividem alguns instantes comigo e recebem por isso. Fim.*

Nicki: *Seu coração é grande, Rhuan.*

Eu: *Não, não acho que seja.*

***Nicki:** Alguma das profissionais já se apaixonou por você?*

Eu ri.

***Eu:** Se apaixonar depois de uma noite? Não, claro que não. O máximo que fiz foi oferecer oportunidade de emprego no Enigma.*

***Nicki:** O Enigma parece intrigante.*

Eu digitei "só o clube?", mas resolvi apagar. Porque seria cruzar uma linha, e eu não estava disposto a isso.

***Eu:** É um ótimo clube.*

***Nicki:** Imagino que sim. Preciso ir. Nos falamos depois?*

Franzi a testa assim que ela ficou offline e me perguntei se ela realmente mandaria outra mensagem.

Principalmente depois de saber sobre como eu levava a vida.

Mas ela pareceu entender.

Ou não?

Enfim, uma coisa que aprendi durante todos esses anos é que nunca sabemos de verdade o que o outro está pensando.

Eu queria conversar mais, e isso era novo para mim. Novo a ponto de eu não saber se esse desejo era bom ou ruim.

Um dia de cada vez.

Capítulo 05

Aposto que você vai ver longe
Aposto que você verá estrelas.
Beyoncé — Cuff It

Nicki

Rhuan deve ter pensado que eu nunca mais apareceria, mas, sim, eu apareci. E entramos em um ciclo sem fim de mensagens on-line. Fiquei me perguntando se o assunto uma hora ia acabar, se ele ia deixar a conversa morrer, ou se simplesmente ia se cansar e parar de me responder.

Não aconteceu.

Estávamos conversando por tanto tempo que eu tinha perdido a noção de quantos dias haviam se passado. Rafael estava certo. Éramos parecidos. Rhuan não queria relacionamentos, não queria nada complicado, ele era livre. Tinha um zelo lindo com todos da família, assim como eu me preocupava com a minha. Tínhamos visões de mundo semelhantes, visões filosóficas parecidas, e, em um dia qualquer, descobri que ouvíamos as mesmas músicas e assistíamos aos mesmos filmes.

Mas o problema de conversar com Rhuan é que ele era viciante. Eu não conseguia parar de *querer* conhecê-lo.

Não era apenas sobre o Enigma e a semente que Rafael plantou na minha cabeça, mas sobre quem aquele homem *era*.

Eu me sentia sexualmente atraída por ele, e isso foi à primeira vista, mas essa atração sexual parecia maior agora que eu estava tão perto dele.

O que era uma grande ironia.

Não nos víamos pessoalmente desde o restaurante, mas isso não parecia tornar nossa conexão menor. Seja lá o que estivesse acontecendo entre nós, parecia *mais*.

— Hummm... — Rhuan gemeu e isso causou uma pontada no meu estômago. — Você está tão quieta e eu estou aqui tentando entender por que você parece desconfortável. De repente, desconfortável. Como se eu tivesse dito algo errado.

A voz de Rhuan mexia comigo, e meu corpo inteiro tremeu.

— Você não disse. — Fiz uma pausa. — Pareço desconfortável?

— Talvez devamos conversar sobre o fato de estarmos conversando todos os dias?

Não sabia como ele me entendia. Não sabia se era por causa da sua profissão principal, mas Rhuan parecia ser capaz de ouvir até os meus silêncios.

— É quase uma terapia falar com você.

Ele gargalhou.

— *Carajo*, você me ofendeu. *Quase*? Sou um psicólogo ruim?

— Você não é o meu psicólogo.

— É, não posso ser.

— Só porque você tem uma voz bem sexy? Suas pacientes não se apaixonam por você, não? Com essa voz? Esse jeito de se comunicar?

Ele riu de novo. Juro, era uma risada perfeita, gostosa e que te faz querer rir junto.

— Se alguém já se apaixonou por mim, foi apenas uma projeção. Nenhuma das minhas pacientes têm acesso à minha vida pessoal, então não podem gostar de mim sem saberem quem eu sou. E é por isso que não posso ser o seu psicólogo, porque você me conhece agora. Na verdade, não posso ser psicólogo de ninguém que conheço. Sobre a minha voz, é a maldição dos De La Vega — O sobrenome na sua língua, o La especialmente, ficou um tempo a mais no céu da boca.

— Claro, faz sentido. Mas eu realmente não ia querer você como meu psicólogo.

— Não, é? — Ele parecia tão leve do outro lado da ligação. Confortável.

— Eu queria você na minha cama, mas já te falei isso.

Rhuan gargalhou. Tão alto. Tão livre.

— É, falou.

— Você só precisa parar de usar essa voz comigo.

— Que voz?

— Essa de quem está me seduzindo.

— Não vejo como posso mudar o meu timbre. Quer falar com um robô ao invés de falar comigo? Posso colocar a Siri para bater um papo com você.

— Não. — Eu ri. — Está tudo bem.

— Me diz uma coisa, Nicki.

— Isso, vamos mudar de assunto.

— Como era o seu relacionamento com o Rafael? Por que vocês terminaram?

— Que *ótimo* jeito de esfriar as coisas, obrigada — falei.

Eu gostava do jeito como ele ria. Era como se não escondesse a felicidade. E eu não via o Rhuan como sendo do tipo brincalhão, mas talvez ele conseguisse ser quando se sentia à vontade. E talvez naquele momento estivesse à vontade comigo.

Depois de um instante, soltei um suspiro e decidi responder a pergunta.

— Ele era o meu melhor amigo — expliquei. — Ainda é. Quero dizer, nós conversamos quase sempre. Mas nunca fui apaixonada pelo Rafael nem ele por mim. Tínhamos um relacionamento prático, e não romântico. Nos casamos mais por causa das nossas famílias do que por qualquer outra questão. Ele se apaixonou pela Selena, foi honesto, e terminamos porque seria o melhor para ambos.

— Interessante. Você diz que seu relacionamento era prático.

— Sim.

— Foi isso que te fez entender minha escolha em relação à vida sexual?

— Sim, se eu fosse corajosa, faria o mesmo que você. Quero dizer, me envolver sexualmente com pessoas sem que tenham expectativas sobre mim.

— Mas você não sente vontade de viver um relacionamento estável ou romântico?

— Sendo sincera? Não, Rhuan. — Suspirei — Eu vivi esse relacionamento padrão da sociedade com um casamento morno e um marido adorável, mas não me sentia confortável. Faz sentido? Eu sinto vontade de experimentar coisas novas e viver experiências diferentes. Quero conhecer pessoas e mundos. Quero conhecer os mundos de outras pessoas, na verdade. Quero explorar e ser explorada, no sentido mais delicioso da palavra. Eu quero me entregar para homens que não queiram colocar uma aliança no meu dedo.

Rhuan respirou fundo, depois prendeu o ar.

— Eu acho que essa conversa implora por um uísque doze anos.

— Isso é um convite?

— Deveria ser, Nicki? Eu deveria te convidar para ouvir mais das suas histórias? Eu deveria ficar tão curioso sobre você assim? E você? Deveria ter essa vontade de saber mais sobre mim também? São perguntas importantes.

Minha calcinha estava ficando molhada e o meu cérebro, brilhando, querendo absorvê-lo, como se ele pudesse me elevar para além ou como se fosse um caminho que eu deveria escolher percorrer. Ele era sexy falando ao telefone, mas não era apenas isso. O que era sexy de verdade era o quanto Rhuan queria se conter para não escorregar. Para não derrapar *em mim*.

— Uma pedra de gelo grande, dose dupla.

Rhuan umedeceu os lábios, e pude ouvir o som molhado da sua boca.

— Só mais uma coisa. — Fez uma pausa. — Sua curiosidade sobre o Enigma era apenas sobre o clube em si, ou também um pouco sobre o comportamento de Rafael?

Eu sabia do que ele estava falando. E era assustador eu saber.

— Não acho que ele tenha me traído com as dançarinas enquanto investia no clube e te visitava.

— Ótimo. Porque o Rafael que fez o contrato com as garotas e há uma multa alta sobre relacionamentos com os chefes. Todos os funcionários sempre nos trataram com o mesmo respeito. Fiquei me perguntando se você tinha essa dúvida.

— Eu confiei nele. Assim como ele foi sincero quando se apaixonou pela Selena e terminamos o nosso casamento, eu sabia que, se algo acontecesse, ele me diria. Preciso também ser sincera com você, Rhuan. Eu tenho uma coisa para dizer sobre o Enigma, mas ainda não estou pronta.

— Uísque doze anos? — Ele pareceu sorrir.

— Como você pode ficar tranquilo quando digo que tenho algo para falar?

Rhuan gargalhou.

— Porque eu vou respeitar o seu tempo para me dizer o que quer. Sei que você tem algo para falar desde que me mandou aquela mensagem. Eu consigo ler as pessoas, Verónica. Mesmo quando elas não estão na minha frente. — Ele ficou em silêncio por um tempo. — Quer conhecer o clube?

— Quero. Você sabe disso.

— Eu não deveria fazer isso. — Rhuan riu.

— Eu também não.

Ele parou de falar de novo.

— Vamos ser amigos, Nicki. — Arrastou as palavras, usando-as com cuidado.

— Podemos tentar.

Ouvi seu sorriso do outro lado.

— É, eu acho que podemos tentar.

Capítulo 06

Você é a luz vermelha

Baby, você não vem iluminar minha cama?

Bhaskar feat. Lucas Estrada & EEVA— Feel Your Love

Rhuan

— Não é um encontro.

— É claro que é. — Hugo riu do outro lado da linha. Estava em uma videochamada com todos os meus primos enquanto dirigia.

— É a porra de um encontro. — Esteban gargalhou.

— Estou dizendo que não é. É só uma ida ao Enigma. Preciso desligar.

— Acho melhor se lembrar de todas as regras que criou para não se apaixonar — Diego zombou. — Você, que não fala com *mujeres* além das nossas, está sendo amigo de *alguém*. É inacreditável.

— Ah, é. Sabe o vídeo do YouTube que você fez racionalizando as emoções? — Andrés continuou. — Pois é, seria bom reassistir.

— Eu vou desligar essa *mierda* de chamada. Acabei de chegar. Tchau, *hermanos*. — Desliguei, sem me preocupar.

Isso não ia ser complicado.

A razão de eu levar Verónica ao Enigma era puramente racional.

Ela queria conhecer o clube, então, por que não?

Balancei a cabeça assim que cheguei à casa de Nicki. Era em um dos bairros mais nobres, e embora tivesse uma arquitetura clássica e tradicional, era mais moderna do que as casas da vizinhança e parecia ter sido reformada recentemente.

Verónica teria mudado tudo depois do divórcio?

Apertei os dedos no volante quando a porta se abriu. Senti um incômodo na boca do meu estômago quando os saltos de Verónica estalaram contra a pequena escada da entrada, ecoando pela rua vazia, caminhando em minha direção com um sorriso.

Sim, era um clube sexy, mas eu não esperava vê-la em um corpete, como uma lingerie que agarrava cada centímetro da sua cintura, empurrando seus seios para cima como se implorassem pela boca de um homem. A saia era justa em cada parte, beirando seus joelhos, e o scarpin brilhava como maçãs do amor.

Nicki estava de vermelho da cabeça aos pés.

— *Ciao*, Rhuan — ela disse, assim que abriu a porta e se sentou ao meu lado.

Seu perfume era afrodisíaco. *Flor de laranjeira? Tangerina?*

Nicki abriu sua bolsa e pegou um grampo, colocando-o entre os dentes, suavemente, abrindo-o. Começou a dar voltas e voltas no seu cabelo de Rapunzel e o prendeu em um coque. Fiquei parado, vendo-a pegar um grampo de cada vez, terminando de se arrumar ao meu lado, agindo com naturalidade.

— Pode dirigir — pediu.

— Boa noite, Verónica.

— Achei que já estivesse me chamando de Nicki — falou, sem olhar para mim.

— Vou variar. — Dei partida e comecei a dirigir. Meus olhos deslizaram para o seu decote por um segundo antes de eu me forçar a manter a concentração na rua. — Vou deixar meu carro no clube e voltar com você de táxi. Vamos beber.

— Prudente. — Ela abaixou o quebra-sol da minha Mercedes para se olhar no espelho. Tirou o batom da bolsa e, pela visão periférica, eu a vi contornar os lábios com algo que remetia à cor natural da sua boca. — Me diz uma coisa, você é certinho, Rhuan?

Não estava acostumado com mulheres se aproximando de mim, me conhecendo além das minhas profissões. Eu era o *hombre* que fazia perguntas, e nunca quem as respondia.

— O que você acha? *Pareço* certinho? — Ri um pouco.

Ela lançou um olhar para mim.

— Não, não parece. — Fez uma pausa. — Você parece o tipo de homem que não se contenta enquanto não extrair todo o prazer de uma mulher.

Aparências não dizem tudo, embora. Você pode ser péssimo na hora H. Eu nunca vou saber.

Ah, *carajo*. Freei o carro porque quase passei no sinal vermelho.

— Verónica.

— O que foi? Você não fala sobre sexo com mulheres? É outra regra? — Riu, fechando o batom e o guardando na bolsa. — Tudo bem, não vamos falar sobre isso. Você quer continuar com os temas mais profundos, eu sei. Vamos falar sobre relacionamentos afetivos e suas loucuras.

As ruas estavam movimentadas, era uma noite linda em Madrid, sem nuvens e com a lua nos guiando. Eu ainda estava um pouco hipnotizado por seu perfume, sua roupa, sua presença. Nicki seria notada em qualquer lugar e o homem que tivesse a chance de dormir com ela seria um sortudo *hijo de puta*.

— Eu acho que só é saudável quando há um compartilhamento de ideais e emoções, visão de mundo e conexão — continuei. — A maioria das pessoas se envolve por outras questões, como carência afetiva e esperando que o parceiro preencha lacunas que a pessoa deveria preencher sozinha, além de depositar expectativas que jamais serão supridas por serem fantasiosas.

— Acho que não tem como as pessoas se envolverem sem criarem expectativas e serem vulneráveis, mas talvez vá um pouco além disso? — Nicki estava me observando. Ela desceu os olhos para a minha camisa preta, os botões abertos no peito, e a calça social na mesma cor. Em seguida, voltou para o meu rosto.

— Sem dúvida. — Lancei um olhar para Verónica. — Você parece bem certa das suas expectativas.

— Eu construí a minha base de amor-próprio vendo como as mulheres da minha família eram capazes de amar a si mesmas. Eu sei que muitas não têm essa sorte, crescem com homens abusivos e situações de submissão dentro de casa, mas não foi o meu caso. Eu realmente tive sorte porque cresci com mulheres que, se precisassem ir embora, elas iriam. E muitas foram.

No semáforo vermelho, virei o rosto e a observei.

— Cresci com uma base familiar sólida e amável, e acho que todos os

De La Vega têm autoconfiança e isso reflete em como os relacionamentos dos meus primos funciona. Eles encontraram *mujeres* tão bem-resolvidas quanto eles. — Fiz uma pausa, voltando a dirigir. — Sabe, todo mundo pensa que psicólogos são racionais, que tem tudo sob controle, que são imunes emocionalmente. Isso não existe. Somos humanos. E, sendo sincero, levei muito tempo fazendo terapia para encontrar o que seria confortável nas minhas relações, o que me sinto confortável vivendo, na verdade.

Nicki ficou em silêncio, como se estivesse absorvendo o que eu disse.

— Existe mesmo um estigma de que psicólogos têm tudo sob controle.

— Não temos, Nicki. No fim da sessão, carrego toda a bagagem dos meus pacientes e preciso me acolher, me respeitar, entender os meus limites e então fazer vários processos para me lembrar de que, no fim do dia, sou eu ali, e não eles. Se eu não fizesse terapia e não tivesse autoconhecimento, como poderia clinicar?

Isso a fez me observar. Senti seus olhos na lateral do meu rosto.

— O que quer dizer?

— Por exemplo, preciso saber os meus gatilhos emocionais, preciso entender a profundidade de quem eu sou, levar em consideração a minha história. Há pacientes com histórias de vida semelhantes à minha, e não posso atendê-los. Não vou ser um bom terapeuta se estiver emocionalmente envolvido, compreende?

— Sim, isso parece sensato — concordou.

— O autoconhecimento é a chave. Sempre funcionou para mim.

— Como você se sente hoje?

Sorri.

— Agora é *você* quem está parecendo uma terapeuta.

— Estou falando sério, Rhuan.

— Me sinto livre.

Nicki olhou pela janela.

— Eu queria encontrar essa liberdade — sussurrou.

— Você não se sente livre?

— Não. — Verónica soltou uma risada nervosa. — Quer dizer, agora me sinto, mas preciso de um pouco mais, Rhuan. Eu preciso me permitir algumas coisas. Acho que preciso *viver*.

Chegamos ao Enigma, parei o carro e me virei para Nicki. Aquilo era interessante. Eu ainda não tinha conseguido entender o que faltava, o que parecia desencaixado. Sob a luz dos postes, Nicki parecia mais doce ainda, os traços do seu rosto, os lábios carnudos, os olhos nublados e vulneráveis.

— O que é viver para você? — Respirei fundo e deixei minha voz sair com um tom mais suave. — O que te falta, Nicki?

Ela ponderou por alguns instantes, seus olhos fixos nos meus.

— Eu sou apaixonada por mim, mas não sou apaixonada pela vida que levo. Isso me faz ter vontade de procurar pessoas nos aplicativos e ir a festas que jamais imaginei ir, ou viajar para lugares que eu nem sabia que existiam ou ter experiências na cama que me façam... — Ela parou. — Eu quero me apaixonar por um trabalho que me deixe empolgada só de imaginar todas as coisas que tenho para fazer. Quero ter experiências incríveis que façam com que eu sinta que minha vida não foi uma página em branco. — Seus olhos desviaram dos meus. — Estive com o Rafael por anos, e quando ele foi embora, percebi que mesmo que fosse um relacionamento saudável e cheio de cumplicidade, não realizei durante esse tempo nem um terço do que realmente quero. Tenho trinta anos, tanto pela frente, mas sinto que, de alguma forma, eu estive em *pause*.

— O divórcio foi o seu *play*, certo? — Abri um sorriso, entendendo o que Nicki quis dizer. — Você sente que está começando a viver agora?

— É isso. — Seus olhos cintilaram.

Para algumas pessoas, sair de um relacionamento é doloroso, mas, para outras, é um convite para se reencontrar. Um relacionamento, de qualquer tipo que seja, é uma adaptação entre duas vidas e, sem querer, o que é só seu se perde um pouco.

Mierda, não sentia que Verónica estava perdida de si mesma, mas o que ela realmente desejava era poder se pertencer inteiramente. Essa era a sua chance de encontrar as partes que se perderam quando decidiu dividir a vida com o Rafael.

— E o que te falta, Rhuan? — Sua pergunta me pegou desprevenido.

— Não sei. Eu tenho tudo, acho.

— Entre achar e ser há uma lacuna — pontuou.

— Sim.

— Eu acho que nós dois estamos precisando viver. Você tem dois empregos e vive em duas realidades. De dia, tem a sua profissão, e de noite, precisa cuidar do clube. E eu... tenho dinheiro na conta e não sei o que fazer com ele.

— Quer um convite para começar a viver?

Ela riu, um pouco surpresa quando estendi a mão.

— Você disse que quer ir para lugares desconhecidos e viver coisas que nunca viveu — continuei e, então, fiz uma pausa. — Já visitou um clube de strip-tease?

Nicki gargalhou e, *mierda*, eu adorava a sua risada.

— *Isso* eu nunca fiz — confessou.

— Vou ter o prazer de estar ao seu lado durante essa primeira vez, então.

Quando ela pegou minha mão e me observou com esperança, uma culpa me corroeu. Eu não tinha permissão de ser a chave da sua liberdade, de ser esse *hombre* para ela, mas, durante aquela noite, não seria ruim apresentar o clube.

Era tudo o que faríamos, de qualquer forma.

Capítulo 07

Venha tomar uma bebida
Ou talvez três
E, querida, eu vou fazer de você a minha próxima vítima.
Rosenfeld — I Want To

Nicki

Enigma era o clube mais luxuoso que eu já tinha visitado em Madrid. A paleta de cores do corredor de entrada variava entre bordô, dourado e preto sem que fosse muita informação; era tudo elegante.

Fiquei arrepiada e senti meu coração acelerar quando percebi as sombras femininas e masculinas se movendo enquanto dançavam nas paredes ao meu lado. Conforme caminhávamos lado a lado no carpete, os rodapés se iluminavam, a mão de Rhuan na base das minhas costas, seus olhos em mim como se ele não pudesse perder um segundo das minhas expressões e sensações.

Me senti nua sob seu olhar e minha pele ficou coberta de calafrios.

Assim que cheguei onde a festa realmente acontecia, percebi que nada me prepararia para o Enigma. Era lindo, imenso e com dois andares, sexy do jeito que qualquer pessoa desejaria deixar toda a sua fortuna ali sem pensar que estava cometendo um pecado.

Uma dançarina estava performando às sombras. Um homem estava em uma cúpula de vidro que escorria água por dentro, deixando sua imagem turva e ele molhado. Havia outra mulher usando um tecido que parecia seda para fazer a dança aérea, como aquelas acrobacias que vemos em espetáculos luxuosos. Seus braços, pernas e o corpo se agarravam à seda e ela parecia deslizar para cima e para baixo, tão leve quanto uma pluma. Outro homem estava em uma espécie de gaiola, vestido com uma calça que não deixava muito para a imaginação. Era um clube misto, que agradaria homens e mulheres. Tudo parecia combinar com o ambiente, inclusive o bar espelhado, com cinco ou seis barmen prontos para atenderem. Uma parte do público estava no andar de cima, dançando e observando os dançarinos de um outro ângulo; imaginei que era a área VIP.

Meu coração ainda estava acelerado quando Rhuan se aproximou.

— Quer aquele uísque?

— Por favor.

— Se acomode onde se sentir mais confortável, eu encontro você — garantiu, tranquilo.

Mas antes que ele fosse para o bar e me deixasse sozinha, segurei-o pela manga da camisa, apertando até sentir a abotoadura. Rhuan focou a atenção onde eu havia segurado, um sorriso se abrindo em sua boca, para depois olhar para mim. Seus olhos verdes cintilaram assim que um jogo de luzes mais claras iluminou seu rosto.

— Você está bem?

Eu gostava do seu olhar curioso. E adorava que em todas as vezes que interagimos, seu tom de voz tenha se mantido como da primeira vez. Tão calmo, mesmo em um clube lotado.

— Essa decoração é obra sua. — Não perguntei, afirmei.

— Tudo referente à ideia do lugar equivale ao meu gosto pessoal.

Rhuan De La Vega era quente. Você se queimaria se o tocasse, e o mais instigante é que nem perceberia que estava no meio de um incêndio.

Eu o vi através da decoração; um homem que precisa guardar seus desejos em um clube, prendê-los em uma gaiola, em tecidos, em água. Um homem que usou sexo para criar um empreendimento e não tinha vergonha. Não parecia ser um cara que freia o que começa. Decidido o suficiente para brincar entre a sofisticação e a luxúria, sem ter medo de se sujar um pouco.

Minha barriga ficou gelada, arrepios lamberam minha pele como se me implorassem para uma noite com um homem como *ele*.

Mas talvez não fosse apenas esse desejo que estivesse crescendo em mim.

Aquele lugar era a minha cara.

Rafael, o que foi que você me pediu?

— No que está pensando? — disse, passando aquele olhar por mim.

— Eu quero que você me conte sobre o Enigma. Tudo o que há para saber. As partes chatas e tediosas que ninguém quer ouvir. — Parei. — Eu quero tudo.

Rhuan ficou perto de mim. Eu não tinha me dado conta de quão alto ele era, muito mais do que eu. Mesmo com os saltos, minha cabeça batia no queixo dele. O cheiro do seu perfume me remetia ao mar; profundo e perigoso. Se Rhuan fosse um elemento, ele seria água. Um oceano que ninguém ousaria atravessar, como o Pacífico.

— Agora?

— Agora — falei.

— O rendimento anual do Enigma equivale a quatro vezes o que ganho como psicólogo, mesmo tendo uma presença on-line significativa, fazendo vídeos para o YouTube e outras redes sociais, monetizando minhas palestras e trabalhando com pacientes de alto-padrão. — Seus olhos escrutinaram meu rosto. — Os dançarinos recebem o suficiente para nunca desejarem ir embora, meus funcionários são impecáveis e também recebem o bastante para saberem o quanto eu os valorizo. Faço festas temáticas no Enigma, mas sinto que ainda preciso ir além. O clube está indo melhor do que o esperado, mas sou ganancioso e quero *un poco más*. Ainda não tive uma ideia boa o bastante para alavancar as coisas, mas vou. Estou com tantas demandas no consultório que sinto que falta mais tempo para cuidar de tudo aqui.

Um sorriso despontou em sua boca, e eu tremi, sem saber o que dizer.

— Se apaixonou, Verónica?

Meus olhos desceram para a sua boca.

— *Che vuol dire?* — soltei, e me apressei a traduzir. — O que disse?

— Estou perguntando se você se apaixonou pelo Enigma.

— Um pouco.

— Observe e aproveite — pediu. — Posso ir ou vai sentir minha falta?

Percebi que ainda estava agarrando sua manga.

Por que um homem que eu mal conhecia me passava segurança?

— Pode ir.

— Uhum. — Piscou para mim, mas ficou um tempo a mais.

E percebi que ele não ia se mexer até eu dizer de novo.

— Estou bem.

— Ok. — Sorriu, e se afastou.

Escolhi uma mesa acompanhada de um elegante sofá em L. Eu podia ver todo o clube de onde estava. Ver as mulheres e os homens dançando era hipnotizante. Não era relacionado aos seus corpos em si, mas sim sua presença de palco.

Depois de algum tempo, percebi que vê-los estava me excitando, e eu nunca tinha me sentido conscientemente atraída por uma mulher, mas havia algo naquela dança que estava me deixando molhada. Coloquei a mão na minha nuca, tentando relaxar, raspando uma coxa na outra para ver se causava algum alívio. Mas não. Eu queria levar a mão para o meio das minhas pernas e me tocar enquanto os assistia.

Piorou quando a garota da dança aérea desceu até o chão, jogou o sutiã para longe, e voltou para a seda, com os mamilos raspando no tecido, ficando duros, e, por um instante, pensei em como seria prová-los.

Que pensamento é esse?

Subi os olhos para o rapaz da gaiola. *Dio mio*, ele era quente. Parecia excitado enquanto dançava, eu podia ver o contorno do seu pau na calça justa, ele esfregando seus quadris na grade enquanto as agarrava com as mãos imensas, que seriam um belo colar para o meu pescoço.

Gemi, incomodada por estar tão molhada e excitada em ver pessoas, em ver os contornos dos seus corpos, os músculos e a parte mais masculina de um homem, assim como a delicadeza da silhueta feminina.

Mudei o foco da minha atenção. E percebi que todos os clientes estavam tão hipnotizados quanto eu. Havia um casal à minha esquerda, e o homem estava sussurrando no ouvido da mulher. A mão dele estava perigosamente perto do encontro das pernas dela. Era sutil, alguém desatento não veria. Mas a intimidade me levou ainda mais a beira porque...

As pessoas gostam de assistir umas às outras.

Rhuan tinha se dado conta disso?

— O uísque. — Rhuan se sentou ao meu lado, não na minha frente. Sua presença me deixou ainda mais arrepiada, e meu clitóris começou a pulsar como se meu coração estivesse ali. — É o melhor da casa.

Bebi um gole, depois outro, como se fosse água. Pareceu forte e eu esperava que amortecesse meu tesão, mas só me incendiou mais.

O problema é que ele parecia saber ler muito bem as pessoas, e quando seus olhos desceram por mim e pararam nos meus, suas pupilas dilataram e seu rosto bonito me deu um pequeno vislumbre de como se parecia quando ficava com tesão.

As íris verdes se tornaram um pequeno anel sob a imensidão do universo de suas pupilas, suas narinas se alargaram e seu queixo desceu um pouco, abrindo os lábios suavemente, quando ele deslizou a ponta da língua pelo lábio inferior.

— Você está molhada, Nicki? — Sua voz saiu tão grave e rouca que quase não entendi o que ele perguntou.

Mas Rhuan tinha limites, e eu não ia cruzar essa linha quando algo mais interessante do que ser fodida por esse homem cruzou minha mente.

— Estou muito molhada e vou te explicar o porquê. — Apontei para os dançarinos, minha voz ofegante e mais sensual do que eu queria. — Pele, corpos se movendo como se estivessem transando, tudo é tão sublime. Mas você já observou o seu público? Todos aqui estão desesperados por mais, se tocando nas sombras quando querem se libertar, sentindo exatamente o que estou sentindo enquanto estou sentada aqui, precisando ser tocada, precisando que esse show simplesmente *continue.*

Franziu as sobrancelhas, seus olhos nos meus mamilos duros sob a lingerie, mas havia um autocontrole nele que me excitava ainda mais.

Como seria esse homem perdendo o controle e fodendo uma mulher com tudo o que ele tem para oferecer?

Balancei a cabeça assim que nossos olhos se reencontraram.

— Eu acho que sei o que falta para o Enigma alcançar o que você procura, Rhuan. Você precisa oficializar o *voyeurismo* que já acontece aqui, você precisa que as pessoas sejam mais ousadas e se permitam.

— *Voyeurismo*? — Rhuan arrastou vagarosamente cada sílaba.

— Permitir que as pessoas vejam umas às outras transando de verdade, não apenas a dança, mas o sexo, os orgasmos. Permitir que os que gostam de serem vistos usem o espaço para viver a experiência. Você tem dois andares aqui, por que não aproveita?

Meu coração acelerou quando Rhuan se inclinou em minha direção. Senti a respiração bater no meu rosto, cheiro de uísque e mar, aquelas águas profundas que eu imploraria para me afogar.

Eu nunca tinha estado tão perto de um homem tão bonito. E o que me assustava era que conhecê-lo um pouco fez com que eu o achasse ainda mais atraente.

Quando seu indicador roçou atrás da minha orelha e ele colocou uma mecha do meu cabelo no lugar, cruzei as pernas e apertei uma coxa na outra. Meus lábios se abriram para um gemido, e Rhuan percebeu, porque inclinou o rosto para o lado, atento. Então levou o braço para trás das minhas costas, o que fez três pontas dos seus dedos rasparam na minha pele nua acidentalmente.

— Percebeu que gosto de assistir às pessoas? — perguntou, grave. — Esse é um dos meus prazeres.

— É um pouco óbvio que você respeita e adora corpos humanos, levando em conta que esse lugar é performático e artístico. — A porra do perfume dele estava me deixando ainda mais molhada. Mas consegui, de alguma maneira, estabilizar a voz. Nunca me senti tão conectada sexualmente a alguém em toda a minha vida, mas empurrei o pensamento para longe. — Sendo sincera, eu também amo isso. Não que soubesse antes de chegar aqui, mas mesmo se eu não pudesse tocar nos dançarinos, ainda assim me sinto satisfeita.

— Essa ideia é a coisa mais ousada que alguém já me propôs.

— Seria mais ousado ainda se eu te oferecesse uma sociedade?

Ele ficou em silêncio e não demonstrou qualquer emoção. Bebeu o uísque, pensando, ponderando, observando o lugar. Me surpreendeu quando me encarou depois de um tempo e pareceu adotar um ar mais profissional.

— Então, era isso o que você queria me dizer?

— Era — confessei. — Rafael me contou sobre o Enigma e sobre achar que esse lugar precisaria, em teoria, de um sócio mais participativo, alguém diferente dele. Sou criativa, não tenho medo de ousar e tenho tempo. — Tentei exalar devagar, mas estava ansiosa. — Na partilha de bens do divórcio, eu não quis nada, mas agora Rafael está insistindo para eu pensar a respeito do clube. Nós conversamos depois que te encontrei no restaurante e o Rafa disse que falaria com você quando chegasse o momento certo, mas decidi que seria melhor eu fazer isso.

— Você quis me conhecer apenas por causa da possibilidade de uma sociedade? — perguntou, devagar.

— O Enigma é uma opção de negócio, mas você não é um *negócio*, Rhuan. Eu não vou dar uma resposta para o Rafael sem ter certeza de que você quer isso também. E não conversei com você todo esse tempo apenas por causa do clube, eu estou curiosa... — Parei de falar por um segundo. Não podia ir mais longe do que isso. — Está chateado por eu não ter contado antes?

— Como eu disse, eu sabia que você tinha algo para me dizer desde que mandou a mensagem. Aprecio que tenha sido sincera, porque não suporto mentira. — Rhuan apertou o copo com um pouco mais de força e o apoiou em cima da mesa. Vi seu maxilar tensionar. — Mas também sei identificar que você precisava estar pronta, precisava conhecer o lugar, precisava saber quem eu era, antes de dizer qualquer coisa.

— Eu não me aproximei de você somente pelo Enigma — repeti.

Ele se recostou, relaxado, e estudou meus olhos.

— Eu sei disso.

— Tem certeza de que sabe?

— Tenho. — Apoiou os cotovelos na mesa e refletiu por alguns minutos. — Mas vamos falar sobre o que você disse do clube. A ideia de *voyeurismo* é a coisa que mais combina com o Enigma. Em minutos sentada aqui, você observou o lugar e viu algo que eu não conseguia ver, apenas porque me sinto emocionalmente envolvido com o empreendimento.

— Não quero todo o crédito, Rhuan.

— Eu contratei consultores que me deram centenas de ideias, mas nenhuma é como a sua — continuou. — Rafael também não soube enxergar a alma desse lugar. Um clube de *voyeurismo* é um upgrade do que já existe, sem perder a essência do lugar, a *minha* essência, apenas permitindo que quem já vem aqui tenha um pouco mais de liberdade. E, sim, não tenho tempo para me dedicar tanto, não do jeito que eu deveria, mas você tem. E parece ser uma pessoa que me entende. Talvez, porque, quando olha para mim, veja um pouco de si mesma. — Rhuan me encarou com seriedade. — Você tem experiência em negócios, fez mais dinheiro em cinco anos do que muitos da sua área. Eu seria louco se te negasse a sociedade. Mas você quer ser a minha sócia quando entende que esse lugar pode não ser tão lucrativo quanto a sua agência?

— Quero trabalhar com algo que eu esteja apaixonada, eu te disse isso. O Enigma parece perfeito e tudo o que eu estava procurando. Eu não teria problema algum em administrar o empreendimento junto com você e poderia estar aqui quando você tiver que se ausentar para conferências ou atendimentos de emergência. Você não pode vir ao Enigma o tempo inteiro, então eu seria a sócia que estaria presente. E tenho dinheiro o bastante para agregar. — Toquei seu braço, querendo ser ouvida, embora parecesse que eu não precisasse. Rhuan me escutava sem interromper. — Acho que nós combinamos tanto, Rhuan. Você não pode dormir comigo por causa das suas regras, mas pode ser bem mais do que um pau amigo seria. Se gosta da maneira que a minha mente funciona, ficaria ainda mais impressionado com a minha capacidade de administrar um clube que é visivelmente tão importante para você. Não estaríamos fazendo sexo de um jeito tradicional, eu sei, mas seria como... transar com a sua mente. Se você me permitir, eu posso ser essa pessoa para você.

— Que comparação interessante.

— Você entendeu.

Ele abriu um sorriso travesso, como o de um gato que engoliu o canário.

— É claro que sim. Mas...

— O quê? — Prendi a respiração.

— Se formos sócios e transformarmos o Enigma em um clube de *voyeurismo*, como vou poder aparecer aqui sem que seja complicado, como psicólogo?

Olhei ao redor e algo atraiu minha atenção.

— Me dê um minuto.

Rhuan assentiu e me viu caminhar em direção a uma das dançarinas. A garota da seda estava nua quando me aproximei dela, ajeitando os tecidos para voltar a subir. Seus olhos sob uma máscara me mediram, sem que ela entendesse, e eu sorri assim que subi ao palco. Senti os olhos de Rhuan às minhas costas, e a garota não relutou quando toquei seu rosto. Os olhos dela caíram para a minha boca e eu segurei o nó que prendia a máscara, atrás da sua cabeça.

— Posso?

Ela assentiu, umedecendo os lábios.

Tirei a peça e parei um pouco, presa aos olhos escuros da mulher e a sua presença. Antes que pudesse pensar, me aproximei e beijei delicadamente sua boca. Macia, feminina, os lábios com gosto de cereja. Era a primeira mulher que me senti compelida a beijar, mas era irresistível demais para não tentar.

Ela me deixou beijá-la, abrindo os lábios para me receber, provavelmente tão molhada quanto eu. Pela dança, pelo ambiente, pelo Enigma ser o que era, por permitir que fôssemos o que quiséssemos ser. Os batimentos estavam rugindo no meu peito assim que ela se afastou, sorrindo para mim, tocando meu rosto como se estivesse grata por ser apreciada.

Foi um beijo carinhoso, entre uma mulher que desejava ser vista e outra que sonhava em ser notada.

— Obrigada — sussurrei.

— Quando precisar — garantiu.

Desci do palco e meus olhos foram para Rhuan De La Vega. Ele estava com os braços abertos no sofá, as coxas espaçadas e, como se quisesse que o visse, tinha ido para uma parte do sofá em que a mesa não cobria seu corpo. Seu pau estava duro sob a calça social, arqueado porque mal cabia, tocando o osso do quadril. Era imenso, largo, o tipo de pau que você quer sentar e perder todo o tempo do mundo. As luzes estavam dançando em Rhuan, me permitindo ter um vislumbre do quanto seus lábios estavam vermelhos e como o sangue estava circulando depressa por seu corpo, deixando a pele vermelha.

Voltei para a mesa, sentindo que a visão de Rhuan me deixou a ponto de pedir cinco minutos para ir ao banheiro e simplesmente me tocar.

— Com licença. — Me aproximei e pedi espaço, sussurrando no seu ouvido. Ele deu um riso rouco. Foram apenas alguns segundos, mas que pareceram durar a vida inteira.

Senti frio na barriga e estava ofegante quando me inclinei sobre ele, ajeitando a máscara no seu rosto esculpido, dando um suave nó atrás da cabeça. Me afastei para observá-lo.

Rhuan De La Vega era a personificação do sexo, da beleza, do envolvimento.

Precisei me lembrar de respirar quando deixei minha voz sair.

— A partir de agora, para entrar no Enigma, poderia ser obrigatório usar máscaras assim, de fantasia.

— Nicki. — Ele tocou a máscara. — Isso é perfeito.

— Acha que pode pensar sobre isso comigo? — murmurei, esperançosa.

— O Enigma é uma das poucas coisas que me permito amar. Se você pensar com calma e quiser fazer isso, se somos tão parecidos, eu não consigo pensar em uma única razão que me faça dizer não. Estou falando sério. Se quiser, se pensar nisso e decidir aceitar o que Rafael te propôs, não encontrará relutância alguma da minha parte. — Ele fez uma pausa, tirou a máscara e, com todo carinho, colocou-a em mim. — Mas sabe o que eu acho?

— O quê? — perguntei, ajeitando a máscara.

— Agora eu entendi o que você quer. Agora sei do que você precisa.

— Tão transparente assim?

— Rafael foi seu primeiro e único homem? — perguntou, de repente.

Não tive vergonha nenhuma de admitir.

— Sim, foi.

— O sexo não era bom?

— Não, não era.

— Você gozou com ele?

— Poucas vezes.

— É. — Rhuan sorriu. — A liberdade que você quer sentir pelo divórcio não é apenas pelo relacionamento ter chegado ao fim, mas porque quer ter a chance de provar novas experiências. Os aplicativos de relacionamento, você ter sido tão direta comigo...

— Faz sentido agora, não é?

Rhuan sorriu, arrematando o drinque, pedindo uma segunda dose para nós dois com um erguer da sua mão.

— Agora eu consigo te ler com mais clareza.

— Isso é bom?

— Você não se esforça para seduzir as pessoas. — Rhuan riu. — Ter sido tão direta comigo, não saber flertar, tudo o que você é te torna ainda mais linda sem você perceber.

Pisquei. Ele tinha me elogiado, mas o que gritou no meu cérebro foi...

— Eu não sei *flertar*?

— Não.

Gargalhei.

— É, acho que não sei mesmo.

— O homem ou a mulher que te tocar será uma pessoa seduzida por acaso. Você não sabe fazer, mas faz mesmo assim.

— Estou te seduzindo agora? — Ergui a sobrancelha. — Em relação à sociedade, eu digo.

Ele estalou os lábios.

— O suficiente para eu querer fazer isso. Enigma. Nós. Parece bom. Ainda assim, peço que pense com calma. Quero que pense com a mentalidade da Verónica que me abordou no restaurante. Quando estiver totalmente certa de que deseja participar do clube ou de que não quer entrar nessa, nós conversaremos.

Espaço. Rhuan estava me dando espaço para pensar, e foi gostoso sentir que ele me respeitava a esse ponto.

— Obrigada. Eu vou pensar com cuidado e, quando tiver uma resposta, te aviso.

— Eu espero.

Seus olhos vieram para mim, sorrindo.

Dio Mio, eu ia mesmo fazer aquilo? *Com ele?* É, talvez.

Capítulo 08

Se você me levar para casa, espero que pegue o caminho mais longo.

Sofia Carson — It's Only Love, Nobody Dies

Nicki

Me reuni com meu grupo de três amigos no Enigma que, assim como eu, eram empreendedores. Eu confiava nos três para me darem uma opinião sobre o rumo diferente que a minha vida estava tomando. Estava nervosa, mas empolgada e animada com a perspectiva de isso dar certo.

— Você parece diferente, Nicki — Katarina, minha amiga, observou. — Faz apenas algumas semanas que não nos encontramos, mas algo parece diferente.

— E está mesmo — eu disse, e senti os olhos do marido de Katarina, Álvaro, em mim. Assim como os de Cátia, a irmã dela. Prendi a respiração. — Vocês conhecem o Rhuan De La Vega?

— Claro. O psicólogo famoso e lindíssimo. — Katarina ergueu uma sobrancelha. — Ele fala sobre... dependência emocional? Relacionamentos saudáveis?

— Sim, é ele. — Fiz uma pausa.

— O que aconteceu, Nicki? — Álvaro questionou.

— Se eu disser uma coisa para vocês, prometem guardar segredo?

— Você sabe que sim — Cátia garantiu.

— Estou pensando em virar sócia de Rhuan.

Katarina quase derrubou o drinque.

— Do homem mais bonito da *Espanha*? — gritou. Então olhou para o marido. — Desculpa, amor. Mas é verdade. Você sabe, eu o sigo no Instagram e já te disse o quanto o acho incrível.

Álvaro balançou a mão no ar.

— Eu sei.

— Sócia? — Cátia se inclinou na minha direção. — Como vai funcionar isso? Vai ajudá-lo a administrar a carreira como psicólogo?

— Não exatamente. Rafael era um dos investidores desse clube em que estamos agora... — comecei a falar, e então expliquei o telefonema de Rafael, a segunda profissão de Rhuan e o fato de que ele tinha demonstrado interesse em que eu fosse sua nova sócia. Falei da ideia de ser um clube *voyeur* e pedi que mantivessem sigilo sobre o Rhuan ser o dono.

— Por que parece que há algo a mais? — Katarina me conhecia bem.

— Porque estou atraída por ele, mas não vamos complicar as coisas... Vocês sabem — contei, virando minha dose de uísque. — Na verdade, seria bem complexo se fosse mais do que isso. Pensando bem, deveríamos mesmo ser apenas sócios e, em algum momento, essa atração vai passar.

— Katarina e eu somos sócios e casados. Qual o problema? — Álvaro perguntou.

— Nicki não quer relacionamento sério — Katarina explicou por mim.

— Vocês poderiam ser sócios com benefícios. — Cátia deu de ombros. — Não tem a moda de amigos com benefícios agora? Poderia ser algo do tipo, mas com a sociedade.

Gargalhei, e fui a única que fez isso.

— O quê? Está falando sério?

— Estou — Cátia respondeu. — Por que isso seria tão maluco?

— Nós temos uma química maravilhosa, mas é só. Se eu disser sim para a sociedade, vou tentar sair com alguns homens aleatórios, me divertir um pouco, tentar transar... com algum cara. Vamos ficar bem — prometi, porque tínhamos que ficar.

Eu tinha que começar a viver minha vida, e não seria saindo de um relacionamento para outro que isso ia acontecer. Queria viver o status de ser solteira, e sabia que Rhuan também tinha seus limites. Mas eu seria hipócrita se não admitisse que ele me atraía. Se alguém no mundo olhasse para o Rhuan e dissesse um grande não, essa pessoa provavelmente estaria delirando de febre.

— Tenho certeza de que vai ser uma experiência nova e divertida. — Cátia ficou animada.

— E, sim, saia com outros homens, mantenha as coisas profissionais.

Vocês vão ficar bem — Katarina adicionou, um pouco mais reservada.

— Vamos, sim.

— Tirando a parte delicada da atração de vocês, já pensou sobre os números? — Álvaro questionou.

— Ainda não, não fomos tão longe — respondi. — Ainda estou ponderando.

Conversamos por mais um tempo sobre o clube, Álvaro estava bem interessado no aspecto financeiro e no quanto isso poderia render para mim. Katarina tinha algumas ressalvas, mas Cátia estava mais animada com a possibilidade de eu me envolver com o Rhuan do que com o clube. Então, quando Katarina me puxou para o canto, eu sabia que ela tinha coisas para dizer, coisas que preferia não compartilhar na frente deles.

Observei seus cabelos escuros, os olhos castanhos e a pele negra. Katarina era linda, e Cátia tinha a mesma aparência que ela. Ambas me conheceram quando abri a agência e, desde então, sempre que a vida adulta nos permitia, nos encontrávamos para um jantar, um café, uma reunião tranquila.

— Você sabe que eu te amo, não sabe? — Katarina soltou, de repente.

— Eu sei, amiga.

— Então sabe o quanto fiquei feliz por você quando vi que saiu de um casamento sem sal e sem pimenta e começou a viver. A ideia do Enigma é maravilhosa, não existe um clube assim em Madrid, e vocês vão prosperar.

— Tem um "mas"?

— Tem.

— Qual é?

— Se ele não corresponder emocionalmente e você se apaixonar, o que quer que vocês dois decidam fazer em relação à atração, pare. Você não vai entrar em um relacionamento em que só você estará envolvida.

— Não vou me apaixonar por ele.

— Mas se isso acontecer, prometa para mim que não vai ficar com uma paixão platônica e que vai fazer de tudo para não se machucar?

— Vamos trabalhar como loucos. Se eu aceitar a sociedade, há coisas para fazer no Enigma. Não sinto que vamos chegar a qualquer tipo de envolvimento físico, Katarina.

— Mas e se chegar?

— Eu vou me proteger.

— Tem certeza?

— Sim — garanti.

— Me dá um abraço. — Katarina me puxou e me apertou forte.

Eu estava nos braços da Katarina quando olhei para cima e encontrei Rhuan com um drinque na mão, no segundo andar, sua atenção fixa em mim. Ele levou o copo aos lábios e, devagar, bebeu um gole. Foi tão lento e tão rápido ao mesmo tempo, que a próxima coisa que vi foi alguém o chamando e ele se afastando.

Eu não esperava vê-lo ali. Não naquela noite.

Entrar em sociedade com um homem como ele me empolgava. Eu duvidava que iríamos ter algo físico, embora quisesse muito.

Eu sempre ia querer.

Mas, sim, de alguma forma, negociar com Rhuan parecia muito como negociar com o diabo. Ele tinha uma energia própria, uma sedução alarmante. Sem se esforçar e sem cruzar limites, ele andava com as pontas dos pés em uma linha que eu imaginava que nunca iríamos cruzar.

Mas eu não tinha medo, não dele.

Ainda abraçada com a Katarina, tomei a decisão de que diria sim para essa sociedade.

E para todo o resto que viria com ela.

Capítulo 09

Todo mundo pode ver o que você faz comigo.

Luca Hänni — Bella Bella

Rhuan

Quase duas semanas se passaram e eu tive muitos pacientes para atender nesse tempo, alguns atendimentos de emergência me tiraram o sono, e foi inevitável não pensar neles depois que as sessões acabaram, mas com muita paciência comigo mesmo e acolhimento, voltei ao meu estado normal.

E sobre a Nicki, desde que a vi no Enigma com os amigos, considerei que era um bom sinal e fiquei tranquilo. Se fosse para o sim ou para o não, ela me avisaria. Rafael me ligou em algum momento e conversamos sobre a Verónica. Ele me deixou bem animado para os planos futuros. Apesar disso, eu não ia criar expectativas. Se ela não me enviou uma mensagem, eu sabia que ainda estava ponderando.

Me concentrando no presente, ajeitei a câmera para começar uma live no YouTube, abordando um dos temas mais pedidos pelos seguidores: a paixão e a obsessão.

— A paixão é uma hiperdose de dopamina, mas também reduz a serotonina. Há tanta coisa envolvida, mas não é somente sobre isso que vamos falar. Você já percebeu que a paixão gera características de obsessão e compulsão, não é? A obsessão durante a paixão é mais comum do que pensamos, e talvez pode ser mais sutil do que Hollywood já fez parecer. A obsessão pode vir como... — Parei e pensei. — Sabe quando você está vivendo a sua vida normalmente e surgem certos pensamentos invasivos, intrusivos sobre a pessoa? Mesmo quando você não quer pensar nela, a pessoa está ali?

Passei uma hora falando com meus seguidores e acabei me sentindo comovido com alguns comentários e relatos sobre paixões obsessivas e como algumas pessoas estavam em terapia para tratar de comportamentos identificados. É gratificante enxergar como a saúde mental se tornou um assunto importante, e eu esperava que repercutisse por muito mais tempo, não só nas redes sociais, mas também nas escolas e, especialmente, dentro de casa.

Assim que a gravação encerrou, meu celular vibrou. Ver que ela estava me ligando fez a adrenalina correr pelas minhas veias.

— Existe algo tão interessante em te ver atuando como psicólogo, Rhuan — ela disse do outro lado da linha, e eu me levantei da cadeira, sorrindo.

— Estava me assistindo?

— Sim. Estou te seguindo em todas as redes sociais. Isso entra como fator obsessivo?

Gargalhei.

— Não, você só quer conhecer um pouco mais do seu possível sócio. — Senti um frio na barriga. — Só seria preocupante se começasse a pensar em mim o tempo todo.

— Não. — Ela riu. — Meu cérebro não vai fazer isso. Tenho tudo sob controle.

Fiz uma pausa e me sentei no divã que meus pacientes usavam. Ela ficou em silêncio do outro lado da linha, só... respirando, me deixando sentir sua presença.

— Por que me ligou, Verónica?

— Porque eu tenho uma resposta para você.

— É? — O hormônio do estresse me avisou que eu estava em uma situação de perigo. Não que fosse, mas parecia. — Está pronta para me dizer ou precisa de mais tempo?

— Sim para a sociedade.

Isso era perfeito de um jeito assustador pra carajo.

— Verónica, essa é a melhor notícia.

Pude ouvir seu sorriso.

— Estou feliz também. — Ela se remexeu do outro lado. — Você quer se encontrar comigo para falarmos a respeito?

— Eu adiantei as coisas, tendo um pouco de fé. Rafael está pronto para viajar e assinar os papéis. Se quiser ir ao Enigma ver as planilhas, o clube fica aberto de quinta-feira a sábado. Eu posso te apresentar para o pessoal e te explicar a rotina e a dinâmica do clube.

— Sim, eu quero ir. — Verónica pareceu feliz. — Quando?

— Hoje. Sete da noite?

— Está ótimo, Rhuan.

— Ok. — Olhei para o relógio. — Tenho um paciente em cinco minutos.

— Pode ir. — Mas ela não desligou a chamada e percebi que havia algo a mais para dizer. — Obrigada.

— Por que está me agradecendo?

— Porque você não brincou quando disse que tinha um convite para me fazer começar a viver. Eu sinto que o Enigma é isso. A minha chave para a vida.

Nicki desligou a chamada e meus pensamentos voltaram a analisá-la. Verónica tinha sido vulnerável comigo. Eu achei que o que me atraía nela era a sua forma direta de se comunicar e ver o mundo, mas percebi que o que mais parecia me intrigar eram os pequenos vislumbres de sensibilidade.

Me obriguei a me concentrar no trabalho, porque pensar nela o resto do dia estava fora de cogitação.

Verónica e eu passamos duas horas no meu escritório, que ficava no segundo andar do Enigma. Expliquei a quantidade de funcionários que tínhamos e como era minha relação com eles, e esclareci que, se fôssemos transformar o espaço em um clube de *voyeurismo*, precisaríamos estar preparados caso alguns fossem embora. Verónica analisou tudo ao meu lado, profissional e implacável. Falamos sobre números, projeções e expectativas.

— Certo, acho que já decidimos as coisas mais importantes. Porcentagem, valor de investimento, marketing terceirizado. Em teoria, nossos dançarinos seguem com o padrão de não se envolverem com os clientes e com os donos, as pessoas que virão serão responsáveis pela experiência de *voyeurismo*. Isso os protege. Quero uma cláusula no contrato sobre isso também.

— Ótimo. — Deslizei meus olhos por Nicki.

Eu tinha um encontro com três profissionais do sexo dali a pouco, e esperava que isso diminuísse o meu desejo pela minha nova sócia. Não era apenas a conexão mental com a Verónica, eu queria realmente fodê-la de todos os jeitos possíveis, e isso sim era ainda mais perigoso do que qualquer outra coisa.

Que coisa repentina e primata é essa, carajo*? Não tão repentina*, meu cérebro avisou, *afinal você ficou de pau duro só por vê-la beijando uma mulher.*

Mas não era só isso, era?

Seria porque Nicki disse que teve apenas um homem em sua vida? Ou porque ela foi vulnerável e me contou sobre a sua inexperiência sexual? Por que eu me sentia compelido a... ensinar certas coisas?

Não tinha esse direito.

Essa sociedade precisava funcionar, era financeiramente importante para nós dois. Eu jamais deveria pensar com a cabeça de baixo. Não em uma situação como essa. Não com uma pessoa que eu conhecia. Definitivamente, não com Verónica Castelli.

— Quanto à decoração para transformarmos em um clube *voyeur*, vou encontrar a pessoa perfeita para adaptar o Enigma ao seu gosto pessoal, que é parecido com o meu, de qualquer maneira.

— Acredito que vamos encontrar uma mistura perfeita de nós dois. Vai manter a paleta de cores? — perguntei e fiz uma pausa. Nicki estava me encarando como se visse além. — O quê?

— Por que está olhando assim para mim?

— Como?

— Não sei, Rhuan.

Seu terno feminino e delicado, todo preto, me fez imaginar como seria tirá-lo, ainda mais percebendo que o sutiã combinava com o paletó, já que não havia camisa por baixo. *Por que ela perdeu tanto tempo com um cara que nem se preocupava se ela gozava?*

Senti meu rosto esquentar e respirei devagar.

— Só estava pensando se você pretende ir a um encontro depois daqui.

Ela estava com aquele perfume sensual, eu podia ver a lingerie por baixo do seu terno. Definitivamente, não tinha se arrumado para uma reunião de negócios.

— Combinei com um cara do Instagram em... — Ela virou o relógio em seu pulso. — Quarenta e três minutos.

— Saiu dos aplicativos?

— É mais seguro pelas redes sociais, eu acho. — Ela piscou, sorrindo. — Tenho que sair com pessoas e tentar encontrar o que estou buscando. Viver experiências. Sabe, eu me sinto atraída por você e não quero que isso reflita no local de trabalho.

— Não vai — prometi. Mas percebi que era mais complicado do que isso, então emendei: — Eu tenho a minha regra, mas não significa que seja fácil para mim — sussurrei. — Você é linda, Nicki. Você é linda de um jeito que nenhum adjetivo te cabe. Mas não é só a sua beleza. De qualquer maneira, seria complicado. Eu e você sabemos, então acho melhor manter as coisas platônicas.

— Concordo, mas se você continuar dizendo essas coisas, talvez eu desmarque o encontro.

— Não faça isso. Vá, divirta-se, viva.

— Eu vou.

— Não sou o cara certo, Nicki.

— Eu nunca pedi para você ser. — Ela expirou fundo. — Rhuan, olhe. — Ela se sentou na minha mesa. — Vamos tentar ser sócios e amigos, mesmo sabendo que arrancaríamos as roupas um do outro se pudéssemos. Não quero que fiquemos preocupados e desconfortáveis um com o outro. Nós flertamos e, sinceramente, acho que vamos flertar para sempre, mas podemos fazer isso, não podemos?

— A sociedade? Sim.

Me manter afastado de você? Talvez não.

Mas não era apenas pela sociedade, era? Verónica saiu de um casamento e estava tentando se encontrar como uma mulher solteira. Ela precisava viver de uma maneira que eu não poderia ajudar.

Não ainda, meu cérebro avisou. O tempo pode ser uma benção ou uma maldição. Meses depois de assinar os papéis, eu poderia estar ainda mais atraído por Nicki. Como nós poderíamos fazer isso, caso o tempo não trabalhasse a nosso favor, mas contra nós?

Eu precisava pensar.

— Perfeito, então. Vamos começar nossa aventura — Nicki disse. Eu cruzei os braços e sorri para ela. Mas algo na minha expressão fez Verónica parar.

— Vá para o seu encontro.

— Eu vou. — Fez uma pausa. — Olhe para mim, Rhuan.

Encarei-a intensamente, o seu perfume fluindo entre nós como o canto de uma sereia.

— Eu não tenho medo de você — garantiu.

— Sei que não.

— Sabe mesmo?

— Sei — prometi, meu corpo inteiro pulsando por uma sensação estranha.

Era atração física, mas havia mais alguma coisa por baixo disso. Uma receita errada para um casal de amigos que precisavam ser sócios.

— Ótimo. Estou indo para o encontro. Se divirta com as suas mulheres.

— Como sabe?

Nicki riu.

— Você aceitou o meu convite de compartilhamento de agendas. — Piscou e abriu a porta. — Te mando mensagem se precisar.

Ela saiu.

Inquietude, identifiquei. *Novidade,* percebi. Acima de tudo, *felicidade.*

Nicki não me deixava apenas excitado e intrigado. Ela me dava uma estranha sensação de viver a felicidade nas coisas mais simples.

Quando foi a última vez?

Pisquei, tentando me lembrar.

Não conseguia me lembrar de quando foi a última vez que uma *mujer* causou isso em mim.

Nicki era perigosa.

Eu teria que ponderar muito bem sobre tudo se quisesse que isso entre nós funcionasse.

Capítulo 10

Eu posso me levar para dançar
E eu posso segurar minha própria mão
Sim, eu posso me amar melhor do que você pode.
Miley Cyrus — Flowers

Nicki

— Você parece feliz — Rafael disse, do outro lado da ligação. — Rhuan me disse que vocês farão o empreendimento ser ainda mais sexy. *Voyeurismo*, Nicki? Isso é ousado até para você.

— Estou feliz de verdade. O Enigma é realmente tudo o que eu preciso e, além disso, tenho um encontro. Estou empolgada.

— Eu sabia! — Ele riu. — Droga, Nicki. Só quero que você viva tudo o que se privou por minha causa.

— Rafa, não diz isso.

— Você nasceu para ter um espírito mais livre e fazer coisas por si mesma. O Enigma é perfeito.

— Mas se não fosse você, eu jamais teria pensado no Enigma. Contei para os meus pais e eles ficaram tão felizes que vou fazer isso. Acho que encontrei o que estava procurando.

Rafa suspirou fundo.

— Irei o mais breve possível para assinar os papéis e estarei disponível durante a transição. Quero fazer reuniões com vocês dois toda semana até que você sinta que pode caminhar sozinha com o Rhuan.

— Tudo bem, vai ser importante ter o seu apoio. Mas acho que consigo fazer isso.

— Eu sei que consegue. Seus pais sabem que é um clube *voyeur*?

Eu ri.

— Sabem. Mas minha família é diferente, você sabe. Ninguém se importa com moral e bons costumes, desde que eu seja feliz.

— Você merece ser feliz, mas posso te perguntar uma coisa? — A voz dele pareceu tensa por alguns segundos.

— Claro.

— Você e o Rhuan... Seu encontro é com ele?

— Não. É com um cara que conheci no Instagram.

— Ah, não. Olha, eu não teria problema se você se envolvesse com o Rhuan. Ele sinceramente é um dos caras mais sensacionais que conheço, mas ele tem uma regra que...

— Eu sei, ele é um cara que não quer compromisso, assim como eu. Não quero namorar ou me casar de novo, Rafa. Estou decidida quanto a isso. Acho que Rhuan também. Seremos sócios. — Fiz uma pausa, lembrando-me do que tinha acabado de acontecer. — Mas se quer saber a verdade, eu me sinto atraída pelo Rhuan, e sei que ele se sente atraído por mim, mas vamos ter que saber administrar essa atração durante a sociedade. Não quero mentir para você.

— Eu não posso dar conselhos sobre como se envolver com o Rhuan, porque imagino que seja um assunto que não me cabe. Eu só sei me envolver com pessoas em relacionamentos estáveis. Mas seja no trabalho ou na vida pessoal, apenas faça o que a sua intuição mandar.

— É, eu sei. Obrigada, Rafa. — Parei de falar quando o avistei. — Droga, preciso ir. Meu encontro chegou. Depois conversamos.

— Tenha uma boa noite, Nicki.

Desliguei a chamada e Shankar se sentou à minha frente. Ele era bonito. Seus traços indianos eram tão fortes quanto seu nome. A pele cor de oliva, o cabelo escuro e cheio, a barba por fazer e os olhos amendoados e... *nossa*. Ele era ainda mais lindo pessoalmente. E o que era aquele sorriso? Senti um frio na barriga assim que ele pegou minha mão e se apresentou.

— Desculpe o atraso. Fiquei preso no escritório mais tempo do que esperava.

— Não se preocupe, eu também me atrasei — comentei.

— O que vamos comer? — Pegou o cardápio.

— Pensei em pedirmos o menu especial de comida japonesa.

Shankar fechou o cardápio e concordou, mas antes que ele pudesse chamar o garçom, abriu um sorriso para mim e começou a falar:

— Você disse que não está em busca de um relacionamento sério, apenas noites casuais. Sinceramente, eu sou um pouco mais romântico do que isso, mas não tenho tempo para me dedicar a um relacionamento quando meu trabalho tem me consumido tanto. Eu prefiro... sei que isso vai soar estranho, mas prefiro não saber muitas coisas sobre você, Nicki, para que a gente não crie um elo que não vamos ter como manter.

— Você acha que criaria um elo comigo em uma noite?

Shankar riu.

— Provavelmente. Por isso, se puder evitar falar sobre como você é incrível, seria mais fácil para mim. Ou eu cairia na repetição de te chamar para sair várias vezes, e poderia até me apaixonar por você, não é?

— Tudo bem.

Eu não poderia usar Shankar como exemplo, como modelo da sociedade atual, até porque fui casada por anos e tive poucas tentativas de encontros depois do divórcio, mas Shankar parecia muito com os homens que eu já tinha saído desde que assinei os papéis.

Eu não tinha transado com nenhum deles, estava disposta a viver o encontro do começo ao fim agora, mas sabia porque era o mesmo papo. Shankar parecia com os caras que eu já tinha saído não porque ele era direto, mas porque eu não acreditava em uma única coisa que ele estava dizendo.

Enquanto Shankar brincava de ser romântico e que precisava proteger o coração de mim, no fundo eu e ele sabíamos que uma noite não bastaria para eu me conectar profundamente com um homem que mal conhecia. Poderíamos conversar por vinte e quatro horas e eu ainda assim não saberia quem ele era. *Ma pensa!* Qualquer mulher poderia se apaixonar por um cara assim, como Shankar e todos os outros, pelas projeções que foram construídas e pelo ideal que Shankar parecia ser, mas isso jamais seria paixão de verdade.

Fingir que é romântico para ter uma noite proveitosa e provavelmente egoísta, sexualmente falando, era a personificação dos homens desonestos da sociedade espanhola atual.

Talvez do mundo inteiro. Como eu ia saber?

— Vamos jantar e aproveitar a noite — pedi.

Qual tipo de armadilha afetiva os homens estavam criando atualmente? Eles vinham com um papo de "não seja doce comigo para eu não me apaixonar por você", na esperança de que fosse uma psicologia reversa? Eles queriam manter as mulheres aos seus pés, mesmo depois de terem sido claros de que se tratava de um encontro casual? Que tipo de responsabilidade para com o outro esses idiotas tinham?

Olha, eu não sabia como agiam as outras mulheres, e esperava que elas não caíssem nessa, mas eu não ia repetir a dose com um falso romântico que era claramente desapegado. Nem se ele fosse um romântico de verdade. Não era o que eu estava buscando.

Nós comemos e eu fingi a todo momento que não sabia o que Shankar estava fazendo. Me seduzindo e querendo que eu permanecesse como um contatinho ou uma amiga com benefícios. Eu adoraria aceitar uma proposta assim se tivesse cem por cento certa de que a pessoa do outro lado tinha as mesmas expectativas que eu.

Mas por que vou me envolver afetivamente com um cara, apenas para inflar seu ego? Ah, me poupe. Não nessa encarnação.

Nós fomos para um hotel incrível, bebemos e nos divertimos. Eu estava empolgada porque seria o meu primeiro depois de passar a vida inteira só com o Rafael. Mas quando ele me beijou e tiramos a roupa, Shankar focou em si mesmo.

Meu corpo não se conectou com isso, com *ele*.

E não gozei.

Minha teoria foi confirmada depois que Shankar se arrumou, jogando a armadilha emocional de que nunca tinha se sentido assim, me deixando escolher como seria nosso próximo encontro, porque ele estava louco por mim.

Shankar não estava louco por mim. Ele só queria que eu permanecesse.

Alguém avisa ao homem que eu não sou do tipo que permanece?

Fui embora, olhando para o celular e vendo sua mensagem de um possível próximo encontro, convidando-me para uma feira erótica no meio do nada.

Revirei os olhos.

Mas a minha vida estava só começando...

Eu ia achar o que estava buscando.

PARTE II

Capítulo 11

Pode levar o tempo que precisar, sem pressa
Pode ser que a gente demore.

Justine Skye feat. Tyga — Collide

Rhuan

Olhei para o ambiente lotado, as pessoas se conhecendo, prontas para viverem a noite *voyeur*, a música sexy ao fundo.

Eu nunca vira o clube tão cheio, e isso graças aos meses de trabalho árduo de Verónica e de todos os funcionários. *Puta madre*, não podia acreditar que fomos tão longe. Estava acontecendo. Finalmente, o clube *voyeur* estava sendo inaugurado e, *mierda*, Verónica era absurdamente fantástica.

Adaptar minha vida à de Nicki nessa sociedade nos rendeu noites em claro planejando, falando com fornecedores, contratando novos funcionários, redecorando algumas áreas, encontrando uma equipe de marketing que divulgaria o Enigma sem precisarmos nos preocupar com redes sociais, contatos, parcerias, mas, acima de tudo, o que mais me marcou foi a profundidade da minha conexão intelectual com ela.

Nossas mentes funcionavam na mesma frequência. Eu não teria conseguido fazer isso sem ela, principalmente porque quando Rafael parou com as reuniões semanais e ficamos apenas nós dois, mergulhamos no trabalho a ponto de eu precisar, por algum tempo, me privar das palestras e da minha agenda virtual, concentrando-me apenas nos meus pacientes do consultório, porque o Enigma nos consumiu. Esquecemos o que eram os finais de semana, se tínhamos comido ou não, mas nunca do nosso compromisso com o projeto.

Sempre nos reunindo no clube, Verónica e eu agora tínhamos nossos escritórios, e todo o tempo que passei com ela não tornou as coisas mais fáceis.

Eu estava certo.

O tempo poderia funcionar a meu favor, mas também poderia agir contra mim.

A segunda opção foi a que aconteceu.

As noites com as profissionais do sexo poderiam tirar do meu corpo a vontade de estar com Nicki. Me exaurir de tanto trabalhar e foder com *mujeres* parecia a receita perfeita para tirar minha sócia dos meus pensamentos. Mas quanto mais tempo passava e quanto mais ela falava dos seus encontros furados e dos homens incapazes de lhe darem um orgasmo, mais eu me sentia inclinado a fazer a proposta que ficou rolando na minha mente por meses, sempre no fundo dos meus pensamentos, mas ali. *Presente*.

— Estamos fazendo em uma noite o lucro de dois meses do clube, Rhuan — ela disse ao meu lado. — Os valores não param de subir. Dois meses!

— Que bom. — Umedeci os lábios. — Eu não tinha te visto.

Ela sorriu.

— Mas estou aqui.

E Verónica estava ali. Estava sempre ao meu lado, trabalhando dia e noite, mas hoje parecia ainda mais especial. Era a reinauguração do Enigma. Um projeto que fizemos juntos, como se estivéssemos criando uma criança. Nunca imaginei que ter uma sócia participativa seria tão íntimo, mas era mesmo como transar com a minha mente. Verónica estava fazendo isso, e não parecia se esforçar.

— Se eu te comparasse à lua, ela ficaria envergonhada e, ao mesmo tempo, lisonjeada. Você parece ter feito chover prata sobre o seu corpo, Nicki. Eu consigo ver cada curva sua e ainda assim quero ver mais.

— Achei que esse vestido era a cara do *voyeurismo*. Sempre queremos ver mais.

— É... — Desci os olhos pelo seu corpo. — Sempre queremos *un poquito más*.

O vestido era colado, de um tecido transparente em lugares como sua cintura e seus braços. O decote entre os seios era de matar, mas a peça parecia feita de joias, como dezenas de colares. Ela parecia nua, e nem um pouco nua ao mesmo tempo. Seus saltos altos eram da mesma cor prata do vestido e eu odiei saber que ela tinha chamado um cara para a inauguração.

Ela transaria com ele na minha frente?

Se bem que seria interessante. Seria interessante ver alguém tocá-la.

Eu disse que as coisas estavam piores.

— O dezenove já está aqui?

Nicki sabia que eu numerava seus encontros. Eu jamais me lembraria dos nomes ou rostos deles. Eram apenas casos de uma noite, mas me irritava saber que eles não cuidavam bem dela.

— Não. — Ela ficou na ponta dos pés. — Pedi para ele vir mais tarde. Eu quero ser um pouco *voyeur* esta noite. Será que as pessoas vão se desinibir mesmo e aceitar a proposta do clube?

— Mais algumas doses e começarão a tirar a roupa.

— É. — Nicki olhou para mim e a máscara prata no seu rosto a fazia parecer ainda mais enigmática. — O dono do clube vai tirar a roupa também?

— Não esta noite, a não ser que você me peça.

— Se eu pedir, você faz?

— Sabe que não tenho vergonha.

— Eu sei que não. — Ela sorriu. — Ai, olha! — Apontou para cima.

Nicki e eu tínhamos colocado algumas gaiolas de vidro no segundo andar. Os dançarinos ainda estavam performando, mas o show seria dos próprios clientes dessa vez. Para quem gostava de privacidade, havia os quartos, mas todas as portas eram de vidro. A ideia é que os exibicionistas e os *voyeuristas* se encontrassem em um lugar só. Mas havia a área mais especial do clube, dedicada a uma orgia a olhos vistos, onde uma cama imensa poderia ser usada por quantas pessoas quisessem. Havia poltronas para que os *voyeurs* pudessem se acomodar e curtir.

Mas o que Nicki queria me mostrar era um casal nu em uma das cúpulas de vidro. Ele estava beijando-a com força e pressionando-a contra o vidro. As pessoas estavam olhando para eles e mais alguns casais foram para outras cúpulas e outros lugares disponíveis. Em mais alguns minutos, conseguimos ouvir os gemidos ao fundo, e Nicki bateu a sua taça de champanhe na minha.

— Sócio, nós criamos o pecado.

Eu ri.

— É... — Meus olhos foram para uma das cabines. A maneira como ele apertava os seios da mulher e como ela gemia enquanto ele deslizava para dentro dela começou a me deixar duro.

Isso me levou para um cenário em que eu pegava a Nicki e fazia o mesmo. Como seria? Vê-la como um *voyeur* ou me exibir com essa mulher? Mostrar para o mundo como eu a foderia?

Os dois cenários eram igualmente excitantes para mim.

E essas fantasias com Nicki eram recorrentes.

Eu não havia me tocado pensando nela, quase como se quisesse punir meu corpo pela vontade do meu cérebro, mas aproveitava quando minha mente criava cenas de nós dois. Sonhar com Verónica Castelli era o máximo que eu me permitiria.

Lancei um olhar para ela, perguntando-me se, em algum dos seus encontros, Nicki imaginou como seria meu pau deslizando para dentro dela, como seriam os meus gemidos no seu ouvido e como eu a faria gozar.

— Você realmente não teve um orgasmo em nenhum desses encontros?

Verónica me olhou e pareceu confusa.

— Eu te contei sobre todos.

— Você mentiu para mim?

— Nunca.

— Eles nunca te fizeram gozar *mesmo*?

— Eu te falei que os homens são egoístas quando se trata de uma noite e nada mais. Não sei se a psicologia explica isso, mas eles não se importam em me impressionar ou sequer se importam com o que preciso.

— Então por que você continua saindo com esses caras?

Nicki deu de ombros.

— Esperança. — Fez uma pausa. — Não é isso que nos move?

— Talvez você esteja procurando neles algo que não consegue encontrar em si mesma. — Fiz uma pausa. — Está buscando respostas, Nicki?

— Acho que essa conversa implora por um uísque doze anos — ela brincou, remetendo ao começo da nossa sociedade.

— Vou buscar.

— Não, fica aqui. Eu estou bem só com o champanhe. Não sei, Rhuan. Acho que preciso ter essa conversa com você em um ambiente mais tranquilo.

Terminei a taça e, enquanto o garçom passava servindo coquetéis, peguei uma dose de uísque para mim e outra para Nicki. Bebemos sem saborear. Talvez ambos estivessem ansiosos com o Enigma ou talvez sempre ficássemos um pouco lunáticos na presença um do outro.

— Quer ir para a minha casa depois daqui? — convidei.

— Vamos transar?

Gargalhei. *Carajo*, depois de meses, essa *mujer* ainda não tinha aprendido a flertar.

— Não. *Conversar*.

— Ainda não conheci a sua casa.

— É um apartamento de homem solteiro e eu tenho uma cacatua.

— Você tem um pássaro? — Nicki praticamente gritou.

— Tenho. — Sorri. — Está surpresa?

— Você tem um animal de estimação? É claro que estou surpresa!

— Há muitas coisas para descobrir sobre mim.

— E você disse que não tem segredos.

— Se seu encontro com o número dezenove der errado, saia comigo.

Nicki mordeu o lábio inferior.

— É claro que sim.

— Combinado, então. Vou ver se os funcionários precisam de alguma coisa. — Me aproximei, coloquei a mão na sua cintura e dei um beijo na sua bochecha, próximo ao canto do seu lábio. Mas não o suficiente para encostar. Nicki tremeu assim que me afastei. — Você está bem?

— Sempre ótima.

Limpei o canto do seu lábio, que havia borrado de batom pelo drinque.

— Sempre linda. Já volto.

Ouvi o suspiro de Nicki assim que virei as costas.

Tudo estava bem, os funcionários estavam bem trabalhando fluidamente e o Enigma estava com uma projeção financeira promissora. As pessoas estavam exibindo seus corpos e seus orgasmos, os *voyeurs* estavam aproveitando a festa. Tudo parecia perfeito, exceto... que Nicki estava com o dezenove.

Ele devia ser um pouco mais novo do que nós. Estava ocupado demais observando o lugar e realizando sua provável fantasia adolescente para sequer notar a mulher impecável que estava ao seu lado.

— Ele é um babaca — Andrés disse, com a mão na cintura da Natalia.

Andrés foi o meu primeiro *hermano* a me apoiar na transformação do Enigma em um clube *voyeur*, porque se trata de lidar com fantasias. Já que ele trabalhava com a audição e eu com a visão, sabia que eram coisas semelhantes, de alguma maneira. Portanto, Andrés e Natalia me entendiam, e adoraram o lugar. Não duvidava que ambos aproveitariam o clube em algum momento que eu não estivesse ali.

— Enquanto o Rhuan não conversar com a Nicki, ela vai continuar saindo com caras errados e se frustrando — Natalia observou.

— Terei uma conversa com ela esta noite, no meu apartamento.

— Ah, é? — Andrés pareceu surpreso.

— Quero entender o motivo de ela estar repetindo o mesmo erro diversas vezes.

— Talvez porque você não tenha oferecido uma opção, Rhuan — Natalia apontou.

— Preciso que ela diga o que realmente quer, e eu só vou conseguir fazer isso tendo uma conversa.

— Acho que sei onde você quer chegar — Andrés ponderou.

— Rhuan, pode me dar um minuto? — Mario, nosso gerente-geral, me chamou. Pedi para Andrés e Natalia aproveitarem o clube e me aproximei dele. — Temos tudo sob controle, mas mais pessoas entraram. Estamos com a capacidade máxima, só que tudo parece funcionar como um relógio suíço.

Estamos conseguindo administrar muito bem com a equipe.

— Isso é ótimo. Significa que posso sair da festa de inauguração depois de fazer um pouco mais de social?

— Sim, perfeitamente. Você e a Nicki podem ir, se quiserem.

— Obrigado, Mario.

Passei uma hora conversando com alguns patrocinadores que tinham vindo apenas para apreciar o lugar e ver o movimento, quando estava indo de encontro a Nicki, ela subitamente me puxou pela manga do terno e chocou seu corpo contra o meu em uma das paredes do clube, respirando ofegante enquanto ria.

— Só fica aqui comigo por cinco minutos até o dezenove perceber que fui embora.

— A parte mais surpreendente é você chamá-lo de dezenove.

— Shhh — pediu, observando ao redor para ver se ele estava perto.

Seu corpo estava colado ao meu, e fiquei assim com ela por alguns segundos até puxar Nicki pela cintura e colá-la ainda mais contra mim. Meu queixo se apoiou no topo da sua cabeça e seu coração bateu com força em algum lugar do meu corpo.

Nos encaixávamos tão bem.

Ela pareceu respirar fundo e percorri suas costas com a ponta dos dedos para cima e para baixo, o vestido prateado e um pouco da sua pele contra a minha. Senti meu coração dar uma cambalhota idiota quando Nicki resolveu passar os braços ao redor da minha cintura. Ignorei os gemidos ao nosso redor, a música, as luzes de festa que passeavam ocasionalmente por nós, e me concentrei apenas na *mujer* que estava ali comigo.

Porque estávamos nos abraçando pela primeira vez.

A parte mais assustadora não foi constatar esse abraço, foi perceber que não havia nada sexual em tê-la contra mim. Se eu pensasse no seu corpo contra o meu, responderia, mas não era sobre isso, era sobre ser capaz de envolver o pequeno mundo de Verónica em meus braços.

Então, me curvei, o suficiente para envolvê-la de verdade. Encaixei meu rosto no seu pescoço, em um abraço de urso, e Nicki se surpreendeu quando a abracei por completo, como se eu sentisse saudade ou como se precisasse disso mais do que poderia admitir.

— Preciso te agradecer por ter enfrentado leões comigo por meses.

— Rhuan...

— Você abraçou o Enigma como estou te abraçando agora. Preciso apenas retribuir e agradecer. Perdi a conta de quantas emergências eu tive com os meus pacientes, e você precisou ficar aqui, sozinha. Obrigado, Verónica. Nós conseguimos. — Fiz uma pausa. — Eu sei que não foi fácil, madrugadas em claro, um projeto ousado e maluco, mas não seria isso, nada disso teria acontecido sem você.

Ela se afastou um pouco de mim e segurou nas laterais do meu rosto.

— *Tu sei, bellissimo* — falou em italiano. — Rhuan, eu tenho que te agradecer. Sinto que estou começando a viver. Todos os dias, desde que te conheci, minha vida passou a fazer sentido. Não quero te colocar esse peso e responsabilidade, sobre como me sinto e a vida que levo, mas foi graças a esse empreendimento e à nossa amizade que chegamos onde chegamos.

— Eu sei disso, ainda assim, precisei te agradecer.

Minha vida também tem sido incrível desde que você chegou.

Mas dizer isso complicaria as coisas.

E eu não queria complicar além do que já pretendia.

— Vamos? — perguntei, afastando-me dela um pouco. — Estou louco para te apresentar a Dulce.

— Quem é Dulce?

— Minha cacatua.

— Rhuan, eu vou amar a sua cacatua.

— Ela vai te amar também. — Sorri, dando a mão para Nicki e a levando para fora dali. Assim que saímos, acionei o alarme do meu carro. — Capaz de ela querer ir embora com você.

— É? Por quê?

— Porque ela ama todo mundo que conhece. Ela já tentou fugir com todos os meus primos.

— Você maltrata a sua cacatua?

Gargalhei.

— Você vai ver que a casa é mais dela do que minha. — Fiz uma pausa. — Eu a adotei em uma das viagens que fiz para o interior da Espanha e, desde então, somos melhores amigos. Mas ela fala muitos palavrões. Acho que por minha culpa, ou pelo antigo dono. Nunca vou saber.

— Você a adotou?

— Sim. O antigo dono não tinha mais condições de criá-la e eu a peguei.

— Ah, Rhuan. Me conte todas as histórias da Dulce, por favor.

Nicki foi todo o caminho ouvindo, rindo e se emocionando com as histórias da Dulce enquanto eu dirigia para casa.

É, esta noite seria mais diferente do que eu tinha imaginado.

Capítulo 12

Eu sou o único de quem você precisa.

Travie's Nightmare — Only One

Nicki

O apartamento de Rhuan era uma cobertura de alto luxo, imensa, com uma grande varanda de vidro e a decoração em tons terrosos e naturais. Assim que entrei, fiquei um pouco surpresa pelo jogo de cores marrom e nude; não era o tipo de coisa que eu esperaria de um homem com a personalidade de Rhuan. Talvez cinza e azul-marinho, mas nada parecido com *isso*.

Enquanto andávamos pela casa, percebia que havia muitos vasos de plantas, não flores, em cada canto. O pé-direito alto do apartamento era lindo, as cortinas automatizadas e o conjunto de sofá marrom e poltronas pareciam ser bem aconchegantes. Rhuan tinha uma lareira, mas também uma estante com itens de decoração e... *peças de arte.*

Livros sobre psicologia e neurociência também atraíram minha atenção. Sua cozinha era no estilo americano, com apenas uma bancada separando-a da sala. Assim que meus olhos foram para lá, percebi que Rhuan gostava mesmo de cozinhar. Havia itens que eu nem sabia para o que serviam, mas o auge era o espaço da cacatua na sala.

Havia uma gaiola bem grande, mas que ficava aberta, e alguns troncos para que ela andasse. Ele não brincou quando disse que a casa era mais da Dulce do que dele, e foi simplesmente adorável vê-la dormindo no poleiro. Rhuan não acendeu todas as luzes para não a incomodar, apenas os abajures, deixando o clima agradável. Ele pareceu se divertir ao reparar na minha surpresa ao ver que Dulce era grande; eu nunca tinha visto um pássaro assim de perto.

— Ela é linda — sussurrei.

— Dulce não percebeu que cheguei em casa. Ou teria voado até mim, me cobrando atenção. — Rhuan foi para a cozinha, afrouxando a gravata. — Quer algo para beber?

— Vinho, se tiver, obrigada.

Ele estava com um terno de três peças. Tiramos as máscaras no momento em que entramos no carro, e olhá-lo assim parecia mais irresistível. Seu ambiente era lindo, seu apartamento era doce e ele ter adaptado a cobertura de homem solteiro por causa do seu animal de estimação derreteu uma parte minha que eu nem sabia que existia. Rhuan tirou o paletó e, por fim, a gravata, ficando apenas com a camisa social, o colete e a calça.

— Dulce tem uma babá, você acredita nisso? — Me peguei admirando-o.

Pisquei e segurei a risada.

— Uma babá?

— Ela é muito sociável, não gosta de ficar sozinha. Ela voa da varanda e volta para mim sem nenhuma restrição, mas esses voos são raros. Dulce gosta mesmo é de ficar em casa e da minha presença. Então, uma babá vem aqui todos os dias, serve de companhia, e depois vai embora. É uma amiga da minha mãe. Uma senhora que tem um viveiro de pássaros e sabe cuidar deles. Às vezes, Dulce passa férias por lá e, às vezes, ela fica na minha casa de campo.

— Como descobriu que Dulce não gostava de ficar sozinha?

— Quando ela destruiu o meu apartamento.

Gargalhei.

— Ai, desculpa.

— Ela ainda destrói se fico muito tempo longe, mesmo com a babá.

— É como se você tivesse um bebê.

Rhuan riu e se sentou ao meu lado, me entregando a taça. Seus olhos verdes sob a pouca luz me causaram um frio na barriga. Me lembrei da sensação do abraço dele, e esse contato físico foi algo novo entre nós.

Todos esses meses trabalhando ao lado desse homem só me empurravam ainda mais para perto dele. Eu não sabia como parar de me interessar por Rhuan, mas eu o achava, a cada dia que passava, mais fascinante. Ele não se abria muito comigo sobre a sua vida pessoal e o seu passado, mas, ainda assim, era como se a minha alma falasse com a dele.

— Nick, quero celebrar o que conquistamos, a festa está lotada e desde que começamos, só agora pudemos parar para conversar. *Realmente* conversar. Sabe, eu não trago pessoas para o meu apartamento, mas tudo com você é... — Ele balançou a cabeça e pareceu rir de si mesmo. — Eu precisava falar com você.

— Estou feliz com o que conquistamos, Rhuan. Eu sei que tudo isso entre nós é novo para você, e é também para mim. Também sei que nos sobrecarregamos de trabalho e não pudemos tirar um momento para aproveitar a companhia um do outro. Exceto quando eu falava dos meus encontros furados. — Bebi um gole do vinho e congelei. — É a minha uva favorita.

— Eu sei.

— Como?

Ele apoiou o braço no encosto do sofá e relaxou.

— Eu observo.

Eu também sabia coisas sobre ele. Como o fato da agenda profissional de Rhuan ter mudado desde o Enigma, ter conseguido abrir mais espaço para nós e para o empreendimento. Rhuan também tentava reservar um tempo para ficar com os seus pais, mesmo que a vida estivesse caótica. Gostava de degustar um belo *tinto de verano* ou uísque com uma pedra de gelo. Amava assistir a esportes, mas não tinha tempo para acompanhar as partidas. Colocava notificações no celular e acompanhava o grupo da família, mesmo fingindo que não. Ele lia tudo e se importava com todos, mesmo que não externasse isso. A cada dia, eu queria conhecê-lo mais, mas Rhuan colocava uma muralha entre nós, e eu sabia bem o motivo.

Nos sentíamos atraídos um pelo outro, e ele não queria complicar as coisas.

— Eu também sei muitas coisas sobre você. Não que tenha me dito, mas eu sei.

— Você me observa? — perguntou suavemente. Sua voz rouca preenchendo o ambiente me deixou arrepiada.

— Sempre.

— É... — Rhuan terminou o vinho e se levantou para ir até a bancada da cozinha, trazendo a garrafa. Ele a colocou na mesa de centro depois de ter nos servido mais uma taça. — Mas eu me preocupo com você, Nicki.

— Em que sentido?

— Eu não deveria cruzar essa linha, mas... *carajo*, olha, fiquei sabendo sobre os seus encontros e ouvi você falar de como tudo isso tem sido frustrante. Entendo o conceito de ter esperanças de encontrar ao menos um parceiro sexual, mas a vida de solteira tem sido diferente do que você imaginava?

— É com isso que tem se preocupado?

— Sim. — Ele pareceu mesmo interessado.

— Ser solteira não é tão fácil quanto eu esperava. Tantos encontros e nenhum se preocupou com o meu prazer. Como mulher, percebi que o problema em querer sexo casual e assumir isso é perceber que os homens que dividem a cama comigo só estão preocupados com eles mesmos. Já tive que lidar com homens tão egoístas que se levantaram da cama assim que gozaram apenas porque achavam que o trabalho estava feito. Mas a intenção do sexo casual não é ser bom para os dois? Ou por que nos encontraríamos, de qualquer maneira? Sem contar as armadilhas emocionais. É como se eles não me deixassem aproveitar, como se o sexo tivesse que ser esquisito. Mas, *cazzo*, por ser apenas uma noite, não deveriam se esforçar para que fosse a melhor de nossas vidas?

— Eles têm sido egoístas e você sente um julgamento da parte deles por assumir que não quer se comprometer?

A pergunta de Rhuan foi tão doce que, mesmo que não conseguisse entender o motivo, eu quis chorar. Talvez porque ele fosse psicólogo e soubesse arrancar as emoções, talvez ele soubesse dizer as coisas certas, ou talvez porque era apenas ele ali. Eu contei para as minhas amigas sobre as experiências e elas não me entendiam completamente, mas Rhuan...

— Eles acham que só porque não quero me envolver emocionalmente, o meu prazer é invalidado. Mas não é só esse o problema, Rhuan. Eu quero mais do que esses homens podem me oferecer. Quando você me perguntou se estou tentando buscar respostas, sim, eu acho que quero buscar respostas dentro de mim mesma. O que estou procurando? Por que essas experiências sexuais são tão horríveis? O problema está neles? Ou em mim?

Rhuan segurou minhas mãos.

— A sociedade não está pronta para aceitar mulheres livres e que tenham voz quando comunicam seus desejos. Muitos homens acreditam que sabem o que estão fazendo e que a maneira como transam é a correta e a mais perfeita. Mas o ajuste ao corpo um do outro não é somente dado pela química ou pela conexão, é também pelo interesse. Você tem que estar interessado em entender o desejo e o que excita quem está dividindo a cama com você, não importa se é por uma noite ou pelo resto da vida. Infelizmente, muitos não tem consciência disso.

Respirei aliviada.

— Mas preciso de mais do que uma cama e um homem em cima de mim, Rhuan. O que eu quero, o que preciso, talvez nem eu mesma saiba.

— Você quer mais.

— Sim, quero mais do que isso, mas não sei bem o que é. — Respirei fundo. — Eu quero experiências mais ousadas, sensações mais carnais, eu quero o limite entre o prazer e a vergonha. Quero desconstruir tudo o que imaginei ser sexo até agora. — Me inclinei para Rhuan. — Beijar Eva foi a coisa mais ousada que já fiz, e por isso mesmo me senti tão compelida a fazer. Observar os dançarinos no Enigma me deixa mais molhada do que as preliminares dos idiotas com quem tive encontros. Viver entre o proibido e o vulgar me excita.

O maxilar de Rhuan ficou tenso, e ele passou alguns minutos pensando, refletindo, até falar em um tom de voz baixo:

— Eu pensei muito durante esse tempo, ouvindo você falar dos *cabróns*, trabalhando ao seu lado. Eu criei esse relacionamento sólido com você e a nossa sociedade. Fluímos bem juntos, temos a mesma mente para muitas coisas, mas não é só isso o que temos em comum.

Seus olhos se mantiveram fixos em mim, como se ele estivesse me estudando.

— Você quer me ouvir ou quer deixar para outro momento? — adicionou.

Engoli em seco.

— Eu quero te ouvir.

— Além do *voyeurismo*, eu acho que você é sexualmente compatível comigo.

Sexualmente compatível.

Meu coração parou de bater.

— Durante esses meses, eu tive certeza. — À fraca luz, vi suas pupilas tão intensas, como se ele estivesse se preparado para chover sobre mim. — Entrei em um processo mental de acreditar que isso seria loucura, porque isso poderia nos aproximar emocionalmente. Você não quer um relacionamento, eu também não. Então, analisei os prós e os contras. Ponderei muito, foi a maior quantidade de tempo que já levei para tomar uma decisão. Estava pensando sobre isso desde que você saiu com aquele primeiro cara, Nicki. Eu vi você saindo com todos esses caras e pensando qual seria o melhor momento e se seria uma boa ideia.

Prendi a respiração, os batimentos retumbando no meu pescoço.

— Cheguei à conclusão de que nós dois somos resolvidos o suficiente para não nos envolvermos romanticamente — continuou. — Tivemos todos os indicativos de que poderíamos nos apegar um ao outro, quer dizer, fluímos juntos, temos maneiras de pensar semelhantes, você me entende, eu te entendo, podemos conversar por horas sobre assuntos que ninguém mais tem interesse. No entanto, nós dois fomos capazes de driblar isso tudo e sermos sócios, priorizando o trabalho e o Enigma. Isso me faz pensar que, se dividíssemos a cama, você também priorizaria a experiência, e não o fator emocional. — Ele parou. — O que eu quero dizer é que você quer viver coisas novas. E parece perfeito eu ser o homem que quer te dar tudo isso, que quer te mostrar que você pode viver o que quiser sexualmente, desde que se permita. — Ele sorriu. — Eu posso fazer todas as coisas mais vulgares que você pensou que nunca faria. Porque eu sou esse cara, Verónica.

— Mas você disse... — Me senti tonta. — Que não dorme com mulheres que não são profissionais.

— Porque nenhuma delas é você.

Fiquei parada, absorvendo Rhuan, tentando entender... por que, de repente, meu cérebro ficou confuso, enrolado, preso nas palavras dele. Eu não era burra, entendi o que ele quis dizer, mas jamais pensaria que Rhuan teria ponderado e escolhido me propor algo assim.

— Você quebraria a sua regra por mim?

— Liberdade na cama, orgasmos, sexo com vontade, entrega, fazer uma mulher gozar gostoso sem ser complicado. É tudo o que eu sou, Verónica. Posso ser o cara que não complica a sua vida, que não exige nada além do seu prazer, que não vai se apaixonar. Eu sou perfeito para o que você está buscando.

— Mas você é um homem só, e eu quero vários — admiti em voz alta.

Ele riu.

— Teremos vários em nossa cama, então.

Sério?

— E garotas.

Rhuan assentiu.

— Todas que você quiser.

Meu Deus.

— Podemos fazer isso de regra? — Ergui a sobrancelha, confiante, embora tudo em mim estivesse girando. Eu confiava em ser amiga com benefícios de Rhuan, porque já o conhecia. Mais importante do que isso, confiava que ele jamais exigiria de mim o que eu não estivesse disposta a oferecer. — Nunca dormirmos apenas nós dois? Sempre alguém a mais?

— Sim, isso nos limitaria, e eu posso concordar. — Ele se inclinou. — Era isso o que você queria, não? Um trabalho para amar, experiências sexuais para se lembrar...

— Sim.

Rhuan piscou para mim.

— Essa brincadeira do destino de te colocar na minha vida foi o tiro mais certeiro que as estrelas já deram.

— Você entende que vamos mudar a vida um do outro sem nos envolvermos emocionalmente para isso? Rhuan, dividir o Enigma e viver essas experiências sexuais com você é um salto grande para mim.

Rhuan me observou, seus olhos sérios.

— Quando você quiser parar, diga e nós paramos. Não a sociedade, mas o sexo.

— Sim, eu sei.

— Você precisa estar certa.

— Rhuan, você é gostoso, eu dei em cima de você desde o primeiro dia, e conforme fui te conhecendo, soube que você era experiente o suficiente para me levar para outros cenários. Eu queria isso, só pensei que nunca fosse acontecer. Sinceramente, só estou surpresa. Você é perfeito para mim, de uma forma... não é...

— Não é romântica, eu sei. — Seus olhos ficaram surpreendente ternos. — Você quer ser tocada e apreciada. Não posso te amar com o meu coração, Nicki, mas sei fazer isso muito bem com o meu corpo. Você também não quer entregar o seu coração para ninguém, então saiba que nunca vou pedi-lo. Nós vamos brincar um com outro na cama, e vamos falar de finanças fora dela.

— Eu sei que você nunca vai misturar os assuntos. Nosso relacionamento vai ser diferente do que as pessoas geralmente têm.

— Liberte-se do que a sociedade julga certo e se pergunte: você quer isso?

— Sim, muito.

— Então, isso nos torna certos.

— Isso nos torna perfeitos.

Rhuan riu e umedeceu os lábios.

— Isso é um sim?

— É definitivamente um sim.

Capítulo 13

Eu sei que é uma má ideia
Mas como posso me segurar?
Ed Sheeran — Eyes Closed

Rhuan

Algo me despertou. Um pouco tonto e com dor de cabeça, me espreguicei e abri os olhos, estranhando o fato de não estar na minha cama. Percebi, ao olhar para a varanda, que o tempo estava nublado, como se uma chuva estivesse prestes a cair.

Só que, assim que olhei para a direita, tive uma visão que jamais iria esquecer. Nicki estava com aquele vestido ousado da festa de ontem, dançando de um lado para o outro com Dulce empoleirada em seu ombro. Franzi os olhos para entender se eu estava sonhando, até me lembrar...

Ah, mierda. Noite passada conversei com Nicki até tarde. Nós bebemos três ou quatro garrafas de vinho sozinhos e ela adormeceu no meu sofá. Fiquei um tempo sem saber o que fazer, porque nunca tinha trazido ninguém para o meu apartamento e não poderia levá-la para casa dormindo, certo? Então peguei Nicki no colo e a levei para a minha cama, adormecendo na sala...

Carajo, por isso que...

— Dulce. Dulce. Dulce — minha cacatua falou.

— É, você é a Dulce. Minha nova melhor amiga. Eu sou a Verónica, mas pode me chamar de Nicki — Nicki disse, rindo baixinho com medo de me acordar. Levei minhas mãos para trás da cabeça e abri um sorriso. — Vou tomar café.

— Café. Café. Café.

— Você não pode tomar café.

— *Mierda! Carajo! Hijo de puta!* — Dulce replicou, batendo as asas.

Nicki não aguentou e gargalhou.

— Você chama o Rhuan assim?

— Rhuan. Papai — Dulce adicionou docemente, acalmando-se.

Meu sorriso ficou mais largo.

— É, papai parece legal. Você não pode xingar assim. *Dio mio*, quem te educou? — Fez uma pausa. — Ou talvez eu deva te ensinar xingamentos em italiano também? *Stronzo*.

Dulce pareceu interessada.

— *Stronzo* — Nicki repetiu, rindo. — Eu vou falar até você aprender.

— *Hijo de puta!* — Dulce replicou.

— Bom dia — eu disse, ainda deitado no sofá.

Nicki se virou para mim de repente, como se estivesse fazendo algo errado, e Dulce se manteve no ombro da minha sócia. Ela não voou para a minha mão como fazia sempre. Apenas me olhou à distância, virando sua cabeça e subindo a crista para me analisar. Dulce tinha amado a Nicki. Verónica, por sua vez, desceu os olhos por mim e me viu todo desarrumado e com a cara amassada por causa do sofá de couro.

— *Buongiorno!* Fiz o café e virei a melhor amiga da Dulce — ela explicou.

— Percebi — falei. — Vou ao banheiro, já volto.

— Tudo bem.

Quando voltei, havia uma xícara fumegante de café na mesa de centro. Nicki estava em uma poltrona junto com a Dulce, empoleirada em seu ombro como se nunca a quisesse deixar ir. Assim que admirei os olhos cinzentos da minha sócia, me lembrei de que ela não seria apenas isso.

Não mais.

Dulce, como se somente naquele momento se lembrasse da minha existência, voou até mim e baixou a cabeça para receber seu beijo de bom-dia. Eu sorri e conversei um pouco com ela, sentindo os olhos de Nicki em mim.

— Quem é a linda do papai?

— Dulce. Dulce. Dulce.

— Vou colocar algumas frutas para você.

Dulce fez o som de beijos e apoiou o bico nos meus lábios. Então, se afastou e me olhou com seriedade.

— *Puta!*

Revirei os olhos, rindo. Me levantei com a Dulce e peguei algumas frutas. Ela ficou se distraindo com elas por alguns minutos, mas logo depois subiu em um dos seus brinquedos, o carrinho cor-de-rosa. Se empoleirou nele, em cima das quatro rodas, e usou uma das patas para dar impulso e patinar pela casa.

Nicki a observou por um tempo, dando risada das peripécias que Dulce fazia. Quando me sentei no sofá, comecei a pensar.

Apesar de ser um cara boêmio, de ter uma vida agitada e duvidosa, em que orgias na minha cabana afastada da cidade estavam na minha lista de diversões, propor ser amigo com benefícios de Nicki era a coisa mais ousada que eu já tinha feito. Não porque o que eu faria com ela seria diferente do que já fiz, não porque Nicki queria sexo com outras pessoas para que não ficasse complicado, mas justamente por ser essa *mujer* a dividir momentos comigo.

Não é todo o dia que você encontra alguém que quer viver o mesmo que você. Sexual e profissionalmente. São duas coisas que jamais pensaria em encontrar em uma única *mujer*.

É perigoso, mas não é. Porque eu sabia que daria certo. Éramos racionais e maduros, conhecíamos as nossas emoções e nos entendíamos como ninguém.

— Preciso ir para casa tomar um banho e ir visitar o Enigma, para falar com o Mario e ver como estão as coisas. — Nicki bebeu um gole do café.

Assenti e senti um frio no estômago quando desci os olhos para o vestido.

— Eu tenho um paciente em... — Pigarreei, olhei para o relógio e vi que eram sete e meia da manhã. — Uma hora e meia. — Fiz uma pausa. — Obrigado pelo café.

— É uma das poucas coisas que sei fazer na cozinha — falou, e eu ri, mas Verónica estava me observando com aquele olhar intenso, que parecia invadir o meu cérebro e ler cada conexão que meus neurônios faziam. — Vamos conversar sobre a conversa?

— Conversar sobre a conversa?

— Falamos um pouco de tudo ontem, mas não chegamos a um acordo prático. — Ela se empertigou e adotou sua postura de negócios. — Quero saber quando vamos começar.

Apoiei lentamente a xícara em cima da mesa, um sorriso aparecendo em apenas um canto dos meus lábios.

— Você vai ter que confiar em mim.

— Eu sei, mas... precisa me avisar com antecedência.

— Isso não é uma reunião do Enigma, Verónica.

Ela pareceu nervosa.

— Eu sei.

— Você quer que eu trate isso de forma profissional? — Ergui uma sobrancelha. — Vai te deixar mais confortável?

— Eu acho... talvez. Sim.

— Ok. — Cruzei os braços na frente do peito. — Para a sua primeira vez, o que te deixaria mais confortável? Eu, você e outro casal? Eu, você e uma garota? Eu, você e outro cara? Ou te excita mais a ideia de estarmos em público com mais pessoas?

Nicki piscou rapidamente.

— Você está mesmo sendo profissional.

— Você me pediu.

— Tudo bem, tudo bem. — Nicki riu. — Eu gosto da ideia de estarmos em público, mas não acho que estou pronta. Quero fazer isso eventualmente, mas para uma primeira experiência? Prefiro um casal. Pode parecer loucura, mas não tenho experiência com sexo, Rhuan. Não tenho mesmo. Os caras que encontrei não agregaram em nada, e não sei... não sei fazer isso o que você faz. Então, antes de dormirmos com outras pessoas, preciso que venha até a minha casa, tome um drinque comigo e me relaxe.

— Tudo o que é novo assusta, mas nós vamos com calma. Você quer mais tempo?

Desci os olhos por seu decote, imaginando as loucuras que faria com aqueles seios, como a beijaria, aquelas coxas, o quadril de deixar um homem de joelhos... Nicki sentiu meu olhar, e me obriguei a observar seu rosto.

— Eu não quero mais tempo, prometo. Quero viver isso. — Ela parou. — Estou apavorada, mas empolgada. Você já tem alguém em mente?

Peguei meu celular na mesa de centro e mostrei a foto de um casal.

— Este é um dos casais que conheço das noitadas do Enigma e eles têm um relacionamento aberto. Já saímos algumas vezes. Eu, eles e algumas profissionais. Se você quiser, bem, eu confio nos dois o bastante para serem gentis com você.

— Deus, eles são lindos. Se você acha que eles são legais, tudo bem. — Seus olhos se voltaram para mim, e guardei o celular no bolso.

— Eles são, Nicki. — Fiz uma pausa. — Sei que não tenho tato nenhum para organizar isso. Eu sou prático. Marco o horário e o local e é assim. Mas, por você, vou resgatar um Rhuan que estava morto, que era mais gentil e afetuoso, levando em consideração que é a sua primeira vez. Eu vou cuidar bem de você. Serei o seu melhor amigo com benefício de todos os tempos. — Minha voz desceu um tom. — E não vou me levantar da cama com você insatisfeita. Nem eu nem ninguém que estiver conosco.

— Sócios com benefícios. — Sorriu, como se estivesse se lembrando de algo, mas então Nicki cruzou as pernas e espremeu uma coxa na outra, e pude ver que essa conversa já estava deixando-a molhada.

Eu me recostei confortável no sofá e abri os braços, espaçando as pernas, relaxando. Ela desceu os olhos por mim, como se ponderasse se dividir a cama comigo tinha sido mesmo uma boa ideia.

— Você vai gostar — afirmei, meu timbre rouco.

— Eu sei. — Suas pálpebras ficaram semicerradas e ela pareceu voltar a si quando encarou meus olhos. — Você vai passar antes na minha casa, certo? Antes de marcar com eles?

— Sim.

— Você é quem vai me dizer a data?

Sorri.

— Nicki. — Me inclinei para frente e apoiei os cotovelos nas coxas, lendo sua expressão, sua hesitação, seu medo. — É você quem dita o jogo.

— Eu quero o quanto antes.

— Você tem certeza?

— Tenho. — Ela pareceu mesmo determinada. — Pode ser em um dia que o Enigma não abre.

— No começo da próxima semana?

— Perfeito.

— Ok, vou perguntar para eles. — Estalei a língua no céu da boca. — Nicki, nós vamos tomar um vinho e relaxar antes, ok? Mas, em termos de lugar, você prefere na minha casa, na deles ou em um hotel?

— Prefiro na casa deles, porque na sua posso me sentir nervosa.

— Bem, você acabou de dormir aqui, Nicki.

Seu cheiro deve estar nos meus lençóis.

— Mas é diferente, Rhuan. Nós não transamos.

— *Carajo!* — Dulce soltou de repente e voou até o meu ombro. Fiz carinho em suas penas e admirei os olhos de Nicki.

— Não transamos, é verdade. Mas iremos. Ainda assim, ok, na casa deles. — Estudei seus olhos. — Não precisa ficar nervosa.

— Estou nervosa, mas quero isso bem mais do que tenho medo.

— Você me quer mais do que tem medo de mim? — perguntei, entreabrindo os lábios, sentindo o sangue circular mais rápido no meu corpo.

— Eu me lembro de ter dito que não tenho medo de você.

— Isso permanece?

Os olhos de Nicki não hesitaram.

— Permanece. Tenho um pouco de medo da minha inexperiência, mas quero você e quero a nossa aventura juntos. — O celular de Nicki vibrou dentro da bolsa. Ela foi até lá e o rapidamente. — Oi, Mario — ela disse assim que atendeu. — Ah, ok. Estou indo. Chego em uma hora, ok? Obrigada por tudo.

Ela me olhou e suspirou fundo.

— Pode me levar para casa?

Me levantei, coloquei a Dulce em um dos seus poleiros, e Nicki me acompanhou. Mas antes que ela pudesse sair, segurei seu pulso, meus dedos sentindo seus batimentos acelerados. Nicki olhou para os meus lábios e para os meus olhos e a vi respirar profundamente.

— Confie em mim.

— Eu confio — confessou. — Confio mais do que deveria, eu acho. Mas confio.

Rindo, dei um beijo na sua bochecha.

— Vamos, então.

Ela ficou alguns segundos me observando.

— Tudo bem.

Enquanto descia com Nicki para o carro e enviava uma mensagem para a amiga da minha mãe ficar com a Dulce, ponderei se Nicki sabia no que estava se enfiando quando disse sim. Dormir com um De La Vega é sempre entregar mais do que seus orgasmos, é uma experiência.

Que bom que ela dividiria essa minha intensidade com outras pessoas.

Mas a vida sexual de Verónica Castelli nunca mais seria a mesma.

Horas mais tarde, depois de atender vários pacientes, tinha combinado uma chamada telefônica com os meus primos. Eu tinha que contar o que estava acontecendo porque não havia a possibilidade de omitir isso deles. Sobre o clube, todos sabiam e tinham me apoiado, mas virar o parceiro sexual de Nicki seria mais complexo.

— Sócio promovido a pau amigo? — Esteban gargalhou. — Eu propus para a Laura uma noite e me fodi.

— Nem eu tive coragem de propor para a Natalia algo assim. Eu sabia que já estava apaixonado — Andrés garantiu.

— Nem posso falar nada, me apaixonei pela Vick antes mesmo de sentir o corpo dela — Hugo falou.

— De todos vocês, eu fui o mais sensato. Construí meu relacionamento com a Elisa aos poucos — Diego se gabou.

— Eu e Nicki nunca vamos estar a sós na cama.

Os De La Vega ficaram em silêncio por um longo tempo, tempo demais.

— Como assim? — Andrés perguntou.

— Seremos eu, ela e mais alguém. Nicki teve a ideia de dividir a cama comigo e mais pessoas. Não vamos nos conectar, porque estaremos ocupados demais vivendo a experiência com mais gente.

— Laura cortaria as minhas bolas. — Esteban riu.

— Vocês são monogâmicos. Sabem que as coisas não funcionam assim para mim e, *mierda*, achei uma pessoa que pensa o mesmo.

— Rhuan — Hugo murmurou. — Ainda assim, acho complexo.

— É arriscado, eu sei. Mas Nicki é a única pessoa que confio para dividir a experiência comigo. E, sendo sincero? Eu transo a três, a quatro, a cinco pessoas o tempo inteiro. Não é diferente.

— Mas… — Andrés tentou.

— Vocês estão estranhando porque não pensariam em dividir suas *mujeres* com mais ninguém, o que entendo e respeito. Mas Verónica não é minha, ela é do mundo. Eu quero fazê-la entender que o orgasmo não depende de quem divide a cama com ela, Nicki precisa entender que o prazer vem do próprio corpo. Ela precisa viver comigo coisas que, com os outros caras, não consegue. Estou há meses ouvindo as histórias, aguentando ela tendo encontros ruins. Isso é um absurdo.

— *Dios*, você realmente está dizendo que é o único homem em Madrid que pode oferecer isso para ela? — Diego riu. — Rhuan, baixa a bola.

— Estou falando sério.

— Continua mentindo para si mesmo. — Hugo pareceu sorrir. — Continua se iludindo que isso não tem nada a ver com o seu apego a ela. Você está diferente, *hermano*. E nem está percebendo.

— Podemos falar sobre o fato de que o Rhuan vai viver fazendo orgias só porque quer mostrar para a sócia que ela pode ser livre na cama? Isso te torna um terapeuta tão safadinho — Esteban zombou.

— Não estou fazendo terapia com a Nicki. — Revirei os olhos.

— Pauterapia — Esteban adicionou.

— Calem a boca — resmunguei, mas estava sorrindo. — Eu sei que vai ser ótimo para a Nicki e para mim também. Somos sócios, mas vamos dividir a cama com mais pessoas. Não tem como ficar complicado.

— Não tem? — Hugo pareceu sério. — Se alguém se apaixonar, há uma grande chance de foderem com tudo. A sociedade, a amizade que vocês estão construindo e a confiança um no outro.

— Estamos conscientes do que estamos fazendo, *hermano* — garanti, mas eles continuaram em silêncio. — Não vou partir o coração dela.

— Se você a machucar, estou a um passo da sua casa — Andrés resmungou. — Não seja irresponsável afetivamente.

Fiz uma pausa.

Eu não seria irresponsável, se Nicki estava ciente dos termos.

— Não vou. Nicki está consciente. *Hermanos*, estou dizendo, ela é diferente. Verónica não espera um relacionamento. Jamais faria isso com alguém que eu não confiasse que está cem por cento certa do que posso oferecer.

Ficaram quietos por mais um tempo, e todos suspiraram em uníssono.

— De todos os relacionamentos loucos em que a gente já se meteu, esse sem dúvida é o pior — Hugo opinou. — Vocês vão levar um ao outro a um ciúme maluco quando começarem a sentir uma emoção diferente. Não esqueça o coração que você tem, por mais que use o sexo e o seu clube para fugir. Você ainda é o *carajo* de um De La Vega. Claro que é emocionalmente maduro, entende psicologicamente sobre cada um dos sentimentos, mas isso não te torna imune. Não te torna imune a sentir. Só não se esqueça disso.

— Não vamos complicar as coisas — repeti, tranquilo.

Entendia a razão de estarem preocupados, mas eu tinha tudo sob controle.

— Se você diz... — Andrés suspirou.

— Preciso ir — avisei. — Falo com vocês mais tarde?

— *Dale* — os quatro disseram juntos e desligaram a chamada.

O meu objetivo era tão simples, embora ninguém fosse entender.

Teríamos relações casuais e em grupo, não o tempo todo. Colocaríamos o Enigma como prioridade. Ainda assim, os De La Vega comprometidos estavam *certos* de que eu e Verónica Castelli iríamos ter uma espécie de relacionamento.

Justo eu, *mierda*.

Criar conexão emocional com alguém demanda tempo, energia e, principalmente, vontade. Eu não estava disposto a abrir partes importantes da minha vida para Nicki. Claro, ela precisava saber o básico, mas eu não ia começar a falar do meu passado, da minha família ou...

Preciso parar de pensar nela, inferno, e me concentrar no trabalho.

Respirei fundo e meu secretário me avisou que o paciente das 17h30 havia chegado.

Capítulo 14

Parece certo, mesmo que seja errado.

DJ Vianu — Back To You

Nicki

— Não é um relacionamento, mãe — eu a avisei, porque não havia razão para mentir. Os Castelli eram sempre sinceros, jamais mentimos uns para os outros, e talvez por isso tivéssemos uma relação tão próxima. — Ele vai apenas me levar para desbravar experiências sexuais, como eu te disse. E é o meu sócio, *Dio mio*. Não tem como ficar complicado.

Minha mãe riu.

— Você tem certeza de que quer viver isso?

— Por que eu não viveria?

— É. — Ela fez uma pausa. — Acho que você tem razão. Sabe, Nicki. Sempre confiei no seu discernimento. Você está fazendo isso porque precisa. Jamais vai ouvir um julgamento de mim. Só me preocupo com o seu coração.

— Não existe a possibilidade de eu me apaixonar por ele. — Provei o molho e sorri quando percebi que estava perfeito. — Aliás, preciso ir. Rhuan deve estar chegando.

— Se não é um relacionamento, por que está fazendo a macarronada da família Castelli para ele?

— Porque é a única coisa que sou boa em cozinhar, e também porque preciso agradecê-lo.

— Está bem.

Revirei os olhos.

— Tchau, mãe.

Ela riu.

— Divirta-se.

Todos os amigos que eu tive nunca entenderam meu relacionamento com os meus pais. Mas é que eu sempre tive liberdade para falar com ambos sobre tudo, não havia o que esconder. Eu era aceita como vim ao mundo.

A campainha tocou e foi o tempo de eu finalizar a macarronada. Abri a porta e, assim que vi o sorriso de Rhuan De La Vega, enquanto segurava uma garrafa de vinho, com seus olhos verdes brilhantes, percebi que talvez... *talvez* eu não tivesse sido totalmente sincera com minha mãe.

Eu estava pensando nele de forma recorrente. Rhuan, meu sócio com benefícios, ficou rondando a minha mente e minhas emoções, trazendo à tona a única insegurança que eu tinha. Para um homem que dormia com profissionais o tempo inteiro, como seria dividir experiências *comigo*? Alguém que tinha passado a vida toda fazendo sexo não passional com o marido fofo? Porque Rafael era adorável, mas ser adorável não te faz gozar com força. Minhas outras experiências foram horríveis. De alguma forma, eu me sentia quase virgem perto de um homem que sabia *tanto*.

Fiquei nervosa como nunca na vida.

Sempre caminhei na rua como se fosse a dona do mundo, costumo ser direta e nunca tive medo de me aventurar, então por que, de repente, me sentia tão frágil?

— Oi, Nicki. — Seus olhos escorregaram por mim, pelo vestido que eu tinha escolhido, uma peça única preta e básica, justo na cintura e solto nos quadris. Seus olhos passaram pelos meus saltos altos pretos e pelo meu rosto sem maquiagem. Meu cabelo estava preso em um rabo de cavalo alto. Não queria me esforçar para impressionar, até porque não era sobre isso. — Sinto cheiro de macarronada e medo.

— Vamos comer — respondi, porque era mais seguro.

Ele assentiu, mas seus olhos sustentaram os meus receios, as perguntas que eu tinha. Jantamos em silêncio por um tempo, o vinho em nossas taças, o ambiente mais pesado do que eu gostaria.

— Esse prato parece uma receita de família.

— E é — me apressei a dizer. Bebi o vinho, aproveitando o sabor encorpado da minha uva favorita. Rhuan continuou comendo, ainda me analisando. O fluxo dos seus pensamentos corria mais rápido do que eu estava preparada. — Ãhn, é a macarronada da família Castelli. Não fique empolgado, é tudo o que sei cozinhar.

Rhuan sorriu antes de beber um gole do vinho.

— Você cozinhou para mim. — Uma afirmação que deixava subentendido que ele notou que o que eu acabara de fazer não fazia para outras pessoas.

— Não faça isso ser mais do que é. Apenas... — Prendi a respiração. — Quis encontrar uma forma de te agradecer.

— Eu sei. Sou grato também. — Rhuan pousou a taça na mesa. — Vou retribuir com um jantar uma próxima vez. Cozinho tão bem quanto meu primo Esteban porque nossa tia-avó Angelita nos ensinou e... — Parou. Rhuan não queria compartilhar muito da sua vida pessoal, e respeitei isso. Embora eu ficasse um pouco incomodada, tinha dito tantas coisas para ele. — O que você quer me perguntar, Verónica?

— Muitas coisas.

— Certo. — Ele terminou de jantar e eu também. Aproveitei o resto do vinho e o finalizei. — Temos tempo. E você me pediu para vir com antecedência. Estou aqui.

Rhuan tinha uma beleza incômoda e desconcertante. Eu não sabia se as pessoas conseguiam manter contato visual com ele por muito tempo. Eu conseguia, talvez fosse corajosa. Ou louca.

Respirei fundo e soltei o que estava tão ansiosa para perguntar.

— Você já dormiu com quantas mulheres? E com quantos homens? — Fiz uma pausa. — Você é bi?

Rhuan pegou os pratos, levando-os para a lava-louças.

— Eu tenho uma dessas. — Ele colocou tudo dentro da máquina e se virou para mim, soltando um suspiro. — Não sei números e não sou bissexual, mas já dividi a cama com homens e mulheres, sem que os tenha tocado. Apenas... dois, três ou quatro nos dedicando ao prazer da garota ou garotas que estivessem em nossa cama naquela noite. O que mais você quer saber?

— Eu nunca fiz sexo com mais de uma pessoa. Qual foi o seu máximo... de orgia. É orgia o nome?

— Muitas pessoas. Não sei números também e eles não importam. — Fez uma pausa. — Você comentou que o Rafael foi seu primeiro e único até pouco tempo atrás. — Ergueu uma sobrancelha, parecendo divertido. — Posso me sentar no sofá com você?

— Pode, por favor. Desculpa. — *O que estava acontecendo comigo?*

Rhuan se acomodou, do mesmo jeito que eu faria se estivesse confortável. Dono do lugar, à frente do tempo. Ele deu dois tapinhas no sofá.

— Primeiro, sente-se aqui.

Ser insegura não combinava comigo, mas Rhuan estava pegando a única coisa em que eu não era boa e trazendo à tona. Brincar de sedução era extremamente difícil, e aquele homem estava com um perfume delicioso, vestido com uma camisa social cor de vinho, uma calça jeans agarrada em suas coxas, alguns botões abertos me permitindo ver suas tatuagens. Ele estava pronto para me enlouquecer, topar tudo o que eu só ousava sonhar enquanto me tocava. Era diferente viver essas experiências na minha fantasia e ter uma chance *real*.

— No passado, quantas vezes se tocou imaginando mais de um homem na cama com você?

— Várias vezes.

Rhuan assentiu.

— Já se tocou se imaginando com outra mulher?

— Nunca, até o beijo na Eva.

— Sim, imaginei que essa fosse a sua primeira experiência. É bom que se tocou pensando nela. Conseguiu ter um orgasmo?

— Sim. — Ergui meu queixo um pouco mais.

Ele passou a ponta da língua pelo lábio inferior e ponderou.

— Acha que, quando estiver na cama comigo, eu vou pensar em qualquer outra coisa além de te dar prazer? Acha que vou ficar pontuando cada movimento que você faz ou como me chupa? Acha que vou estar preocupado com seu *desempenho*? Tudo o que vai acontecer quando você tirar as roupas para mim é instinto. Sexo, Verónica, é instinto. Você não vai conseguir se preocupar com nada disso. Seu clitóris vai estar pulsando e varrendo as suas ansiedades. Sabe como eu sei disso?

Eu estava começando a ficar molhada.

— Como?

— Porque você beijou a Eva e depois me viu duro, e eu sabia o quanto estava molhada. Se eu e Eva tivéssemos agido, você teria sido devorada por nós dois. Em público ou em um banheiro, não importa.

Cruzei as pernas, meu clitóris pulsando.

— Isso foi meses atrás.

— *Dale*, eu nunca me esqueci. Se Eva estivesse beijando seu corpo enquanto eu estivesse te fodendo *muy deliciosamente*, você pensaria em qualquer coisa, menos que aquela, em teoria, era a sua primeira vez com um ménage. Estou certo?

— Você pensou? — Encarei sua boca. — Pensou em como seria ficar com as duas?

— Na verdade, pensei em te levar para os fundos e terminar o que você começou. Eva tem um contrato que me impede de tocá-la, e você sabe disso, então nem passou pela minha cabeça. Mas sei que passou pela sua. — A voz de Rhuan estava tão grave que meus mamilos apontaram no vestido. Como se lesse meus pensamentos ou meu corpo, Rhuan desceu sua atenção para os meus seios, vendo-os eriçados. Achei que morreria quando ele passou o dorso dos dedos sobre o meu mamilo, cheguei a prender a respiração enquanto seu toque foi direto para o meu clitóris. Era a primeira vez que me tocava e nem era um toque, era um prelúdio de uma tempestade. — Está preocupada agora? — sussurrou.

— Não.

— Está aqui comigo? — Rhuan subiu as mãos, levando-as para as alças do meu vestido, descendo-o até que deslizasse e caísse na minha cintura. Olhou para os meus seios como se fantasiasse sobre eles há muito tempo. Nunca imaginei que afeto e tesão pudessem se misturar, mas se o olhar de Rhuan se resumisse em duas palavras, seriam essas. — *Dios.* Seu corpo é tão lindo. Você está tão arrepiada.

— Rhuan… — gemi assim que ele os tocou, testando o tamanho nas mãos, apertando e deixando meus mamilos loucos com suas palmas ásperas. Eu estava a ponto de me deitar no sofá e implorar para que Rhuan me chupasse, e ele mal tinha me tocado.

— Olhe para mim — mandou, e encarei seus olhos. Ele tirou as mãos dos meus seios e umedeceu seus dois polegares com a ponta da língua. Entreabriu os lábios e respirou fundo quando circulou meus bicos intumescidos delicadamente, círculos infinitos, molhados e quentes, que fizeram meu clitóris queimar e minha boceta pulsar na necessidade mais desesperadora que já senti. — Você me pediu para vir aqui antes porque queria se familiarizar comigo antes de começarmos a brincar, não é? Queria saber como o meu pau fica duro e quais sons eu faço, como te toco, antes de me dividir com outras pessoas?

— Sim.

— É, eu imaginei. — Rhuan me surpreendeu quando suas mãos vieram para a minha cintura. Em um movimento, ele me colocou em seu colo, como se eu fosse leve como uma pluma. Sua boca ficou na altura dos meus seios, Rhuan subiu o olhar, mantendo contato visual, quando lambeu um mamilo, depois outro, abocanhando gostoso e sugando devagar.

Puta merda.

Suas mãos foram para a minha bunda, e Rhuan ergueu meu vestido, sentindo a lateral da calcinha no meu quadril. Eu estava tão desesperada naquela sensação que não me mexi. Rhuan começou a fazer um vai e vem do meu corpo em cima da sua ereção.

— Acha que consigo deixar você pronta só brincando um pouco? — murmurou, colocando o bico inteiro na boca e rodando a língua por toda a volta. Tremi e gemi. Eu já estava ficando fora de mim, mas acho que agarrei os cabelos dele e comecei a rebolar por mim mesma, com Rhuan me ajudando.

— Se você... continuar me esfregando... em você, eu vou... gozar. — Mal consegui terminar a frase.

— Vai? — Ele sorriu. — Você é assim tão sensível? — sussurrou contra meus bicos, parando de me beijar e de me mover para frente e para trás. A vibração da voz de Rhuan e a sua respiração ali, talvez esse pequeno toque, já seria o suficiente para me fazer chegar lá. — Você nunca foi tocada do jeito certo, *corazón*.

Me tirou do seu colo e me sentou no sofá. Achei que estava ficando maluca quando ele se levantou, ficou na minha frente e começou a desabotoar a camisa.

— Vamos só conhecer o corpo um do outro — prometeu. — Não vou continuar, porque nosso acordo é sempre com mais alguém. Só quero que, quando você tirar suas roupas para estranhos, olhe para mim e saiba que está segura. Que já somos íntimos. Você pode vir para os meus braços, para o meu corpo. Não há nada a temer. — A camisa voou para algum canto da sala, e minha mente ficou em branco.

Rhuan De La Vega era o homem mais quente que eu já conheci. Seus bíceps eram grandes, seu tórax, tão largo e os seus ombros pareciam escudos de proteção. O desenho dos seus músculos me deu vontade de percorrê-lo com a ponta da língua. Rhuan era tão gostoso, e ver que seus mamilos pequenos estavam duros e a sua pele, arrepiada me fez respirar com ainda mais dificuldade. Os gomos da sua barriga e o V profundo dos seus quadris, além do seu pau duro contra a calça, me deixaram tonta.

— Me toca — pediu, e eu estendi as mãos.

Rhuan me fez traçá-lo com a ponta dos dedos. Suas mãos sobre as minhas, me ensinando o caminho que eu deveria percorrer, controlando-me de um jeito permissivo e delicioso.

Mas foi então que, apesar do seu corpo ser absurdamente sexy, meus olhos começaram a reparar... *cazzo*, nas tatuagens.

Sua pele era uma homenagem às obras de arte. Vi desenhos de esculturas famosas, como Vitória de Samotrácia na sua costela. Seus braços eram inspirados em pintores como Van Gogh e Monet. Fiquei surpresa quando me deparei com minha obra favorita; Os Amantes, de Magritte, na sua cintura. E ainda havia frases soltas, falando sobre filosofia e a vida. Meu cérebro compreendeu antes que eu pudesse perguntar. Rhuan era coberto de poesia.

Eu queria lê-lo, se isso fizesse algum sentido.

— Os Amantes — sussurrei, tocando a representação do quadro. — É a minha obra favorita.

— Porque demonstra que o amor é cego?

Neguei com a cabeça.

— Porque, para mim, é a representação de como é difícil para as pessoas se envolverem sendo quem são. Como sempre estamos vendados e escondidos, como nunca nos entregamos de verdade.

— Você não pode me olhar como se estivesse em uma galeria, Nicki. — Rhuan ergueu meu queixo, me fazendo encará-lo. Vi vulnerabilidade em seus olhos verdes, um pedido silencioso. *Por favor, seus olhos diziam.* — Você não pode me tocar como se quisesse saber o significado de cada uma delas.

— Não preciso que me explique — garanti, com um sorriso. — Eu já sei.

Sua atenção se demorou em mim, e Rhuan engoliu em seco.

— Quer avançar um pouco mais?

Se eu avançasse, quebraria a única regra que impusemos. Se eu sentisse o Rhuan, desejaria ir até o fim. Estava na minha casa, com um homem que tinha acendido uma libido que eu nem sabia que existia. Seria complicado. E nós não queríamos que fosse.

— Não vamos conseguir parar se formos além disso.

— É. — Rhuan se abaixou para ficar na altura dos meus olhos. Sua mão tocou o meu rosto, o polegar na minha bochecha. Suas íris pareceram o mais precioso par de jades. — Se sente mais confortável perto de mim?

— Claro que sim.

— Eu sou um homem normal, Verónica. Não é porque tenho experiência que vou transar com você como se fosse o *carajo* de um ator pornô, aquilo é irreal.

Eu ri.

— Não me peça para cavalgar em você como uma amazona.

Rhuan gargalhou.

— Você vai cavalgar assim que me sentir. Não vou precisar pedir.

Pareceu uma promessa.

Ele se levantou e pegou a camisa social, vestindo-a. Enquanto Rhuan estava de costas, parei e pensei um pouco. Meus sentidos ficaram como uma névoa, eu não conseguia entender minhas próprias emoções, parecia *tanta* coisa acontecendo dentro de mim.

— Pronta?

Me levantei.

— Acho que sim.

Ele sorriu e me estendeu a mão.

— Você vai ter a melhor noite da sua vida.

Como eu poderia pensar o contrário?

Capítulo 15

Você não sabe o que te espera
Mas você sabe por que que está aqui.
The Weekend — High For This

Nicki

Logan e Talita eram tão amigáveis que foi difícil eu não me sentir em casa. Logan era canadense e Talita, espanhola. Ambos se apaixonaram por mim à primeira vista, e me senti conectada como se fôssemos amigos de longa data. Rhuan sabia exatamente o tipo de pessoa que me deixaria confortável, e isso só mostrava o quanto nos conhecíamos bem.

Alguns meses com esse homem, e ele já sabia quem eu era.

Bebemos algumas garrafas de vinho e rimos enquanto compartilhávamos histórias sobre os nossos empreendimentos. Parecia apenas uma reunião qualquer entre amigos. Talita tinha uma empresa de investimentos e Logan era jogador de hóquei aposentado. Ambos na faixa dos quarenta e poucos anos. A verdade era que Rhuan conhecia pessoas influentes, mas eu nunca imaginaria cair no colo de um casal tão amável.

— Mas você nunca fez isso? — Talita parecia curiosa e interessada. Ela estava sentada do meu lado esquerdo, Rhuan do meu lado direito, e Logan ao lado da esposa.

— Eu nunca fiz algo parecido. — Estava tonta por causa do vinho, mas ainda conseguia pensar com clareza. Ela estava flertando comigo há algum tempo. Talita estava com a mão na minha coxa, seus olhos escuros me observando com interesse. Ela era linda, morena e com olhos tão escuros quanto o universo. Toda a brincadeira que o Rhuan fez comigo havia me deixado tão à beira que, mesmo tendo passado algumas horas, eu ainda me sentia molhada. — Mas sou curiosa.

— Quão curiosa você é? — Talita se aproximou, seus lábios raspando nos meus.

— Bastante.

— Nós vamos cuidar bem de você — prometeu.

A língua dela entrou na minha boca e eu ouvi Rhuan gemer ao meu lado, assim como Logan, enquanto eu me perdia em um beijo feminino, lábios tão delicados e ternos que meu coração acelerou. Talita segurou meu cabelo, me beijando com mais intensidade. Senti seus seios contra os meus e soube que, se aquilo estava delicioso para mim, ela deveria estar sentindo o mesmo. Rhuan começou a acariciar minha perna e, instintivamente, abri as coxas para ele, levando a mão para o seu pau, que estava duro e contido pela calça.

Rhuan era enorme...

Talita sorriu quando eu gemi, a mão de Rhuan deslizando para dentro, a ponta dos seus dedos em uma temperatura mais fria do que a febre entre as minhas coxas. Ele raspou a ponta dos dedos na minha calcinha e eu me perdi no beijo de Talita, ouvindo-a gemer quando Logan se ajoelhou no chão e empinou a bunda da esposa para ele.

Fiquei com os olhos bem abertos para não perder aquele homem loiro e gostoso chupando a esposa. Ele simplesmente ergueu a saia dela e enterrou o rosto ali. Talita buscou a minha boca, gemendo comigo, porque os dedos de Rhuan foram ainda mais para cima, alcançando meu clitóris.

— Tão molhada, *carajo* — Rhuan gemeu. — Nicki, você está toda encharcada por nossa causa. Você quer dar essa boceta bem gostoso?

— Rhuan... — implorei. Talita engoliu o nome do homem que estava me enlouquecendo.

— Essa boca suja gostosa, Rhuan — Talita elogiou, quebrando o beijo por alguns instantes. Ela choramingou quando Logan começou a usar os dedos, tremendo em cima de mim.

— Sua garota está molhada, Rhuan? — Logan perguntou, e Talita gemeu com mais força. Eu estava arfando. Aquilo tudo, aquelas pessoas, era algo tão erótico que eu não queria parar. — Você vai me deixar prová-la?

— Aham, chupa essa boceta por mim — Rhuan ordenou a Logan, a voz gutural. — Mas acho melhor irmos para a cama.

Talita parou de me beijar e Rhuan me pegou no colo. Em alguns passos, eu e Talita caímos em um colchão gigante de uma cama *king size*, e rindo pela surpresa de sermos carregadas pelos homens, mas voltando a um ritmo tão sensual e terno quando nossas bocas se reencontraram. Ela começou a tirar minhas roupas e eu as dela, nossas peças voando pelo quarto, nós duas tão perdidas uma na outra que, por um instante me esqueci dos homens. Mas Logan se ajoelhou no colchão enquanto Talita ainda me beijava, as mãos dela nos meus seios, provocando meus mamilos, e o seu marido entre as minhas pernas.

Minhas coxas tremeram quando senti a língua áspera de Logan na minha boceta, a barba dele, a forma como não se continha em chupar uma mulher. A língua da Talita tremeu dentro da minha boca e eu engoli o seu gemido. Talita se afastou do beijo e abocanhou um dos meus seios.

Meus olhos encontraram Rhuan.

Completamente nu.

Seu pau era rosado, deliciosamente duro, imenso e largo. As veias abraçavam o seu sexo inchado e as bolas estavam tensas, mas ele parecia ter total controle do seu corpo, porque começou a se masturbar enquanto me olhava, escorregando sua atenção para onde Logan chupava, travando o maxilar enquanto me via completamente exposta.

— Está gostosa essa boceta, Logan? — Rhuan perguntou.

— Você tem que prová-la — respondeu.

Ele deslizou a camisinha por seu pau e tocou intimamente Talita, sem tirar os olhos de mim em nenhum momento. Talita gemeu assim que Rhuan deslizou para dentro dela, e a minha vagina, em resposta, se apertou em volta do dedo de Logan, que começou um vai e vem, acomodando-me para recebê-lo.

O *timing* fez parecer por um segundo que só havia eu e Rhuan naquele quarto.

Ele tinha razão.

"Eu só quero que, quando você tirar suas roupas para estranhos, olhe para mim e saiba que está segura."

Rhuan começou o vai e vem, e Talita agarrou os lençóis, empinando-se para ele enquanto ainda estava em cima do meu corpo. Ela murmurou *ai, meu Deus* na minha boca e eu a beijei com ainda mais vontade enquanto a via ser fodida como eu desejava, com essa intensidade, essa força.

As mãos de Rhuan agarraram a bunda dela, apertando firme, enquanto ele rebolava dentro dela de um jeito que a fazia perder completamente o senso de si mesma. Rhuan a tirou de cima de mim e a colocou em outra parte da cama, ainda fodendo-a de quatro. Rolou seus olhos por trás das pálpebras, mordendo o lábio inferior, estalando um forte tapa na bunda dela. Logan acelerou a língua e eu estava prestes a ter um orgasmo quando o corpo masculino de um ex-atleta me cobriu.

O sorriso de Logan, seus olhos azuis e lindos pareciam tão intensos que, por um momento, eu me perdi. Ele me beijou, longa e lentamente, e seu beijo veio mais possessivo que o de Talita, como se ele precisasse me reivindicar aquela noite.

Os gemidos de Rhuan e Talita me consumiram, enquanto Logan deslizava seu pau protegido pela camisinha bem na entrada da minha boceta.

— Você é pequena, Nicki. Sua boceta é tão pequena, linda — ele gemeu quando começou a entrar. Envolvi as pernas ao redor da sua cintura, e quando me lembrei de Rhuan, vi que ele estava me observando enquanto fodia Talita cada vez mais forte.

— Porra, Rhuan! Eu vou gozar... — avisou e ele desacelerou.

— Ainda não. — Sorriu, observando como Logan estava em cima de mim.

O prazer de sentir um corpo masculino, de experimentar algo íntimo, mas não emocional, era como queimar as regras e ser apenas humana. Rhuan ainda estava com sua atenção em mim quando Logan embalou um ritmo e foi aí que eu fechei os olhos, deixando-me levar. Ele sabia foder, nossa, ele sabia fazer isso muito bem. Enfiando com calma, mas com força ao mesmo tempo, profundo, lento, era como se um desconhecido soubesse mais do meu corpo do que eu mesma. Fui surpreendida quando um orgasmo começou a se construir, tão suave, mas tão gostoso.

— Logan... — choraminguei, agarrando-me nele. — Preciso que vá mais forte.

— É? — Sorriu contra a minha boca. — Você está tão soltinha. Rhuan, ela é tão gostosa.

— Eu ainda não a fodi — gemeu, grunhindo. — Acho bom você guardar uns orgasmos para mim, Nicki.

— Deus! — Talita tremeu. — Rhuan, você está me matando. Logan, você está fodendo a Nicki direitinho? Ela merece ser fodida bem gostoso.

— É? Você acha que ela merece, Tali? — Ele me observou. — Fala, Nicki. Fala que você merece ser fodida.

— Eu mereço. — Olhei para Logan. — Me come, por favor.

Pareceu a coisa certa a dizer, porque Logan acelerou. Ele segurou meu cabelo e empinou meu queixo, lambendo meu pescoço, me fodendo com ainda mais força.

— Ela vai gozar, Logan — Talita avisou.

— A boceta dela está pulsando no meu pau, caralho!

A onda veio sem aviso, completamente maluca, e estremeci com cada nervo do meu corpo, em um orgasmo que me deixou tonta. Logan não parou o movimento, ele prolongou até que eu ficasse sensível o bastante para atingir outro se ele continuasse.

Mas a dinâmica mudou.

Rhuan se deitou na cama e me puxou para cima dele, trocando a camisinha no processo. Talita se sentou no rosto de Rhuan, e Logan ficou em pé no colchão, suas costas na parede, colocando o pau dentro da boca de Talita, depois de trocar a camisinha também. Enquanto ela rebolava na boca de Rhuan, eu estava hipnotizada pela dinâmica de nós quatro. Minhas coxas ainda estavam tremendo do orgasmo, mas queria gozar no pau de Rhuan. *Deus, eu precisava.* Talita estava tremendo quando saiu de cima do rosto do meu sócio e me deixando...

Vê-lo.

Ela continuou chupando o marido, até que ele não aguentasse mais e a puxasse, fodendo-a contra a parede, longe de nós.

Rhuan estava uma bagunça de sexo, seu corpo sob mim, seu peito sob as minhas mãos. Sua cara úmida do prazer de Talita, seus cabelos desarrumados. Ele sorriu, safado, seu pau deslizando nos lábios da minha boceta quando ergueu meus quadris.

— Tranquila — pediu, sua voz suave, colocando-se lentamente na minha abertura. Por ser tão grande e grosso, senti uma ardência que quase levou meu tesão embora, mas Rhuan se acomodou, e eu vi estrelas. — Senta devagar, *corazón*. Bem devagar.

— Assim? — perguntei.

— Perfeita. — Ele se sentou na cama, chupando meus seios e me trazendo para ele. Senti seu pau entrar completamente dentro de mim, e eu quis... movimento. Logan se aproximou de mim, ele tinha gozado, e quando me beijou e Talita agarrou meus seios, eu soube que essa definitivamente seria a melhor noite da minha vida.

— Só falta eu e você, *corazón*. E você vai gozar de novo comigo — ouvi a voz de Rhuan, perdida pelo beijo magnético de Logan e as mãos delicadas de Talita passeando por meu corpo.

Então, Rhuan começou a rebolar dentro de mim, embaixo de mim, recuando os quadris e circulando de um jeito novo.

— Ela é pequena, Logan. *Carajo*, tão pequena.

— Eu sei — Logan gemeu, encarando meus olhos. — Uma boceta para um homem querer passar o resto da vida chupando. Talita, amor. A boceta dela parece a sua.

— É? Temos bocetas gostosas? — Ela riu e gemeu quando me viu perder a cabeça. — Nicki, se solta. Deixa o Rhuan te foder do jeito que ele sabe.

Logan era tão gostoso que achei que não haveria como Rhuan superá-lo, mas ele foi além quando tocou meu clitóris e acelerou as coisas. Logan se afastou do beijo, e eu olhei dentro daquelas íris verdes de Rhuan, seu rosto com tesão era a coisa mais quente do mundo, os olhos semicerrados e seu corpo suado. Rhuan soltou as mãos dos meus quadris quando percebeu que eu estava cavalgando no meu ritmo. Um misto de surpresa misturada a tesão preencheu o seu rosto quando comecei a tremer e caí em cima dele.

O primeiro orgasmo não era nada como o segundo.

Meu abdome se contorceu, e minha boceta inteira agarrou o pau de Rhuan como se não quisesse deixá-lo ir. Rhuan acelerou, batendo fundo, rebolando, gemendo contra a minha orelha. Talita e Logan me soltaram assim que caí nos braços de Rhuan, e ele me envolveu com seus bíceps, o seu calor, enquanto eu gozava com cada músculo do meu corpo.

— *Ay corazón*, você goza tão gostoso. — Mordeu meu lóbulo. — Perfeita pra *carajo*. Eu vou...

O terceiro orgasmo veio quando Rhuan estava no seu primeiro, apenas um beijo no prazer no meu clitóris, tão breve quanto a brisa da manhã. Rhuan lambeu meu pescoço, grunhindo com força, gozando dentro de mim, protegido pela camisinha, perdido na sensação de apenas se deixar ir.

Nós dois estávamos exaustos quando tudo acabou e eu mal sentia minhas pernas.

A única coisa que estava viva em mim era meu clitóris, pulsando sem parar.

Caímos na cama, os quatro exaustos, arfando e sorrindo. Talita e Logan rindo porque ela conseguiu outro orgasmo enquanto ele a chupava e, pelo que eles disseram entre si, ouvi que fazia um tempo que Talita não se soltava tanto.

Talita se deitou no meu peito, enquanto minha cabeça estava acima do tórax de Rhuan. Logan envolveu a esposa pela cintura, abraçado de lado com ela, olhando para nós.

— É a primeira vez que você goza em uma noite com a gente, Rhuan — Talita sussurrou.

— Sério, ele dura a noite inteira, a gente nunca consegue acompanhar. — Logan riu.

Rhuan se manteve em silêncio. Virei o rosto para o meu sócio. Ele estava de olhos fechados, apenas respirando, enquanto eu fazia carinho nos cabelos macios de Talita.

— Você não goza? — perguntei.

— Eu levo muitas horas — assumiu. — É difícil gozar rápido, ao menos pra mim.

— Você queria muito a Nicki? — Talita indagou, dando um beijo no meu queixo. — Ela parece uma boneca.

— É a primeira vez que ela goza numa relação e que tem uma aventura sexual como essa, e acho que queria ser o primeiro homem a apresentar esse mundo para alguém. Nunca é a primeira vez de ninguém, não é? Bom, dessa vez foi — ele sussurrou.

— O primeiro pode até ser, mas o único, não mais — Logan brincou. — De verdade, Nicki. Foi um prazer dividir esse momento com você.

— Adoramos — Talita garantiu, acariciando minha barriga. Observei aquele casal e pensei que tinham muita maturidade emocional.

— Eu também adorei vocês. Obrigada, de verdade.

Rhuan pareceu sério quando sua voz ecoou entre nós.

— Quer um segundo *round* mais tarde, *corazón*?

— Por favor.

— Tudo bem. — Ele beijou minha cabeça. — Mas precisamos de um banho antes, de qualquer maneira.

— Ai, Rhuan. Me deixa descansar — Talita resmungou.

Logan riu enquanto eu concordava.

— Alguns minutos, então. — Rhuan me abraçou um pouco mais forte.

É, está aí uma coisa que todo mundo deveria viver. Não o sexo com mais pessoas, não é sobre isso. Mas viver algo que faça você se sentir livre por si mesma.

Havia um par de asas nascendo nas minhas costas.

Nunca imaginei que humanos podiam voar.

Capítulo 16

Existe um espaço em algum lugar do seu mundo
Que sempre foi feito para mim?

Suki Waterhouse — To Love

Rhuan

Verónica ficou comigo, Talita e Logan até o sol nascer. Já era manhã quando entramos no meu carro. Seu cabelo estava úmido do último banho que tomamos juntos, e percebi que passei por toda a experiência sem beijar a Verónica, sem fazer sexo oral nela, e mesmo que tivesse gozado duas ou três vezes, meu pau implorava para que a gente continuasse, para que eu pudesse fazer tudo o que eu não fiz. Isso não era racional, *carajo*. Teríamos mais experiências. Teríamos tempo.

— Preciso de um relaxante muscular.

Eu ri.

— É? — Lancei um olhar para Verónica. Ela era linda sem maquiagem, mais até do que quando estava maquiada. Gostei de ver os pequenos detalhes do seu rosto sob a luz da manhã, que normalmente eram escondidos. As suaves sardas, as olheiras, seus poros dilatados, seus lábios naturalmente rosados e inchados dos beijos de Talita e Logan. Eles se apaixonaram um pouco por ela, e eu sabia que Talita e Logan podiam ser passionais; eram perfeitos para uma primeira experiência. — Percebi que nunca te vi assim, sob a luz do sol.

— Nunca?

— Já te vi pela manhã, sim, no meu apartamento e em algumas reuniões. Mas nunca com os raios do sol beijando seu rosto e sem vestígios de maquiagem.

Nicki levou as mãos às bochechas.

Abri um sorriso.

— Você é uma visão, Verónica — sussurrei e balancei a cabeça. — Vou passar na farmácia antes e em uma *pâtisserie*. Os melhores croissants, pães e cafés são de lá. Eu acho que você precisa comer.

— Sim, por favor. Estou morrendo de fome — Nicki gemeu.

Congelei.

— Em uma escala de um a dez, como está a sua fome?

— Nove e meio.

— Quer que eu passe em qualquer lugar mais próximo para segurar a fome até irmos a *pâtisserie*?

Nicki me olhou.

— Por que você é tão gentil?

— Eu sou um De La Vega.

Ela riu.

— Seus primos são homens muito românticos, não são? Confesso, olhei as redes sociais deles em algum momento. Sempre fotos de casal, tão bonitos juntos. É interessante como parecem ser gentis. Acho que entendo quando você diz ser um De La Vega, depois de tudo o que vi.

— Me desculpa por não falar sobre eles para você, eu só não queria que ficasse complicado.

Nicki continuou me observando, e embora eu estivesse atento ao trânsito, senti seus olhos na lateral do meu rosto.

— Sua vida pessoal e sua família são importantes para você, e entendo que queira manter no privado. Respeito isso.

Apertei o volante com mais força.

— Eu sei que a experiência sexual com mais pessoas e o sexo em si é algo meio novo para você, mas *isso* que estamos tendo agora também é novo para mim. Faz anos que durmo apenas com profissionais e nunca converso sobre os meus trabalhos, os meus primos, a minha mãe e o meu pai. Eu não faço esse tipo de coisa. — Olhei para Nicki rapidamente. — Entende?

— Rhuan, não preciso saber da sua vida para gozar com você ou até para administrar a sociedade ao seu lado. Você e eu sabemos disso porque estamos juntos há meses.

— Mas?

— Acha que vamos conseguir evitar não sabermos um do outro com o tempo? A sociedade não vai durar um ano ou dois, Rhuan. O que você não percebeu é que vamos passar anos das nossas vidas juntos. Eu não sou um relacionamento afetivo, mas sou alguém que vai ficar.

Verónica estava certa.

— Eventualmente, você vai saber da minha vida. Não tem como não se tornar pessoal em algum momento. Nós vamos dividir anos juntos — ponderei.

— Não quero ser sua namorada, eu sou sua sócia. Mas a linha que nos separa é apenas os sentimentos. Todo o resto, eu não sei... não sei se podemos evitar.

O peso dessa brincadeira começou a ser maior do que eu poderia suportar. Eu me importava com Nicki. Me importava a ponto de contratar um gerente para nos ajudar a administrar, porque os meses de criação do Enigma foram uma insanidade. Me preocupava a ponto de marcar um encontro sexual com um casal que sempre encontrei com várias profissionais e todas as nossas noites foram impessoais, mas que eu sabia que tratariam bem a Verónica, seriam gentis com ela como eu sabia que merecia.

Eu me importava, e passaria a me importar mais, mesmo que nunca tivéssemos nada romântico.

Porque eu passaria anos ao lado dela.

E finalmente entendi o que meus primos disseram na ligação.

Parei o carro em uma pequena lanchonete e, sem dizer nada para Verónica, comprei um *bocadillo*, um sanduíche para o *desayuno*. Os olhos de Nicki brilharam assim que voltei com o lanche e, enquanto ela comia, voltei a dirigir.

Respirei fundo e, enquanto estávamos em silêncio, comecei a falar:

— Meus primos são meus *hermanos* do coração. Sou filho único, então eles são os irmãos que não tive. Eu amo aqueles caras. Porque além de eles serem parte do meu sangue, são meus melhores amigos. Passamos todas as festas juntos, os momentos de dor e de alegria, a perda de alguns familiares, como dos pais de Hugo e Diego, como o luto pela tia-avó Angelita, assim como o término traumático do relacionamento de Hugo com uma mulher que ele pensou que seria para sempre. Apoiamos a carreira dupla do Andrés, um dia te conto sobre isso, se quiser. Guardamos segredos um do outro que levaremos para o túmulo. Apoiamos o Diego quando ele descobriu que estava apaixonado pela melhor amiga. E apoiamos o Esteban quando ele decidiu arriscar uma carreira nos Estados Unidos. Sabe, nossa família é gigante, e quando uma pessoa entra para os De La Vega, se torna um De La Vega. Temos o mesmo coração mole e emocional, o mesmo senso de proteção e dever. — Lancei um olhar para a Nicki. Ela estava mastigando devagar, me ouvindo. — Eu não sei o que faria da minha vida se não tivesse os De La Vega. E apesar de me irritar com minha mãe, por ela querer um padrão de relacionamento ideal para mim, e com meu pai, que acredita que sou um desserviço para a família, por ter uma vida boêmia e não ter relacionamentos sérios, sei que, ainda assim, eles têm orgulho do homem que sou.

— Rhuan, obrigada por compartilhar mais comigo. — Sua mão foi para a minha coxa, e umedeci os lábios. — Você realmente os ama.

— Eu disse que tenho poucos amores. A minha família, o Enigma, a minha carreira como psicólogo e a Dulce.

Nicki sorriu.

— Seus pais não gostam da vida que você tem? Eles não aceitam o fato de que você não quer se comprometer?

— Eles me amam por tudo o que sou, menos por isso. — Travei o maxilar.

— O que eles querem?

— Querem um casamento, bebês, especialmente minha mãe. Ela não me deixa apenas louco sozinho, sabe? Ela deixa *todos* os meus primos loucos.

Verónica riu.

— Qual é o nome da sua mãe?

— Hilda.

— Ela parece ser maravilhosa.

— Ela é, mas é um pouco difícil contrariá-la.

— Isso parece muito com o homem que está na minha frente. Você é teimoso, Rhuan.

— Não... — ponderei. — Sou?

— Você esperou eu ter encontros fajutos, esperou semanas, que viraram meses para me propor algo que ofereci assim que coloquei os olhos em você.

Gargalhei.

— Você precisava viver, Verónica. Como poderia ter saltado de um casamento tradicional para algo como o que estamos vivendo agora? Você tinha que *desejar* isso.

— Eu já desejava, e achei que tinha sido óbvia.

— Não durante o começo da nossa sociedade.

— Tudo bem, não fiquei me comportando como se te quisesse o tempo inteiro, mas havia muita coisa na minha cabeça. Você me surpreendeu quando formalizou tudo. — Ela gemeu comendo o sanduíche. — *Dio mio*, eu ia morrer sem isso. Obrigada por ser sensível a ponto de parar e comprar algo para mim antes de chegarmos à *pâtisserie*. Você é um De La Vega. Sua mãe e seu pai sabem disso. Se querem que você se case, é apenas porque não querem que fique sozinho. Eles só querem o seu bem, Rhuan.

— É, eu sei disso.

— Eu falei de você para os meus pais. Eles sabem que somos sócios e amigos com benefícios.

Não fiquei surpreso. Pela relação íntima que vi nas suas redes sociais, sabia que ela tinha uma conexão e comunicação abertas com a família.

— O que eles disseram?

— Meu pai disse para eu aproveitar. Ele me conhece e sabe que eu precisava disso mais do que ninguém. Apesar de ele ser adepto ao casamento, meu pai acompanhou de perto meu relacionamento de anos sem qualquer traço de paixão. E ele me respeita o suficiente para entender que há outras formas de se apaixonar, como por nós mesmos e pela vida. Já minha mãe está preocupada que eu acabe apaixonada por você.

— Sim, faz sentido. Minha mãe diria a mesma coisa. Ah, não. Ela não diria. Ela começaria um plano mirabolante para que tivéssemos encontros românticos a ponto de eu perceber, em algum *insight* maluco, que você é a mulher da minha vida.

Nicki e eu gargalhamos.

— Quero conhecer a Hilda.

— Você pode chamá-la de tia Hilda. Ela ia amar isso.

— Eu realmente adoraria conhecê-la.

Concordando com a sociedade, eu aceitei que Nicki passaria anos ao meu lado. *Mas íamos parar com o sexo em algum momento, certo?*

— Chegamos à pâtisserie.

— Ótimo, vamos comprar tudo. — Ela finalizou o sanduíche e saiu do carro quase saltitando. — Acho que podemos comer aqui mesmo. Já me sinto energizada. Depois compramos o relaxante muscular na farmácia.

— Esqueci de ir à farmácia primeiro.

— Tudo bem.

Enquanto colocava os óculos escuros e ria do jeito espontâneo de Nicki, acionei o alarme e verifiquei se estava com a carteira. Pensei, naquele segundo, que eu ia curtir os momentos com ela enquanto me permitisse tê-la. Viver as experiências sexuais comigo a libertaria para aproveitar a vida e conhecer o próprio corpo. No meu caso, poderia me abrir e cogitar relações menos impessoais.

Não era tão ruim ter uma sócia com benefícios.

A gente só... não podia foder com tudo.

— Me espera — pedi.

— Tarde demais — ela falou, entrando pelas portas de vidro e me deixando do lado de fora.

Balancei a cabeça.

A vida com você é curiosa, Verónica Castelli.

Capítulo 17

Vamos com tudo até eu dormir no seu peito
Amo como o meu rosto se encaixa tão bem no seu pescoço
Por que você não consegue imaginar um mundo assim?
Ariana Grande — Imagine

Nicki

— Isso foi uma experiência sexual ou um workshop com o diabo? — Katarina perguntou, sentada no sofá do meu escritório depois de termos jantado juntas, e eu gargalhei.

Dias depois daquela noite com Talita, Logan e Rhuan, eu queria mais. Sabia que Rhuan estava planejando o próximo passo e eu tinha combinado de confiar nele. Rhuan nos guiaria dali para frente. Seria perfeito. Eu realmente queria mais.

— Foi maravilhoso, Kat. Acho que finalmente entendi do que preciso sexualmente. A liberdade... isso funciona para mim. Eu tive prazer. Realmente tive prazer, e foi perfeito.

Katarina pareceu surpresa.

— Você e Rhuan conversaram e eu acho que deu tudo certo, no final.

— Sim, nós estamos bem.

— Preciso ir. Obrigada por jantar comigo enquanto Álvaro está viajando e por me contar as novidades. — Ela se aproximou e me beijou rapidamente no rosto.

— Não foi nada, Kat.

— Tchau, querida. Cuide-se.

— Sempre.

Sozinha no escritório, voltei a trabalhar. Os números eram tão promissores e os elogios nas redes sociais do Enigma eram infinitos. Estávamos nos preparando para o próximo evento quando ouvi três batidas suaves à porta.

A única pessoa que batia assim era o Rhuan.

Abri um sorriso assim que ele entrou. *Caspita*, eu não o tinha visto hoje. Rhuan parecia ter saído de uma revista de moda. Estava com um terno risca de giz azul-marinho, com as listras verticais em um tom suave de cinza-claro. A camisa azul-clara e a gravata cinza-escura casavam perfeitamente. Meus olhos sempre apreciavam um homem que se vestia bem, e Rhuan parecia impecável.

— *Sei bellissimo oggi, ragazzo.*

Rhuan ergueu uma sobrancelha.

— Estou bonito hoje?

— Gostei do terno.

Ele riu.

— Vim de uma reunião com alguns amigos. Estávamos falando sobre uma conferência e fui convidado a palestrar. — Ele se sentou na minha frente, daquele jeito confortável que me fazia admirá-lo.

Rhuan era tão confiante de si mesmo que, em qualquer ambiente que estivesse, ele parecia dominar a atenção. Mesmo que, no caso, estivéssemos apenas nós dois ali, toda a minha atenção estava nele. Eu parava qualquer coisa que estivesse fazendo para ouvi-lo, e não era apenas eu. Todos ao seu redor valorizavam o que esse homem tinha a falar.

— Vai retornar para as palestras, então? — Arregalei os olhos quando Rhuan me estendeu uma dose de alguma coisa. — Para que é isso?

— Sim, eu vou. E isso é para relaxarmos antes do expediente. — Afrouxou a gravata e levou seu copo à boca, bebendo suavemente. Fiquei hipnotizada pelo som que Rhuan fazia quando estava bebendo algo, e pela maneira como sua garganta se movia. Me mexi desconfortável na cadeira.

— Eu queria assistir um dia.

Rhuan pareceu surpreso.

— O quê?

— Uma palestra sua.

Seus olhos verdes se mantiveram nos meus.

— Por quê?

— A psicologia sempre me fascinou, não tem nada a ver com você.

A gargalhada masculina encheu meu coração e ele apoiou o copo vazio na minha mesa enquanto eu aproveitava a bebida. Deliciosa. Amarga e doce ao mesmo tempo. Forte. Uma experiência nova para mim.

— O que é isso?

— É cachaça brasileira.

— Ah. — Olhei para o copo. — Me lembra saquê, mas *mais* forte.

— Um dia vou pedir para ao barman te fazer uma caipirinha. Nunca tomou?

— Nunca.

— Deus, Nicki. Você não está vivendo do jeito certo. — Ele sorriu mais abertamente. — Só queria ter certeza de que você ia gostar da cachaça.

— É forte, mas combina comigo.

— Sim. — Seus olhos desenharam meu rosto. — Combina. Mas o que você estava falando sobre assistir a minha palestra?

— Se não for longe e o Enigma não ficar sem ninguém, eu poderia ir te prestigiar. Seria legal te assistir. É sobre o quê?

— Relacionamento saudável: a importância do diálogo. Você vai?

— Não, Rhuan. Eu só comentei que seria *legal* assistir.

— Vem comigo.

Pisquei.

— *Você* está sendo impulsivo?

Ele abriu um sorriso.

— Já foi à Grécia, Verónica?

— Por incrível que pareça, não.

— Então nós vamos.

— Nós não...

A porta se abriu e Eva, a garota que eu havia beijado e que era a dançarina do clube, piscou para nós dois.

— Vocês vão ficar aqui ou vão descer?

— Estamos indo — Rhuan respondeu por nós dois.

Eva fechou a porta e ele se levantou.

Saí da cadeira, um pouco tonta pela cachaça, ou pela conversa com Rhuan.

Ele realmente estava cogitando me levar para a Grécia? De onde isso surgiu e por quê?

— Escuta, essa viagem é só nós dois? — Me virei para ele, minha mão na maçaneta impedindo que qualquer um de nós saísse.

Meu coração estava batendo tão forte.

Eu precisava ir ao cardiologista?

Trinta anos e de repente tinha alguma coisa errada comigo?

Rhuan estava atrás de mim, sua mão na base das minhas costas. Seu rosto parecia mais bonito assim, tão de perto. Seu maxilar era marcado, a barba por fazer um tom mais clara que os seus cabelos, e aquele olhar instigante, que te faria se jogar do Monte Everest e dizer:

Por favor, eu quero morrer. Obrigada.

Rhuan era *demais* às vezes.

— Vai ser uma viagem entre sócios. Minha sócia quer conhecer melhor minha outra profissão, e eu vou sozinho à Grécia, o que parece um desperdício. Você não conhece o país, e eu já fui lá tantas vezes que conheço como a palma da minha mão. Vou viajar na terça-feira e volto na quinta-feira à noite. Vai ser ótimo porque o Enigma estará fechado e Mario estará aqui cuidando das coisas. Vai se acostumando com a ideia, está bem? — Piscou para mim. — A propósito, você quer ir a um clube erótico, ou quer dividir a cama com mais pessoas de forma privada? Qual vai ser nossa próxima aventura? Você precisa pensar nisso e me responder até amanhã cedo.

— Garotas. Eu quero viver essa experiência.

— Quantas?

— Eu e mais uma?

— Está bem. — Rhuan sorriu e tocou na minha mão sobre a maçaneta.

— Vamos sair ou você vai me trancar aqui?

— Não acho certo viajarmos juntos.

— Foi você quem disse que não temos como fugir de nos conhecermos mais. Está com medo? Não vou tocar em você.

— Você não vai, eu sei que concordamos com isso.

— Ótimo — respondeu.

Respirei fundo.

— Rhuan...

— Você só vai jantar e almoçar comigo, assistir à palestra e depois vamos embora. É diferente do que já fazemos, Nicki?

— Sem encontros românticos, certo?

— *Dios*, eu nem sonharia com algo assim. — Ele estava sorrindo. — É a Grécia. Capaz de eu te levar para uma balada na praia e te deixar beijar todos os caras e garotas que você quiser. Romance? Não, *corazón*.

— Confio em você.

— Ótimo. Vamos trabalhar, Castelli.

Abri a porta e percebi que minhas mãos estavam tremendo quando desci as escadas.

Rhuan me desestabilizava.

Quando eu ia parar de mentir para mim mesma e finalmente assumir que isso, com ele, estava começando a me confundir?

Capítulo 18

Seus olhos fogem
Quando você está ao meu lado
Ah, que desperdício.
Eyelar — Say It With Your Eyes

Rhuan

— *Madre de Dios!* — Respirei fundo ao telefone. — Quem foi que te disse, mãe? O Esteban?

— Diego comentou, já que Elisa ajudou vocês com a sociedade, e antes que pense que seu primo é fofoqueiro, eu o pressionei. — Hilda De La Vega era o pesadelo de todos os meus primos. E as coisas eram complicadas entre nós porque éramos opostos. — Acha legal eu saber que o meu filho tem uma sócia e que isso já tem acontecido há um tempo sem que ele sequer tenha me contado? Eu quero conhecer a Verónica.

— É *apenas* uma sociedade — garanti.

— Você está dormindo com ela? — Não foi uma acusação, foi *esperança*.

— Mãe. — Revirei os olhos, incapaz de mentir.

— *Mi hijo*, você precisa começar a se abrir para as emoções. Precisa parar de cuidar do coração de todo mundo e perceber que você também tem um!

— Mãe, escuta. A senhora sabe que eu te amo, certo?

— Claro que sei.

— Então, não faça isso. Não quero me relacionar, não quero namorar, noivar, casar. Esse padrão imposto pela sociedade? Não funciona. A monogamia é uma ilusão...

— Não começa a falar difícil comigo, Rhuan. — Suspirou. — Eu só quero te ver feliz.

— Eu *sou* feliz.

— É mesmo? Você trabalha vinte horas por dia, tem um clube noturno e ainda é psicólogo. Cria conteúdo para a internet, atende e administra as finanças. Você vai ter um AVC com trinta e cinco anos. — Minha mãe fez uma pausa. — Precisa aproveitar a vida.

— Eu aproveito, mas minha visão é diferente da visão da senhora. Eu já te disse, mãe. Concordamos em discordar.

— Você precisa ter filhos, se casar, ter uma esposa amável. Você precisa...

— Não vamos discutir isso.

Ela respirou fundo.

— Eu conheci Rafael, seu investidor. Qual a diferença de eu conhecer a Verónica, que é a ex-esposa dele?

— Está sabendo muito, mãe.

— Eu sei de tudo! Mas tenho razão, não tenho? Em querer conhecê-la?

— Um dia. Não agora. — Fiz uma pausa e comecei a caminhar pelo meu consultório. — Tenho um paciente em cinco minutos.

— Está bom, *mi hijo*. — Mamãe prendeu a respiração por alguns segundos. — Não sei se um dia vai entregar seu coração a alguém, mas espero poder ser capaz de ver que meu único filho foi amado de verdade por uma pessoa. De preferência, antes de eu morrer. Você não pode me culpar por ter esperanças, como a tia-avó Angelita tinha.

Eu sabia que, para minha mãe, o casamento era importante, somos espanhóis e a família é uma força cultural, emocional e um verdadeiro pilar para os De La Vega. Entretanto, ela não podia me culpar por pensar diferente. Ainda assim, sabia reconhecer que havia suas emoções, o medo de ela morrer e me deixar sozinho, como se eu fosse uma criança que ainda precisava de cuidados. Para alguns pais, os filhos nunca crescem, e para minha mãe, o papel de uma mulher ao meu lado era a continuidade da proteção ilusória que ela acreditava que tinha sobre mim.

Abri um sorriso.

— Eu sou amado por muitas pessoas, como por você, pelo meu pai, pelos meus *hermanos* e suas *mujeres*. Sou amado por muita gente. Não preciso do amor romântico como base, mas entendo sua preocupação. Você quer conversar sobre isso?

— Não quero falar com um psicólogo, quero o meu filho — ela resmungou.

— Eu te amo, mãe. Me desculpa por frustrá-la.

— Eu sei, eu sei. Está tudo bem. Só acho... acho que ouvir sobre a Verónica me deu esperanças.

— Não as tenha, você só vai se frustrar.

— Eu te amo, *mi hijo.*

— Eu também. — Desliguei a chamada.

Passei a manhã e toda a tarde atendendo pacientes. Eles estavam avançando na terapia, mas alguns, como Javier, me desafiavam um pouco mais. Estava cansado, mas me animava saber que minha noite seria com Verónica, que íamos nos divertir juntos e ter novas experiências.

Dios, a noite que tivemos...

Nem parei para pensar nisso.

O corpo dela, a entrega, o desejo.

O fato de Verónica ter me feito gozar bem gostoso.

Mierda.

— Você me disse que sentia que estava faltando admitir algo sobre o seu relacionamento. Pensou sobre isso? — perguntei a Javier, pigarreando para voltar ao presente: o tablet na minha mão, analisando sua ficha, e as minhas últimas anotações, enquanto o esperava falar.

— Não sei ao certo, Rhuan. Temos tudo. Temos dinheiro, filhos saudáveis, vamos para as Maldivas no próximo mês. Mas estou incerto.

— O que é a incerteza para você?

Isso o fez erguer seus olhos exaustos e me encarar.

— Um incômodo doloroso.

— Você fica desconfortável por não saber o que falta admitir sobre o seu relacionamento com a Marina?

— Estamos juntos há vinte e três anos, eu sinto que há algo que não percebo a respeito de nós dois. Não é... não duvido dos sentimentos dela; só me sinto tão cansado.

Ele duvidava das próprias emoções, só não disse isso.

Mas havia o senso de responsabilidade em ser pai. Havia as contas a pagar. Havia o compromisso do relacionamento e o juramento que ele fez no altar. As pessoas pensam que o relacionamento vai se sustentar pela paixão. Emoções flutuam. O que resta é o compromisso. Enquanto Javier não assumisse que já não estava mais apaixonado por sua esposa, enquanto ele não entendesse que restou apenas o companheirismo, ele nunca ia compreender por que se sentia tão frustrado, cansado e indisposto com ela.

A sociedade vende o casamento como a promessa de uma felicidade e de uma paixão eternas. Mas não é sobre isso. Para se casar, precisa estar disposto. Disposto a entender que a paixão acaba. Disposto a entender que você precisa estar com alguém que queira conversar dali a trinta anos. Disposto a saber que o sexo é finito e que, na velhice, você só vai precisar de uma boa companhia.

Claro, para quem deseja a estabilidade de um relacionamento assim.

— Eu quero que pense em como se sentiu quando a conheceu. Tudo o que puder se lembrar. Quero que faça uma carta para Marina como se fosse um garoto, anos atrás. Essa carta, nós vamos ler juntos na próxima sessão. E então quero que você esteja pronto para me ouvir também.

— Tudo bem, Rhuan.

— Ótimo. — Sorri.

— Você é muito bom no que faz. — Javier estendeu a mão para mim.

— Vamos tirar esse desconforto, Javier. Mas você precisa estar disposto a se ouvir.

— Estarei.

— Perfeito.

Saí do consultório e encontrei Igor, meu secretário. Ele era a pessoa responsável pela minha agenda e quem não me permitia enlouquecer.

— Rhuan, seu compromisso com a Verónica está agendado para daqui uma hora.

— Certo. — Olhei para o relógio. Nicki era o único compromisso que eu era incapaz de esquecer. — Vou embora, então. Você pode fechar para mim?

— Sim, Rhuan. Claro — garantiu.

Sorri para Igor e me despedi, pronto para me encontrar com Verónica.

Eu estava processando duas coisas.

A primeira delas era que dormir com Verónica foi um pouco demais para mim. Fazia anos que eu não dividia a cama com alguém que conhecia, que realmente conhecia, e apesar de termos Talita e Logan conosco, foi *íntimo*. Olhar em seus olhos enquanto Verónica gozava, seu corpo sob as minhas mãos, seu prazer empurrando o meu até a beira de um precipício. Ela era a ex-esposa de Rafael, ela era a minha sócia. Mas *seria* isso. Eu *propus* isso. Não tinha como fugir porque, sendo sincero, era bom pra *carajo* descobrir o quão mais longe poderíamos ir pelo outro. O sexo era espetacular, eu não ia parar até que Verónica quisesse.

A segunda coisa era a proposta que tinha feito para Nicki ir viajar comigo. Eu, Rhuan De La Vega, agi por um impulso, como um dos meus primos. Mas não parecia errado. Era apenas uma viagem entre amigos. Não foi isso o que concordamos? *Mierda*, ela gozou comigo, o que seria almoçar e jantar na Grécia? Não estava criando conexão emocional com Verónica, estava apenas inserindo-a mais na minha vida para que ela se sentisse confortável.

Eu estava ótimo, *carajo*.

— Você parece nervoso.

Lancei um olhar para ela.

— Pareço?

— Tenso, pelo menos. — Aproximou-se de mim, e engoli em seco. Suas mãos foram para os meus ombros e Verónica sorriu. — É a expectativa da noite?

— Nossa noite vai ser diferente.

Verónica pareceu surpresa.

— Vai?

— Vai, sim. — Toquei em seu queixo, me dando conta de que não a tinha beijado.

Eu fazia loucuras na cama, mas quando beijava uma mulher, era porque estava conectado. Não faria isso com Verónica, porque nós dois jamais sobreviveríamos se eu fizesse.

— Diferente como?

— Eu quero que... — Fui interrompido quando Alicia apareceu, abraçando-me e em seguida a Nicki.

— Oi, casal. Eu sou a Alicia. — Ela me observou e então a Nicki. — Vamos para o quarto?

Nicki piscou e eu deixei Alicia nos guiar pelo hotel enquanto conversava com Verónica.

— Alicia é uma acompanhante de luxo com uma proposta única. — Caminhei ao lado de Nicki, minha mão na base das suas costas, e Alicia na frente. Vi os braços de Nicki se arrepiarem e sorri. — Ela sai apenas com casais. Não que a gente seja, mas você é minha sócia com benefícios.

— Certo. — Nicki observou Alicia. — Deus, ela parece profissional.

— Ela é. — Fiz uma pausa. — Alicia sai com Talita e Logan sempre que eles querem, então quando me disseram que ela não faz perguntas, combina a hora e depois vai embora, eu soube que ela seria perfeita.

— Perfeita para quê?

— Para você entender sobre o seu prazer, Verónica. Para entender que não importa quem divida a cama com você, a dona do seu tesão é apenas você e a sua mente. A sua capacidade de sentir não depende do outro.

Verónica ergueu os olhos para mim quando entramos no elevador.

— Isso é uma sessão de terapia?

Ouvi Alicia rir baixinho.

— É quase isso, Nicki — Alicia disse. — Esta noite é sobre você, como Rhuan especificou quando me contratou. Eu sou uma profissional que vai cuidar do seu corpo, e o seu marido...

— Ele não é o meu marido.

— O seu...

— Somos sócios com benefícios — falamos ao mesmo tempo.

— Ah. — Ela ficou confusa por um segundo. — Tudo bem. Rhuan pediu que fosse apenas sobre você hoje. Tudo o que ele vai fazer é te assistir.

— Isso parece um pouco injusto. — Nicki me observou.

— Não acho. Eu vou ter muito mais prazer te vendo. E tenho minhas mãos.

Eu vi decepção em seus olhos quando as portas do elevador se abriram?

Verónica queria me tocar esta noite?

— Não há regras comigo, vocês podem mudar a configuração do que previamente pediram e deixar fluir — Alicia explicou. — Mas vamos começar do jeito que o Rhuan falou. Este hotel tem uma parceria conosco e eu reservei a sala de massagem para nós.

— Espera, espera. — Nicki segurou a manga da minha roupa, e olhou para Alicia. — Você vai me massagear?

— Sim, vou te massagear até que você chegue ao orgasmo. Com meus dedos e o meu corpo. Se Rhuan eventualmente quiser participar, ele pode.

O queixo de Verónica caiu.

— Mas...

Segurei seu rosto e sorri.

— Você vai entender quão longe seu orgasmo pode ir. Vai entender a construção do seu prazer. Alicia conhece o corpo feminino melhor do que eu e a experiência é para ser um pouco egoísta mesmo. Eu quero que você viva isso. E quero te assistir tremendo enquanto goza olhando para nós dois.

Verónica umedeceu os lábios.

— Isso é muito mais quente do que eu pensava.

— Estão prontos? — Alicia perguntou, abrindo a porta.

— Sim. — Nicki lançou um olhar para mim. Ela parecia surpresa e decepcionada, mas curiosa.

Você quer tanto me tocar assim, Nicki?

Você quer tanto o meu pau dentro de você?

Você está começando a precisar de mim?

Senti meu corpo esquentar quando olhei ao redor. Velas aromáticas, duas macas, mas eu me sentaria na poltrona como o homem comportado que era. Sem roupas, apenas observando Nicki e me tocando enquanto a via sentir prazer.

Verónica suspirou.

— Eu quero realmente saber o quão longe meu corpo pode ir.

— Estou aqui para isso. — Alicia sorriu e olhou para nós dois. — Tirem a roupa. Nós vamos começar.

Capítulo 19

Estou enlouquecendo
Há muito que eu não posso dizer.

Two Feet — Tell Me The Truth

Rhuan

Tiramos nossas roupas. Alicia me entregou um dos recipientes de óleo, caso eu quisesse passar em mim e aproveitar a vista. O outro, foi ela quem aplicou no corpo de Verónica. Nicki manteve os olhos em mim quando me sentei na poltrona, ao lado da sua maca. Pude realmente apreciá-la nua. Não apenas desejar aquela cintura delicada, seus quadris ou a maneira que seus seios eram grandes e naturais. Eu pude *realmente* olhar para ela. Cada pedaço do seu corpo que ficava mais corado, a palidez da sua pele natural e sem procedimentos estéticos.

Descobri, naquele segundo observando-a, o quanto *amava* isso na Verónica.

Havia estrias, celulites, gorduras em lugares que a maioria das mulheres que eu já saí gastariam fortunas para tirar. Verónica tinha dinheiro suficiente para isso, mas ela não parecia se *importar*.

Isso era quente pra caramba.

Porque ser natural me deixava duro, ser ela mesma me deixava com vontade de... *carajo, Dios*. Eu queria beijar cada traço que é considerado imperfeito diante da sociedade, porque parecia muito com a perfeição para mim.

Encarei seus olhos.

Verónica Castelli é tão linda.

Sua atenção estava em mim, nas minhas tatuagens, na minha pele banhada por óleo de massagem, e em como eu já estava duro. Eu quase quis rir de mim mesmo. Gastava horas com preliminares porque minha libido era diferente. Não ficava duro como os outros caras, não com facilidade. Precisava de estímulos muito maiores do que toques, eu precisava ficar louco para foder *una mujer*. E era o mesmo para gozar, eu levava um bom tempo para conseguir, às vezes a noite inteira. Estava saudável, tudo estava certo comigo, só precisava me conectar com algo diferente.

Verónica era esse maldito *click*.

Então, quando meu pau latejou vendo-a deitada na maca e Alicia começando a massageá-la, eu soube que teria que me segurar para não gozar como um adolescente. Segurei os braços da poltrona, assistindo às mãos de Alicia tocarem Verónica como se ela fosse preciosa. E ela era. Umedeci os lábios e estreitei os olhos quando uma das pernas de Verónica se ergueu. As mãos de Alicia em sua coxa, Verónica estremecendo e levando o seu olhar para mim. De onde eu estava, não podia ver sua boceta, então decidi mudar de lugar para que pudesse ver tudo. Nicki me seguiu com os olhos, incapaz de fechá-los, e no instante em que Alicia tocou delicadamente a boceta de Nicki, eu tremi.

— Essas mãos em você estão apenas tocando pontos do seu corpo que já existem. Você não precisa de ninguém além de si mesma para sentir prazer. Fecha os olhos, Verónica — demandei. — Concentre-se em como o seu corpo responde.

Alicia pegou as mãos de Nicki e ensinou-a como podia se tocar. Alicia fez Nicki apertar seus peitos, os mamilos deliciosos, desceu por sua barriga e acariciou suas coxas. Subindo, descendo, eventualmente tocando os lábios molhados, o clitóris, então subindo, apertando, fazendo-a se descobrir.

— Estou latejando de tão molhada — gemeu.

Encarei sua boceta e respirei pela boca, minhas bolas se retesando, enquanto mantive as mãos longe de mim.

— É, você está. Eu consigo ver. Sua boceta está pedindo o meu pau, mas não vou te foder. — Alicia tremeu com o som da minha voz e eu sorri. — É gostoso tocar na Nicki, Alicia?

— Ela é linda. — Alicia foi para a boceta de Nicki, com as próprias mãos dela, e Nicki se rendeu, abrindo as pernas. Um joelho para cada lado, toda aberta para mim. *Carajo*.

— Rhuan... — Nicki espaçou os lábios, me mostrando como estava pronta, pulsando lá dentro como se estivesse prestes a gozar.

— Estou aqui — avisei. — Mas você não precisa que eu esteja. Seu corpo inteiro está molhado, eu literalmente estou vendo o prazer brilhar dentro da sua boceta. *Corazón*, você é tão gostosa. Porra, eu queria poder te tocar, mas não é sobre mim.

— Por favor.

— Não.

— Você está me assistindo? — gemeu, de pálpebras fechadas.

— Eu não poderia tirar os olhos de você agora. Nem se o céu desabasse sobre mim.

As mãos de Nicki começaram a ter vida própria quando ela circulou o clitóris e estremeceu. Alicia foi para o meio das pernas de Nicki e colocou dois dedos dentro da boceta apertada enquanto Nicki brincava com seu ponto túrgido e gostoso. Eu queria enterrar o rosto ali e me sufocar do prazer de Verónica, mas não ia fazer isso.

Não é sobre o que você quer, meu cérebro avisou.

Meu pau bateu além do meu umbigo, me avisando o quanto estava teso.

Foda-se.

— Se toca bem gostoso, Verónica.

Uma das mãos de Nicki apertou o lençol sob o seu corpo. Os dedos dos seus pés se contorceram. A massagem ficou ainda mais intensa quando Nicki chegou ao primeiro orgasmo sozinha, mas ela não parou de se tocar, Alicia foi para todo o resto do corpo de Verónica, explorando-a.

Foi aí que comecei a me tocar.

Meu gemido foi tão alto que Nicki e Alicia olharam para mim, mas por alguma razão meus olhos não saíram de Verónica e como ela também parecia querer me assistir. Eu gostava da sensação dos seus olhos em mim, em como Nicki observava meus quadris indo de encontro à minha mão, ou como meu pau estava completamente encharcado de óleo e duro.

A sensação de que tínhamos algo além do sexo, além daquele momento, me atingiu com muita força quando meu coração acelerou observando a Verónica.

Era íntimo, de uma forma nada habitual, ter uma mulher que te conhece se tocando por você. Aquela *mujer* ser Nicki Castelli, a pessoa que estava dividindo seus dias comigo, e também o trabalho, um pouco da sua vida, foi gostoso. Excitante de uma forma sentimental que eu não queria processar, mas tornava o sexo delicioso, mesmo que sequer estivesse tocando nela.

Gemi quando Nicki acelerou seus dedos e assisti a Alicia tirando as próprias roupas para subir em Verónica, massageando-a com seu corpo. Foi uma dança erótica ver suas peles se esfregando e deslizando uma na outra. Me levantei para ver os detalhes porque prometi que não tiraria os olhos dela, e eu nem queria.

Ainda me tocando, senti todo o meu corpo tensionar e enlouquecer quando seus mamilos se encontraram. Alicia beijou o pescoço de Verónica, e ela se perdeu na outra, esquecendo um pouco de mim. Sorri quando vi que Nicki estava entendendo a liberdade que eu queria que ela sentisse quando percebi que, apesar de tudo, não tirou a mão do clitóris, ainda se oferecendo prazer e compreendendo que aquela noite era sobre *ela*.

Nicki teve mais um orgasmo, depois outro. Alicia foi dando alguns comandos para Nicki até que ela não precisasse de mais nada — suas mãos sabiam o que fazer. Ela estava no enésimo orgasmo quando meu pau ficou ainda mais teso, prestes a gozar. Parei de me tocar, e Alicia trocou olhares comigo, saindo do corpo de Nicki e me convidando a tocá-la.

Neguei com a cabeça, porque Verónica estava imersa demais, olhos fechados, focada nas próprias fantasias e na liberdade do seu corpo. Mas quando Verónica pareceu ter atingido todos os orgasmos possíveis e seus olhos se abriram, me senti compelido a me aproximar.

Meu coração estava batendo como um louco quando esqueci meu próprio prazer e do fato de que tudo em mim queimava para que eu gozasse logo. Eu simplesmente levei a ponta dos meus dedos até Verónica. Seus olhos se abriram para mim quando deslizei por seu maxilar, deslizando por seu pescoço, acompanhando com os olhos o movimento dos meus dedos em sua pele. Deslizei por seu pescoço, descendo pelo meio dos seus seios, vendo seu corpo se contorcer por estar tão sensível. Verónica manteve a atenção no meu rosto enquanto eu explorava sua pele, sua barriga, ao redor do umbigo, seus quadris se movendo de um lado para o outro quando as pontas dos meus dedos deslizavam facilmente com o óleo. Encarei-a e umedeci os lábios assim que ela abriu as pernas para que eu a tocasse. Eu teria que ser gentil, ela estava tão sensível, mas senti seu clitóris na ponta dos meus dedos e meu pau se retesou pela vontade.

Seus olhos pareciam ainda mais claros, como se aquelas nuvens cinzentas finalmente tivessem derramado uma tempestade. Nicki desceu o olhar por mim e, por um segundo, só um segundo, imaginei como seria espaçar os lábios de Nicki e acomodar meu pau dentro da sua boca, passeando por sua língua molhada e deliciosa.

— Seu corpo atingiu tudo o que você podia — sussurrei, a voz rouca, meus dedos molhados do seu prazer e o clitóris suavemente batendo como um pequeno coração.

— Mas o seu ainda não.

— Eu me viro mais tarde.

— Rhuan — ela me chamou, e eu a olhei.

— Quero sentir o seu corpo contra o meu, não estou pedindo para gozar de novo. — Nicki fez uma pausa. — Eu quero você.

Carajo, Verónica.

Entreabri os lábios para respirar e viajei meus olhos pelo corpo de Nicki até encará-la.

— Você não sabe o que está pedindo.

— Rhuan, você disse que hoje era sobre ela, não? — Alicia alertou. — Faça o que Verónica pede.

Nicki se sentou na maca e, sem hesitar, saltou. Ela segurou minha mão e me levou até um espaço em que havia um colchão no chão, velas ao redor e uma manta. Nicki se sentou com as pernas cruzadas, coluna ereta e bateu no espaço a sua frente.

— Senta aqui comigo — pediu.

— Isso é sobre você — murmurei.

— Sim, e continua sendo sobre mim. Sobre eu querer me familiarizar com o seu corpo. Você vai dividir muitas loucuras comigo, Rhuan. Preciso me acostumar com você fisicamente. Não apenas nossa mentalidade, nossa inteligência, mas a maneira como nos conectamos sexualmente. — Nicki estreitou os olhos e, em seguida, sorriu. — Não vou te morder.

Pressionei um lábio no outro e me sentei de frente a Nicki. Ela ficou de joelhos, seus olhos nos meus, então suas mãos foram para os meus ombros. Ela se apoiou e se sentou no meu colo, lentamente se encaixando em mim, como se fôssemos peças de um quebra-cabeça. Os lábios da sua boceta molhada abraçaram o meu pau, seus mamilos contra mim, mas tudo o que pude ver foi seu rosto, mesmo estando dolorosamente pronto e louco para fodê-la gostoso. Alicia se aproximou de nós, e eu a vi pela visão periférica, mas só prestei atenção na profissional quando ela começou a falar.

— Intimidade pode vir com o tempo, mas também pode surgir em um momento. — O corpo de Nicki estava sobre o meu. Ela estava sentada no meu colo. Eu podia sentir sua temperatura, seu peso, a forma como sua pele deslizava macia na ponta dos meus dedos. Sua respiração estava tão suave quanto a minha, pude sentir seu coração bater acelerado e abri um sorriso. — Quero que vocês se olhem por alguns minutos.

— Eu posso fazer isso. — Nicki se empertigou e começou a me encarar. — Ou talvez não.

— Já que deseja ficar íntima do corpo de Rhuan, vocês precisam começar pela janela da alma. Se olhem, se observem, tentem entender o fluxo dos pensamentos.

— Isso é mesmo uma terapia. — Nicki sorriu.

— Shh. Olha para mim.

— Estou olhando.

— Não, Nicki. — Toquei seu queixo e umedeci meus lábios. — *Olha para mim.*

Sua respiração ficou suspensa e Nicki começou a me olhar com calma. De repente, me tornei ainda mais consciente da sua presença, de como seus olhos possuíam pequenos filetes de um tom de verde profundo, mas a grande parte daquele céu nublado vinha do azul. Era um caleidoscópio. Havia uma áurea amarela próxima a sua pupila, mas a maneira que Nicki me olhava me fez tirar a concentração da forma e cor das suas íris para me concentrar *nela*.

Minha própria respiração se atrapalhou enquanto Alicia nos orientava a percorrer o corpo um do outro como se fosse o nosso. Nicki era macia na altura da costela e sua pele mudava de textura quando eu chegava ao quadril. Seus arrepios caminhavam junto com a ponta dos meus dedos e seus mamilos ficavam ainda mais pontudos conforme eu a tocava.

Percebi, naquele minuto, que nunca tinha tocado em *una mujer* daquela forma. Não pelo toque nem pela demora, porque eu gostava de fazer um sexo lento, mas simplesmente olhando dentro dos olhos de alguém. Intimamente, sem que o mundo existisse, sem que nada ao nosso redor importasse.

— Verónica, nós estamos apenas começando — sussurrei. — Não deveria ser assim.

— Não vai ser confuso — prometeu, deslizando do meu ombro até o bíceps, passeando pelas minhas tatuagens e os contornos da tinta sob a pele. — Está se apaixonando por mim?

Sorri de lado.

— Não.

— Nem eu por você — garantiu, sem tirar seu olhar do meu. — Quero a próxima vez com dois homens e você.

Mordi o lábio inferior.

— Ok.

— Tudo bem?

— Não há motivos para não estar — garanti. — É tudo sobre você.

Então Nicki parou de me acariciar. Minha ereção ainda estava ali, mesmo com a conversa, apenas porque era Nicki em cima de mim, e a minha libido respondia a essa mulher como se eu precisasse dela. Não como se a quisesse, mas como se precisasse.

— E quando vai ser sobre você também, Rhuan? — perguntou. Inclinei a cabeça para o lado e Nicki continuou: — Quando vou saber do que você gosta?

— Depois da sua noite divertida comigo e mais dois caras, teremos uma noite do meu jeito.

Nicki respirou fundo.

— Parece bom.

— É? — Toquei sua cintura e Nicki lentamente começou a ir e vir no meu pau. Gemi quando ela atiçou a glande e eu estava completamente pronto se ela quisesse me ter dentro do seu corpo, mas... *ah, mierda.* A nossa regra. — Junte-se a nós, Alicia.

— Você quer, Verónica?

Nicki a puxou em resposta, beijando Alicia e mantendo o contato visual comigo enquanto deslizava os lábios da sua boceta por todo o comprimento do meu pau. Eu fiquei ali, preso àquele olhar, sentindo meu corpo inteiro tremer, enquanto me avisava que mais alguns minutos daquele vai e vem, sem entrar ainda na sua boceta, e já seria o suficiente para mim.

Fechei os olhos.

Quando os abri, Nicki ainda estava me olhando enquanto Alicia se ocupava em beijar e tocar o meu corpo. Mas não poderia me importar menos com Alicia. Gemi com força e gozei, sem tirar os olhos de Nicki, e enquanto recuperava a respiração, percebi que foi a primeira vez que ignorei uma das pessoas que estava na cama comigo. Foi a primeira vez que sequer me preocupei com uma delas.

Nicki se tornou o centro do meu universo.

O núcleo, então a gravidade, o que mantém em apenas um lugar, em um só ponto.

Preso, parado, imóvel e inerte.

Isso estava ficando perigoso demais.

— Você está bem? — Nicki perguntou, tocando o meu rosto.

— Sim.

— Há toalhas e uma ducha, caso precisem tomar banho. Vou deixá-los a sós — Alicia nos avisou.

Intimidade não é sobre tempo. Mas sobre alinhar-se a outra pessoa no momento certo. No entanto, não era a intimidade que me assustava. Era justamente a sensação monogâmica que começou a nascer dentro de mim.

Não consegui me mover para Alicia, sequer notei sua presença. Fiquei preso a Nicki como se houvesse correntes ao redor do meu corpo.

Essa porra de coração de De La Vega...

— Você parece assustado, Rhuan.

— Vamos tomar banho, *corazón.* — Peguei-a pela cintura e a tirei do meu colo. Entrelacei nossos dedos quando ficamos em pé e nos levei até o chuveiro.

Respirei fundo.

Talvez eu comece a me apaixonar por você, Verónica Castelli.

Capítulo 20

Minha vida mal começou
Preciso de você eternamente, preciso que fique.
Michael Bolton — I Said I Loved You But... I Lied

Nicki

Eu estava no escritório do Enigma, no final da tarde em um dia em que o clube não abria, com Rafael ao telefone, enquanto ele me contava a novidade do ano. Selena estava grávida! Eu me emocionei tanto que comecei a ter uma crise de choro, porque sabia o quanto Rafael queria ser pai, e era incrível ver que meu melhor amigo viveria isso com o amor da vida dele e conquistaria o que sempre sonhou. Meu coração estava tão imenso, que as minhas preocupações sobre o Rhuan ficaram em segundo plano.

— Eu te daria um abraço agora, se pudesse — falei, fungando. — Parabéns, Rafa! Eu quero saber de tudo. Por favor, não me deixe de fora.

— Você vai acompanhar. — Ele riu. — Nicki, estou tão feliz.

— Eu sei, querido. Eu sei.

Ficamos um tempo em silêncio, até que Rafa perguntou:

— Como estão as coisas com Rhuan?

Engoli em seco.

— Estou vivendo uma aventura sexual com ele. Sem compromisso, apenas... sexo. Nós tivemos apenas duas noites juntos e está tudo sob controle. Teremos mais, mas não é complicado.

Era complicado, sim.

Eu não conseguia parar de pensar nele. Em como o abracei e como o fiz gozar apenas indo e vindo em cima do seu corpo, como Rhuan se entregou para mim. Seu olhar no meu, a intensidade de um homem que sabe o que quer. Ele me queria. Não emocionalmente, talvez, mas, naquele segundo, vi o quanto Rhuan ignorou tudo o que estava ao seu redor para se concentrar apenas em nós. Eu não sabia o que isso significava, não queria um relacionamento com Rhuan. Quase ri com esse pensamento. Trabalhar com o homem e ainda ser sua namorada ou qualquer outro rótulo.

Justo o Rhuan? Eu? Nós?

Rafael se mexeu do outro lado da ligação, arrancando-me dos pensamentos.

— Nicki...

— Eu não vou me envolver emocionalmente.

Ele riu. Não, Rafael gargalhou.

— Se fosse outro cara, você não se envolveria emocionalmente, mas estamos falando de Rhuan De La Vega.

— O que quer dizer?

— Você não percebe? — Rafa pareceu sorrir. — Não percebe que te conheço o bastante para saber que tipo de homem seria seu par perfeito? Não percebe que ter pedido para você ir conversar com Rhuan foi muito além do Enigma, mas porque eu queria que você pudesse encontrar alguém que é compatível em mente, intelecto, senso de humor e objetivos de vida?

Me levantei da cadeira e fiquei em pé, me sentindo ansiosa.

— Rafa, o Rhuan é o homem mais prático que conheço. Isso entre nós tem prazo para acabar. O sexo, não a sociedade. Nós vamos seguir nossas vidas normalmente. Ele vai voltar para as profissionais do sexo de que ele gosta e eu...

Nunca mais vou encontrar um homem tão compatível sexualmente comigo, ou talvez considere mais vantajoso comprar um vibrador e viver experiências sexuais em clubes eróticos.

— Vocês não vão conseguir se envolver sexualmente se souberem mais um sobre o outro. É até ridículo ser o seu ex-marido a te dizer isso, Nicki, mas o Rhuan é mesmo o seu par perfeito. Talvez vocês... enfim, eu não posso adiantar a história de vocês, mas posso pedir só uma coisa?

Senti meu corpo vibrar, minha pele esquentar e minhas bochechas corarem. Não era comum falar com o ex-marido sobre um parceiro sexual, um sócio com benefícios, mas ver que Rafa sentia que o que estava acontecendo entre nós era mais do que sexo me deixou petrificada.

— Diga.

— Se Rhuan se abrir, deixe-o falar. Se o relacionamento entre vocês evoluir, permita-se viver. Não é porque eu e você tivemos um casamento morno que as outras relações serão também. — Ele fez uma pausa. — Estou vivendo o melhor dos mundos com a Selena agora, Nicki. Não é o tipo de relacionamento que forma um casal, não é a palavra ou o rótulo. É a forma como duas pessoas se envolvem. Esteja aberta a se apaixonar, caso o seu coração peça isso.

— Eu não... — Escutei as três batidas características de Rhuan à minha porta. Meu coração acelerou. — Preciso ir, Rafa. Manda um beijo para a Selena e, mais uma vez, parabéns pelo bebê!

— Obrigado. — Ele respirou fundo. — Se cuida, ok?

— Sempre — respondi e desliguei a chamada. — Pode entrar.

Rhuan entrou e se acomodou na cadeira em frente a minha mesa. *Dio mio*, isso parecia estranho. *Por que parecia estranho?* Eu tinha me encontrado com ele por apenas alguns minutos depois da nossa experiência com a massagem. Rhuan dirigiu até minha casa com calma, mas aéreo. Ele estava ao meu lado, mas sua mente estava em outro lugar. Antes de eu ir embora, ele segurou a minha mão e me agradeceu pela noite. Seu olhar parecia intenso, sua atenção comigo parecia diferente. E quando ele entrou na minha sala, percebi que essa agitação tinha se multiplicado exponencialmente.

— Nicki. — Seus olhos encontraram os meus. Em seguida, ele parou e me mediu de cima a baixo. — Vai a algum lugar esta noite?

— Não.

— Nós temos um problema.

— *Nós*? — Inclinei a cabeça para o lado. — Enigma? Eu vi as planilhas e...

— Minha mãe está no meu apartamento, cozinhando para você — ele me interrompeu. — Para nós, quero dizer. E ela disse que não vai sair de lá até que eu te leve.

Espremi os lábios para não rir.

— Ah, é? A mamãe De La Vega quer me conhecer?

— Eu não pedi isso, Nicki. Minha mãe... ela tem a chave do meu apartamento, caso haja alguma emergência comigo ou com a Dulce. Ela me enviou uma foto da cozinha. *Na minha cozinha.* E me pediu para te levar. Agora.

— Por que você parece desesperado?

Ele riu.

— Porque eu *estou* desesperado. Você não conhece minha mãe, Nicki. Ela vai fazer da sua vida um inferno assim que te conhecer.

Me aproximei de Rhuan e, embora eu quisesse estar séria, não consegui parar de sorrir.

— Eu duvido muito que ela seja tão ruim assim.

— Ela não é. Só tem PhD em ser casamenteira. — Ele estreitou os olhos. — Minha mãe seria capaz de dopar nós dois e nos colocar em um avião fretado para Las Vegas e então obrigar um celebrante de reputação duvidosa a nos casar enquanto dormimos.

Gargalhei.

— Ela é assustadora — reiterou, ansioso.

— Eu vou me comportar como a sua sócia e nada mais. Não vou dar nenhum indício de que somos íntimos ou de que fizemos sexo.

— Nada importa, Nicki. Ela vai olhar para você, somar nossa genética e criar bebês em menos de três segundos.

O desespero de Rhuan sobre Hilda era a minha coisa favorita no mundo.

— Vamos, eu dou conta dela. — Peguei-o pelo braço e comecei a sair do escritório. Encontrei Mario no caminho e pedi para ele apenas finalizar a planilha de pagamentos. Quando já estávamos perto do carro de Rhuan, ele começou a andar de um lado para o outro, e eu tirei a chave da sua mão. — Eu dirijo.

— Você não está entendendo, Nicki.

— Eu estou entendendo e nós vamos lidar com isso.

— *Carajo, puta madre!* Não sei se consigo colocar você e minha mãe no mesmo ambiente sem que uma tragédia aconteça.

— Qual é o seu medo?

— Meu medo? — Rhuan pareceu confuso por um segundo. — Não sei.

— Acha que por causa da sua mãe vamos parar o nosso acordo sexual?

— Pode ser.

— Eu não vou a lugar algum, Rhuan.

Ele mordeu o lábio inferior, abriu os botões do paletó e jogou os lados para trás, enfiando as mãos no bolso frontal da calça.

— Por que diz isso?

— Porque parece que você precisa ouvir de mim. Não importa quão assustadora sua mãe seja. Se ela está com a decoração toda pronta do nosso hipotético casamento. Se ela imaginar cem bebês. Se ela me dopar e me colocar em um altar com você. — Fiz uma pausa, lendo seu comportamento. *Ele parecia ter medo de me perder. Por quê?* — Eu não vou a lugar algum.

Rhuan pareceu respirar fundo pela primeira vez em muito tempo.

— Ok, mas você dirige. *Mierda*. Acho que não consigo.

— Nós vamos conseguir.

— Ok. — Rhuan olhou para o carro. — Obrigado. E me desculpa.

— Não peça desculpas.

Ele assentiu e nós finalmente fomos rumo ao seu apartamento.

Esse encontro seria interessante.

Interessante não seria a palavra certa...

Dulce estava no sofá, balançando as asas, dançando. Assim que a cacatua me viu, voou até o meu ombro e ofereceu a cabeça para eu coçar. Eu estava tão absorta que fiz carinho nas suas pequenas penas, tentando processar...

O apartamento de Rhuan estava com o melhor aroma do mundo, *paella*, mas também cheio de balões. Parecia uma festa de aniversário, exceto que os balões eram em formato de coração. *Coração vermelho.* Hilda estava na cozinha, dançando ao som de Michael Bolton, *Said I Loved You... But I Lied*, que ecoava por todas as caixas de som espalhadas pelo ambiente. O apartamento estava à luz de velas, as panelas estavam chiando e, quando olhei para o Rhuan ao meu lado, precisei de um esforço absurdo para engolir a gargalhada.

Ele estava com as mãos na cabeça, empurrando os cabelos para trás como se quisesse arrancá-los, seus olhos arregalados e sua boca entreaberta.

— Mãe... — Rhuan murmurou, e sua mãe pareceu ignorá-lo enquanto rebolava para a direita e para a esquerda, movendo a colher de pau como se fosse uma das princesas da Disney que cozinham contando com ajuda de passarinhos ou algo do tipo. — *O que é isso?*

— Eu quis conhecer a Verónica Castelli de forma apropriada. — Hilda de repente se virou para mim. Eu nunca imaginei, em toda a minha vida, encontrar alguém tão feliz e reluzente apenas ao me olhar, mas Hilda sorriu com os olhos, com a boca, com o coração e com a alma. — *Dios*, você é mais bonita do que nas fotos do seu Instagram! Posso te dar um abraço?

Ok, ela tinha visto o meu Instagram.

Dulce voou do meu ombro e Hilda se aproximou. Fechei os olhos quando a abracei. Não foi um abraço estranho, foi algo sincero. Gostei dela, apesar do desejo de que o filho encontrasse o amor e... *cazzo, dos balões.*

— É um prazer conhecê-la. Ouvi tanto sobre você e... — comecei.

— Rhuan, ela é tão linda. — Hilda sorriu. — Como pode ser tão linda? Você parece o meu lado da família. Eu e o pai de Rhuan temos olhos verdes, mas o meu marido tem a pele bronzeada e o cabelo castanho-escuro. Hoje, com a idade, eu pinto meus cabelos, mas o tom original é loiro, como o seu.

— Você também é linda, sra. De La Vega. — Sorri verdadeiramente. Ela era mesmo. — Não sei quanto tempo a senhora levou para organizar isso aqui, mas obrigada por me receber de maneira tão carinhosa.

— Ah, não foi nada. Eu pedi para o Andrés me ajudar na hora do almoço. Como Rhuan nunca volta para casa, sabia que ele não estaria aqui para ver. — Ela riu e então abraçou o filho. — Oi, querido. É bom te ver.

— Andrés, hein? Mãe, isso é um exagero. — Ele abraçou a mãe de volta e, então, ficou tão sério e com um olhar tão congelante que senti pena da Hilda. — Nicki é minha parceira de negócios e é delicado trazê-la para te conhecer quando suas intenções são tão explícitas.

— Se você está usando palavras difíceis, então está nervoso. — Hilda deu de ombros e então deu dois tapinhas no rosto do filho. — Quer me ajudar a terminar a comida? Nicki pode fazer companhia para Dulce enquanto cozinhamos.

— Eu posso ajudar...

— Não, Nicki — Rhuan se adiantou. — Eu vou.

Me sentei no sofá e Dulce me fez companhia. Fiquei um tempo analisando a interação da Hilda com Rhuan. Longos minutos se passaram, mas, em algum momento, eles pareceram trabalhar bem juntos. Rhuan se acalmou e riu com a mãe, enquanto ela o cutucava e apontava sem disfarçar para mim. Hilda era tão pequena que fiquei me perguntando como pôde ter um filho tão grande. Ela tinha traços gentis e o cabelo em um corte chanel. Parecia muito com a minha mãe, desde o peso até a altura, e meu coração imediatamente passou a adorá-la.

Algo entre eles me despertava saudade dos meus pais, que moravam na Itália. Mas não, não era só isso. Parecia uma cena tão inédita, o tipo de coisa que Rhuan não deixava ninguém acessar e, justamente por isso, foi como se eu estivesse vendo-o de verdade pela primeira vez.

Pude enxergar aquele homem que era tão impessoal com tudo, ser pessoal com alguém. *Sua mãe.* Rhuan amava a família. Eu pude ver isso pela maneira que ele limpou os camarões, sempre observando a mãe com a faca, com medo de ela se machucar. O modo como ele se inclinou para conversar com Hilda e ouvir respeitosamente quando ela pedia para Rhuan fazer qualquer coisa.

Eu sabia que eles tinham uma relação delicada e que sua mãe queria algo que Rhuan não estava disposto a oferecer, mas, naquele momento em que cozinharam, pareciam tão bem um com o outro.

— Está pronto. — Rhuan me lançou um olhar sobre o ombro. — Pode se sentar.

— Mas eu quero ajudar...

— Apenas relaxe, querida — Hilda garantiu, já levando as travessas para a mesa. — Vamos conversar um pouco.

Me sentei à mesa e olhei para a *paella* fumegante, os frutos do mar aromatizando todo o apartamento, o alecrim deixando o prato quase mágico. Hilda colocou pequenos pãezinhos para acompanhar, uma porção de batatas rústicas com parmesão, aspargos salteados e tomate cereja. Parecia que eu tinha acabado de entrar em um restaurante, e o cheiro já antecipava que a comida dos De La Vega era uma delícia.

— Angelita era a tia do meu marido, e a tia-avó dos meninos. Sempre a chamei de tia Angelita por respeito e amor, porque na verdade foi como uma mãe para todos nós. Ela foi muito enfática de que todos os De La Vega deveriam se casar. — Hilda contou enquanto eu me servia. A *paella* estava perfeita, e fiquei namorando a comida enquanto colocava uma porção no prato. Senti os olhos de Rhuan em mim enquanto as velas dançavam por nós e outra música do Michael Bolton tocava. — Ela ensinou o meu filho a cozinhar, e também o Esteban. Achava que os dois dariam mais trabalho que Hugo, Diego e Andrés. Então, eu sabia que ela era mais próxima dos dois porque sentia que os diabinhos iam querer fugir de compromisso. — Hilda riu por um momento, então, vi a tristeza em seu olhar. — Os dois tinham um grande amor por ela e, quando Angelita faleceu, todos os nossos meninos sentiram muito a perda.

Lancei um olhar para Rhuan, que estava com o maxilar tenso e a cabeça baixa. Senti meu coração amolecendo, ficando terno e doce. Algo diferente dentro de mim nasceu ao ver um homem tão forte em um momento vulnerável.

— Rhuan comentou comigo que aprendeu a cozinhar com a Angelita. — Fiz uma pausa. — Não sabia que ela tinha sido tão importante para eles.

— Angelita foi importante para todos nós — Hilda disse, então fez uma pausa. — Modéstia à parte, meu filho é um garoto muito bom, Verónica. — Ela sorriu, orgulhosa. — Em tudo o que se propõe a fazer, Rhuan é excelente. Ele tirou notas altas e foi o primeiro da turma na faculdade. Fez palestras pelo mundo inteiro e hoje é um exemplo de sucesso. Além disso, agora tem o clube... que eu sei que é mais devasso do que a família De La Vega aprovaria. Ainda assim, sei que meu filho está feliz. Rhuan se dedicou tanto a vida inteira ao trabalho, aos seus sonhos e para nos dar mais dinheiro do que precisamos. Bem, agora meu filho tem esse vocabulário difícil depois de torrar o cérebro com tanta coisa. Às vezes não entendo uma palavra do que ele diz. Sabe, eu não tenho o estudo que o meu filho tem.

Sorri para ela.

— Nem eu o entendo às vezes.

Ela riu e assentiu. Provei um pouco da *paella,* e o arroz com o camarão e os frutos do mar me pareceu o mais perto da divindade que cheguei. Fechei os olhos e, quando os abri, Hilda tinha uma centelha de esperança.

— Está boa, menina?

— Está perfeita — falei, de boca cheia. — *Dio mio*, é melhor do que a comida do meu pai, e olha que ele é um italiano orgulhoso.

Hilda assentiu, rindo um pouco, e Rhuan pareceu deixar uma sombra de um sorriso escapar. Olhei novamente para a mãe dele.

— Sim, Rhuan é dedicado e parece mesmo ser um homem maravilhoso. Há meses estamos trabalhando juntos e, durante o período de assinatura do contrato e do ajuste sobre como seria a porcentagem e o que faríamos no Enigma, Rhuan esteve a uma ligação de distância. Ele respeitou o meu tempo para decidir se eu seria sua sócia ou não. Teve paciência a cada reunião à distância que fazíamos com Rafael e alinhávamos expectativas e realidades. Sabe, sra. De La Vega, quando eu e Rhuan reabrimos o Enigma, senti que foi um sonho realizado. Não só para ele, como para mim também. — Fiz uma pausa. — Eu jamais teria assinado os papéis da sociedade se não confiasse que, durante uma crise ou em meio a qualquer dificuldade, Rhuan estaria lá por mim. Ele sempre está. Talvez seja como um anjo da guarda. Às vezes ele cuida de mim quase à distância, só me observando. Mas o sinto e, de verdade, tenho um parceiro de negócios incrível. Orgulhe-se do seu filho, você criou um homem e tanto, que hoje é um grande amigo para mim e uma pessoa que vou querer manter não apenas profissionalmente, mas na minha vida pessoal também.

Vi um brilho no olhar de Hilda, ela ficou emocionada, mas conteve as lágrimas.

A palavra "amigo" soou mais amarga na minha boca do que eu gostaria.

O que estava acontecendo?

— Vocês precisam parar de falar de mim como se eu não estivesse aqui.

Nós duas rimos.

— Me conte todas as coisas sobre o Rhuan que ele ainda não me contou — pedi para a Hilda. — Vamos continuar ignorando-o.

— Ei! — ele reclamou, mas riu enquanto abria a garrafa de vinho branco e nos servia.

Hilda passou longos minutos contando as peripécias de Rhuan com os primos na infância. Das artes que aprontaram, das vezes que subiam em árvores e passavam o dia sujos de terra, assim como das escapadas na adolescência para irem às boates e se divertirem. Ela contou das inúmeras namoradas que os primos tiveram e como a família criou expectativa de que iam se casar, mas que os únicos comprometidos eram Diego e Hugo oficialmente.

— Eles enrolam a família, sabe, Verónica? — Hilda desabafou. — Andrés está apenas morando com a pobre da Natalia. Esteban está com a Laura e seus cachorros. Mas eles não se casam. E não fazem bebês.

Rhuan riu.

— Eles estão morando juntos, mãe. É a mesma coisa.

— Não é o mesmo que assinar um papel e ter o sobrenome De La Vega. Nós queremos essas meninas na nossa família. — Hilda se recostou e sorriu, levou a mão à barriga e suspirou. — Estava mesmo uma delícia.

— Estava divina. Acho que vou comer um pouco mais. Me desculpem... — Eu estava rindo enquanto me servia. Era o terceiro ou quarto prato de Rhuan, então não fiz nenhuma cerimônia.

Vi uma chama nos olhos de Rhuan assim que olhei para ele. Engoli em seco.

— Não posso comer mais?

— Você deve. — Ele olhou para mim quase com diversão. — Por favor, coma à vontade.

— Mas e você, Verónica? Nos conte um pouco sobre a sua vida.

— Minha vida era tediosa até o Rhuan aparecer — falei.

Ele gargalhou.

— É um jeito bom de resumir — Rhuan falou.

— Eu fui casada e tive um relacionamento mais comum do que deveria. Não éramos apaixonados um pelo outro, apenas tínhamos um carinho terno. Rafael encontrou outra pessoa e se apaixonou de verdade. Somos melhores amigos. — Fiz uma pausa. — Ele me ligou e disse que sua namorada está grávida, e espero ser convidada para o casamento muito em breve.

— Sério? — Rhuan ficou surpreso e feliz. — Rafael merece tudo o que sempre sonhou.

— Ele é maravilhoso. — Me remexi, inquieta, lembrando-me da *outra* parte da conversa. Olhei para Hilda. — Eu tinha uma agência de modelos e a vendi para uma companhia italiana. Ganhei um dinheiro que poderia me manter pelo resto da vida, mas então a oportunidade de ser sócia de Rhuan surgiu e, desde então, o trabalho tem me consumido bastante. Nós trabalhamos bem juntos.

— É, nos damos *muito* bem. — Rhuan se recostou na cadeira, pegou a taça de vinho, fez círculos no ar com ela e sorriu um pouco antes de beber um gole. — Ela é muito passional, mãe. Inteligente, sagaz, esperta. Tem tino para os negócios. Estamos com uma previsão de lucro fantástica.

— Ok, e quando vão resolver essa atração entre vocês? — Hilda soltou.

Rhuan ergueu uma sobrancelha, e eu senti minhas bochechas ficarem vermelhas.

— Como? — perguntei.

— Rhuan olha para você como um De La Vega olha para a sua mulher. Acredite, eu sou casada com um.

Eu ri.

— Mãe, nós dois não temos um relacionamento — Rhuan garantiu.

Hilda ficou alguns minutos olhando para mim e então para Rhuan. Ela soltou um suspiro.

— Vocês jovens são tão complicados. Antigamente, quando nos apaixonávamos, deixávamos tudo às claras. Éramos pedidas em namoro e então o relacionamento começava com a permissão dos pais. Vocês ficam escondendo as emoções, com medo de ser vulneráveis. O meu filho é assim, pelo menos.

O maxilar de Rhuan ficou tenso.

— Nós podemos não falar sobre relacionamentos afetivos, mãe?

— Nós podemos, claro. — Ela sorriu para o filho, como se o driblasse noventa vezes por dia. — Continue falando sobre você, Verónica. O que gosta de fazer nas horas vagas?

— Desde o Enigma, não tive nenhuma oportunidade de parar. Eu e Rhuan trabalhamos demais e somente agora estamos conseguindo, hum... — *Transar loucamente no tempo vago?* — Temos conseguido algumas folgas — adicionei.

— Ah, que ótimo! Rhuan, você deveria levar a Verónica para a sua casa fora da cidade.

Ele estalou a língua no céu da boca.

— Andrés vai para lá na próxima semana. Os pais da Natalia virão do Canadá e precisam de um espaço maior. A cabana estará ocupada. Mas, sim, um dia vou levar a Nicki para conhecer.

— E que tal uma viagem juntos? — Hilda entrelaçou os dedos embaixo do queixo e olhou para Rhuan. — O que foi?

— Mãe...

— Estou falando a trabalho. Ou apenas para descansar mesmo. Esteban me contou que vocês têm um gerente-geral agora, e que não precisam se esforçar tanto.

— *Puta madre!* Esteban conta tudo?

— Meus sobrinhos não escondem nada de mim. — Ela pareceu um pouquinho mais diabólica. Então, me admirou. — Para onde você gostaria de ir, Verónica? Basta dizer que...

— Ela vai para a Grécia comigo.

Hilda pareceu ter ganhado na loteria. Não, loteria seria pouco. Era a cura do câncer ou o anúncio da paz mundial. Seu sorriso ficou tão radiante que quase me senti culpada por não estar realmente em um namoro com Rhuan. Eu não queria machucar o coração de Hilda, e sabia que seria assim caso eu e Rhuan... Mas, *cazzo*, isso entre nós estava ficando estreito. Como uma armadilha em que nós dois nos colocamos sem sermos capazes de enxergar.

Quando abri a boca para dizer alguma coisa que fizesse Hilda entender que não era sobre isso, Rhuan se adiantou.

— Farei uma palestra e Nicki nunca conheceu o país. Achei que seria interessante levá-la para descansar por alguns dias enquanto eu me preparo e estudo. Não estaremos em um relacionamento, como você pensa, mãe. Mas... — Rhuan pegou minha mão sobre a mesa.

Meu coração parou de bater, apenas para depois se jogar dentro do meu peito como em um salto livre, batendo loucamente.

— Nicki é uma pessoa que estará na minha vida no futuro. — Ele fez uma pausa e sacudiu a cabeça. — Com a sociedade, obviamente.

— Sim, entendo. — Hilda nos observou e sorriu. — Ah, Verónica, acho que isso diz que você entrou para a nossa família de forma não tradicional, mas saiba que independente de ficar ou não com o meu filho, você já é uma De La Vega no meu coração.

— Uma sócia De La Vega — Rhuan brincou.

Lancei um olhar para ele. Rhuan estava lindo. A camisa social branca e a calça cinza-clara destacavam ainda mais seus olhos verdes. Alguns botões da camisa estavam abertos, as mangas na altura dos cotovelos, e seus cabelos estavam um pouco bagunçados. Ele tinha passado os dedos entre os fios várias vezes durante o dia.

Caspita, tão bonito. Não, Rhuan não era apenas bonito, ele tinha traços que pareciam ter sido esculpidos por um deus.

Seus olhos me encontraram e ele sorriu para mim. Percebi que nossas mãos ainda estavam conectadas, e algo aconteceu com o planeta Terra naquela noite. Eu podia jurar que o mundo tinha parado de girar para que aquela troca de olhares acontecesse. A nossa troca de olhares. No fundo daquele oceano esverdeado, encontrei carinho, afeto e as emoções de Rhuan como eu nunca pude acessar. Com um sorriso preguiçoso, enquanto eu estava ao lado de sua mãe, Rhuan me observou como se o amanhã não fosse importante.

Como se tudo o que importasse estivesse acontecendo ali, naquele momento.

— O olhar de um De La Vega tem o peso de cem poemas de amor — Hilda sussurrou, quebrando o silêncio.

Desconectei minha mão da de Rhuan, mas ele não tirou o olhar de mim. Ele não pareceu sequer ouvir o que a mãe disse.

Por que você está tornando as coisas ainda mais difíceis para mim?

— Sobremesa? — Hilda ofereceu, e foi para a cozinha.

— Obrigado, Nicki — Rhuan disse baixinho.

— Não precisa agradecer.

— Amanhã eu vou realizar o seu desejo. — Recostou-se, daquele jeito que o tornava dono do mundo, e abriu os braços, apoiando-os nos encostos das cadeiras. — Eu, você e dois homens.

— É? — sussurrei. — Mas... — Lancei um olhar para a cozinha e Hilda estava distraída, cantarolando. — Quem são?

— Me deixa te surpreender, Nicki.

— Ok. — Sorri, mas senti uma súbita dor na boca do estômago. — Vamos fazer isso.

— Você quer, certo?

— Claro.

Mas uma parte minha queria...

Apenas Rhuan e mais ninguém.

Capítulo 21

Tudo que eu preciso é só você
Não de alguém novo.
Hashy — iwbwy

Rhuan

Carlo e Hernando eram meus *hermanos* das festas eróticas. Quando todos os meus primos moravam na Espanha e ainda eram solteiros, saíamos juntos. Então, eu sabia que não haveria parceiros melhores para Nicki do que eles. Eram intensos e cuidadosos, mas também sabiam se distanciar emocionalmente.

Eu estava tentando não pensar que essa vez seria diferente de todas as outras. Não seria sexo com várias pessoas aleatórias em um clube empolgante com bebidas e festa. Seriam três homens, eu inclusive, dedicando-se exclusivamente a Nicki.

Verónica Castelli, minha sócia, minha... *amiga* com benefícios.

Meu celular vibrou, interrompendo meus pensamentos.

Hugo: *Isso é loucura. Você vai mesmo fazer isso, hermano?*

Diego: *Carlo e Hernando? Mierda, que autoestima a sua em dividir a Verónica com eles.*

Esteban: *Ay, hermano. Eu preferiria me jogar em um lago congelado a ter que dividir Laura com Carlo e Hernando.*

Andrés: *Carajo, Rhuan. Pensa direito sobre isso. É a mujer que você está curtindo. Ou até se apaixonando, não que vá admitir isso, mas... espera, pensa, analisa. Cadê aquele cara racional de que você tanto se orgulha?*

Respirei fundo e digitei.

Eu: *Isso é sobre ela, não sobre mim e qualquer emoção confusa que eu sinta. Nicki quer viver a experiência, e eu sei o meu lugar. Sou seu* *pau-amigo, sócio-pau-amigo, tanto faz. Estou aqui pelo prazer dela. Vai ser gostoso, todo mundo vai se divertir. Parem de complicar as coisas.*

Andrés: *Quem está complicando é você.*

Esteban: *Ok, boa transa. Se você conseguir fazer isso sem brochar, eu te envio dez mil dólares.*

Diego: *hahaha*

Hugo: *Rhuan, depois que acabar, eu quero que nos ligue.*

Eu: *Ok.*

Hugo: *Estou falando sério.*

Eu: *Eu sei.*

Andrés: *Fica bem.*

Esteban: *Parece que o cara está indo em um velório. Dios, ele só vai transar. Ou tentar.*

Diego: *Vou apenas rir e aguardar os acontecimentos.*

Abaixei o celular e cheguei à recepção do hotel cinco estrelas.

Mierda, o que estou fazendo?

Reservei uma suíte presidencial com direito a piscina aquecida privativa, ofurô e sauna. All-in, ou seja, as comidas e bebidas que quiséssemos estariam inclusas. Eu não me importava com dinheiro, queria que essa noite fosse sobre Nicki e sua fantasia. Eu queria que fosse especial. Peguei o cartão de acesso ao quarto e avisei que mais três pessoas chegariam. A recepcionista me secou com os olhos, quase me perguntando o que eu faria em uma suíte com tanta gente. Mas ela sabia. Sorri de lado e, quando estava dentro do elevador, meu celular vibrou de novo.

Nicki: *Tem certeza de que me passou o endereço certo?*

Eu: *Sim.*

Nicki: *É o hotel mais caro da Espanha, Rhuan.*

Eu: *Aham.*

Nicki: *Eu sei que dinheiro nunca foi o problema, e o Enigma está indo bem, mas não precisava vender um órgão por uma noite.*

Eu: *A experiência vai ser incrível.*

Nicki: *Seria incrível de qualquer jeito. Não gosto de ostentar financeiramente, só preciso de uma boa companhia. Me deixe ao menos dividir a conta.*

Eu: *E isso é o que te torna perfeita. Não, não vamos dividir a conta.*

Nicki digitou e apagou, mas então digitou de novo. Recebi a mensagem quando as portas do elevador se abriram, que levavam diretamente para dentro da suíte.

Nicki: *Eu vou ter tudo de que preciso, porque você vai estar comigo.*

Gemi. *Mierda, Verónica.*

Eu: *Suba logo.*

Nicki: *Acabei de sair do carro, estão estacionando para mim. Subo em alguns minutos.*

Li sua penúltima mensagem de novo e de novo, até que meu cérebro percebeu que eu estava no limite da porta do elevador, que apitava, avisando-me que eu deveria sair, tentando fechar as portas em mim.

Meu coração estava batendo como louco quando dei um passo à frente. As portas se fecharam às minhas costas, mas algo aconteceu. Algo aconteceu bem naquele segundo. Tudo em mim estava acelerado, correndo por dentro, talvez minha pressão tivesse subido, mas...

Li a mensagem de novo.

Racionaliza, Rhuan. Para de ouvir a emoção. Racionaliza, carajo.

Ela não queria os caras? Era sobre dividir a noite comigo e não apenas viver a fantasia?

Não sei quanto tempo fiquei parado na entrada do quarto, com o celular na mão. Mas o elevador sinalizou que alguém estava chegando e, quando me virei, Nicki quebrou o resto do raciocínio que me restava.

Meu coração não bateu com força; ele urrou nos meus ouvidos assim que a vi.

O vestido branco parecia ter sido feito para uma sereia. Era justo em sua cintura e quadris e havia um decote que quase alcançava o umbigo. O cabelo de Nicki estava molhado de um banho recente e ela sequer tinha se maquiado. Vi as pequenas sardas na sua bochecha, então desci meu olhar para aquele quadril de novo e suas coxas. Nicki estava com um salto alto, uma sandália, talvez. *Carajo*, eu não sei. Mas ver os pequenos e delicados dedos dos seus pés à mostra, ver tanto da sua pele, me levou para a massagem que fizemos juntos. Meu sangue esquentou, meu coração bateu com ainda mais força, e eu pressionei os lábios.

— Oi — ela disse, avançando devagar até mim. — Está tudo bem? Parece que viu um fantasma.

— Estou bem. — Desci os olhos por Nicki pela enésima vez. — Isso é para Hernando e Carlo?

— Isso? — Ela desceu os olhos por si mesma. Então, virou de lado e me mostrou o zíper que ia da axila até o começo da coxa, sorrindo. — Eu só vesti porque é fácil de tirar. O tecido é suave também. Você pode rasgar se quiser.

Dale carajo...

Nicki chegou perigosamente perto. Sua mão tocou o meu peito e, por causa dos saltos altos, senti seu nariz na altura dos meus lábios. Apertei o celular e o coloquei no bolso da calça quando senti sua presença, descendo meus olhos por seu decote, vendo seu mamilo ficar suavemente enrijecido contra o tecido, só porque estávamos perto um do outro. Ela umedeceu os lábios carnudos e sorriu.

— Seu coração bate.

— É, ainda estou vivo. — Sorri de lado, tentando me lembrar de respirar.

— Seu coração bate forte por *mim*.

— Me sinto atraído por você — sussurrei, olhando para a sua boca. —

Loucamente atraído, Nicki. Não passa nem quando estou enterrado dentro de você. Não me provoca, ou essa noite eu não vou ser bonzinho com você.

Dios, eu queria beijá-la. Eu queria levá-la para a parede mais próxima e rasgar aquele vestido, só para fazê-la se comportar como uma boa menina enquanto recebia o meu pau.

Mas não era só isso.

Eu queria beijá-la calmamente. O tipo de beijo que só os De La Vega sabem dar. Lento, mas quente, pegando fogo de dentro para fora, até que suas roupas virassem fumaça e eu pudesse cobri-la em chamas.

— Você tem sido bonzinho comigo?

— Sim. — Segurei a lateral do seu rosto, passeei a ponta do meu polegar pelo seu lábio inferior.

— Um dia quero descobrir o que você quer comigo, Rhuan. O que quer de verdade.

— O que eu quero com você... — Sorri, desviando a atenção para seus olhos. Um frio surgiu na minha barriga, descendo direto para a cabeça do meu pau. Comecei a ficar duro. Era assim com Nicki, como não era com nenhuma outra mulher. Minha voz saiu mais rouca do que deveria. — Combinamos de viver isso depois dessa noite, não foi?

— Sim.

— Vamos nos divertir e então eu terei você como desejo.

— Vai quebrar a nossa regra?

Inclinei a cabeça para o lado, sorrindo maliciosamente.

— Parece que vou?

— Parece.

— Talvez. — Dei um suave beijo no canto da sua boca. — Eu não sei.

— E nós não nos beijamos ainda.

— *Dale*. — Olhei para sua boca de novo. — Você quer ser beijada?

Nicki não me respondeu, porque meu celular começou a vibrar.

Ela olhou para baixo e riu.

— Acho que seu celular está tocando, a menos que seu pau tenha ativado o modo vibrador.

— É uma mensagem.

— Pode ser um paciente — Nicki disse.

Respirei fundo, dei um passo para trás e vi a mensagem do Hernando.

Hernando: *Hermano, me desculpa furar com você, mas Carlo e eu tivemos uma emergência no hospital, um acidente com muitas vítimas, e todos os médicos foram chamados. Achei que conseguiríamos ter uma folga, mas não vai rolar. Vamos remarcar para outra noite?*

Olhei para Nicki.

— Hernando e Carlo não poderão vir.

Ela franziu o cenho.

— O que houve?

— Eles são médicos. Houve uma emergência no hospital.

— Ah... — Suspirou. — Ok.

— Eu vou te levar para casa.

Ela riu e abriu os braços. Deu a volta por mim e começou a andar pela suíte, e só então percebi que era toda em vidro, com uma varanda e a piscina, as salas de estar e de jantar imensas. O lugar era um paraíso decorado em tons de marrom e dourado.

— Você vai mesmo me levar para casa quando já pagou essa suíte?

— Não posso ficar com você nesse quarto sem tocá-la, Verónica.

— Você não vai me tocar. Nós vamos nos divertir. Avise seus amigos que tudo está bem. Nós vamos ter uma noite diferente do que você está acostumado.

— Ah, é? — Coloquei o celular no bolso da calça e cruzei os braços. Meu pau ainda estava duro, e Nicki escorregou seu olhar por mim até ver como o meu corpo se acendia por causa dela. — O que eu estou acostumado a fazer?

— Tirar as roupas, transar e ir embora. Nós não vamos fazer isso hoje.

Ay, carajo.

— O que vamos fazer?

— Vamos comer, usar essa piscina divina, conversar e ver um filme juntos. Vamos ser amigos, como combinamos que seríamos. Não é só sobre sexo, Rhuan. Eu também quero te conhecer mais.

— Por causa do lance de estar na minha vida?

Nicki sorriu com o olhar.

— Por você. Por mim. Por nós. — Ela deu de ombros. — Topa?

— Você vai nadar com um vestido branco?

— *Cazzo*, homem! Eu vou nadar nua.

— Nicki...

— Você não vai me tocar, eu não vou deixar. Essa noite é sobre ir além. É sobre acessar as camadas um do outro que não deixamos ver. É sobre ver o amanhecer. Não porque passamos a noite inteira perdidos no corpo um do outro, mas na mente um do outro. — Ela começou a puxar o zíper do vestido. Abriu a imensa varanda e a peça caiu no chão. Nicki estava sem calcinha ou sutiã. Completamente nua. Com os saltos altos, os cabelos ainda molhados e o seu corpo a alguns passos de mim. — Você vem?

— Me fala por que mesmo eu não posso te tocar?

— Não vamos transar, só eu e você.

— É. — Encarei seus peitos e sua barriga, a sua linda e delicada boceta. — Eu quero muito te foder agora, Nicki.

— Vá ao banheiro, se masturbe pensando em mim e volte para cá.

— *Carajo.*

— Estou falando sério. — Ela tirou os sapatos e começou a entrar na água. Sua voz se elevou sobre o som da cidade e da vida noturna de Madrid. — Você vem?

— Me dá quinze minutos.

Nicki gargalhou.

— Tudo bem, então.

Capítulo 22

Eu me sinto vivo
Desde que você entrou na minha cabeça
Não podemos correr
Para longe desse sentimento por muito tempo.
Limi — If I

Rhuan

Eu fui ao banheiro, mas decidi não fazer nada para aliviar o desespero do meu corpo. Apenas lavei o rosto e respirei fundo até que pudesse me acalmar. Tirei os sapatos e os deixei na entrada da suíte. Comecei a andar até a varanda e encontrei Nicki na água, completamente nua. As luzes externas da varanda e a iluminação da piscina dançando em suas curvas me matou um pouco, mas decidi que não faria nada. Eu teria a próxima noite para isso.

— Você está bem? — ela perguntou enquanto se apoiava na borda da piscina.

— Ótimo, e você? — Tirei o relógio e coloquei em cima da mesa externa.

Desabotoei as mangas. Então, comecei a abrir dos botões da camisa. Fui abrindo um por um, enquanto os olhos de Nicki seguiam cada movimento. Me livrei da peça e fui para o cinto, que serpenteou pelo ar quando o coloquei sobre uma das espreguiçadeiras. Abri o botão da calça social, o zíper e me livrei do que faltava. Nicki desenhou meu corpo com o olhar, pairando na boxer branca e no meu pau já relaxado. Então tirei a boxer.

Entrei na piscina e, quando estava com a água batendo nas costelas, Nicki se aproximou, ficando frente a frente. Sua atenção era toda minha. Sem distrações. Éramos só nós e mais nada.

— Eu quero saber sobre as tatuagens — pediu baixinho.

Abri um sorriso.

— Elas foram desenhadas por um artista francês, chamado Jacques. Foram eternizadas na minha pele pelo mesmo tatuador que fez a dos meus primos, em aqui em Madrid.

— Essas obras de arte e os poemas... — Nicki tocou minha pele sob a água da piscina, seu dedo traçou *Os Amantes* e então o soneto de Shakespeare. Arrepios beijaram todo o meu corpo. — O que está escrito? Não consigo ler por causa da água.

— "Amor é um marco eterno, dominante" — falei, a voz rouca, e respirei com calma. — "Que encara a tempestade com bravura; é astro que norteia a vela errante, cujo valor se ignora, lá na altura."

Nicki pareceu surpresa.

— Você acredita no amor?

— Se eu acredito? — Ri. — É claro que sim. Vi o amor acontecer de infinitas formas bem na minha frente. Eu nunca me desfiz de nenhuma emoção, Verónica. Apenas acredito que as pessoas precisam saber quem são antes de se relacionarem com alguém.

— Sim, eu também penso assim, mas... *você*? — Seus olhos cintilaram sob a luz das estrelas. — Acredita no amor romântico?

— Sim. — Encarei Nicki. — Você não acredita?

Ela se afastou um pouco.

— Eu nunca senti... eu nunca me apaixonei.

— Então, acha que é impossível?

Estávamos nus em uma piscina, Nicki estava a alguns passos de mim, mas eu me recostei na borda porque aquela conversa era muito mais interessante do que fazê-la gemer nos meus braços. Então, entendi o motivo de Nicki querer ficar naquele quarto comigo. Não sairíamos daquela suíte sem arrancarmos a pele um do outro. Sem acessarmos o que ninguém vê.

— Não acho que é impossível, mas parece irreal. Não se apaixonar, mas... A paixão não tem prazo de validade? Como o amor perdura? E por que escolheu esse poema?

— A paixão tem prazo de validade, mas o amor vem quando a paixão se vai, Nicki. Eu escolhi esse poema porque, como dizem, o amor não é amor se ele não está disposto a enfrentar a vida. É sobre amar, mesmo quando não há mais a paixão, entende? É sobre ficar e *permanecer*. É sobre querer estar com o outro apesar de qualquer coisa. O verdadeiro amor se eterniza, não porque você vai se sentir uma adolescente apaixonada pelo resto da vida, mas porque deseja ficar com aquele alguém. Esse é o verdadeiro amor romântico para mim.

— É escolher o outro. Isso é lindo, Rhuan. Também é mais realista do que o conceito que eu tinha. — Nicki suspirou. — É sobre amar mesmo quando o mundo desabar?

Sorri e me coloquei ao lado dela. Ficamos de frente para a cidade, vendo as luzes e as estrelas, e o tempo finito da vida.

— É sobre o seu próprio mundo eclodir para encontrar o mundo de alguém. Alguém que queira formar uma galáxia inteira com você. E perdurar. Ficar, quando o céu desabar. Parece pequeno, não é? Um céu desabando em comparação a uma galáxia inteira. *Isso* é amor.

Seus olhos focaram em mim. Aquele frio na barriga idiota surgiu. Eu me senti mais vulnerável naquele segundo do que em qualquer outro momento da minha vida. Nu, não porque estávamos naquela piscina aquecida e deliciosa completamente pelados. Parecia que Verónica estava acessando tudo o que ousei tanto esconder. Então, quando seu olhar ficou ainda mais terno, eu soube que a pergunta viria antes de ela sequer dizer em voz alta.

— Você fala como um homem que já viveu o amor romântico. — Ela fez uma pausa. — Quem partiu o seu coração, Rhuan?

Respirei fundo.

— Não sou de falar abertamente sobre o meu passado.

— Eu vou entender se...

— Mas eu quero. Com você, eu quero — garanti. — Vamos ter essa conversa lá dentro, comendo algo delicioso e compartilhando uma garrafa de vinho?

Nicki assentiu.

— Parece perfeito.

Saímos da piscina e vestimos os roupões do hotel. Estávamos aquecidos, sentados na sala de estar, a televisão ligada ao fundo, passando uma notícia qualquer. Eu havia pedido praticamente todo o cardápio do restaurante do hotel, além de três garrafas de vinho. Beber com Nicki não era uma boa ideia, mas nós jantamos muito bem e também comemos uma sobremesa deliciosa, um fondue de chocolate e frutas.

Enquanto eu mergulhava o morango no chocolate, olhei para Nicki.

Seus traços delicados, seu nariz pequeno, sua boca desejável. Pensei que nunca diria em voz alta o que passei com Lola para nenhuma *mujer*. Não me lembro de ter dito sequer para o meu terapeuta. Meus primos, meus *hermanos*, mal sabiam dessa história. Para eles, Lola foi apenas mais uma das *mujeres* que passaram pela minha vida, mas aconteceu muito mais do que isso.

No entanto, enquanto estava ali com Nicki, senti que não havia segredos entre nós. Senti o meu mundo se expandindo. *Eclodindo*. Como eu havia acabado de dizer para Nicki que o amor deveria ser. Balancei a cabeça, confuso com a vulnerabilidade das minhas emoções. Comi o maldito morango e suspirei fundo antes de começar a falar:

— Conheci a Lola quando ainda estava na faculdade. Fui para uma viagem no interior da Espanha, em Málaga, durante as férias, e a vi na praia El Ejido. Ela estava nadando e eu a vi sair da água em câmera lenta. Foi como se o meu mundo tivesse desacelerado. Conversamos muito naquele dia, e não nos desgrudamos mais. Lola era oito anos mais velha do que eu, o tipo de mulher que encanta porque é linda e extrovertida. Sabe falar sobre qualquer assunto, é muito fácil se conectar com alguém assim — expliquei devagar. — Enfim, me senti atraído por Lola. Física e intelectualmente. Eu me apaixonei e começamos a namorar.

— O que ela fazia da vida? — Nicki perguntou e, em seguida, colocou uma uva coberta de chocolate na boca.

— Lola havia se formado em medicina anos atrás, trabalhava em vários locais. Palestrava, como eu faço agora, viajando para diversos países. Sua vida era muito ocupada e uma loucura. Não tínhamos muito tempo para ficar juntos, e começamos um relacionamento à distância. Quando ela podia, vinha até mim. E eu vivia na expectativa de encontrá-la de novo.

— Deve ter sido difícil para você.

— Foi, sim. Mas, Nicki, eu estava pronto para dar o próximo passo na relação. Não aguentava passar cinco meses sem vê-la e, quando a via, tinha apenas um final de semana. Me apaixonei intensamente. Todas as despedidas eram dolorosas, eu não tinha maturidade emocional para lidar com a ausência, não conseguia entender quando ela tinha que ir embora. Me sentia tão inexperiente e, de certa forma, eu era. Não conseguia compreender o espaço da Lola e me culpava por me sentir assim. Foi quando comecei a fazer terapia.

Nicki pegou minhas mãos e me observou com cuidado; em seus olhos havia todo o seu coração empático esperando pela reviravolta que sabia que viria. Contara história dessa forma, admitindo como eu me culpava pelo relacionamento com Lola, me fez acessar partes minhas que eu tinha me esquecido.

— Eu era um cara dedicado. Realmente me esforcei muito para o relacionamento dar certo, mas a maior parte do tempo eu me culpava por não saber lidar com a distância. Se Lola estava bem com tudo, por que eu não estaria?

— Você se culpou porque não conseguia administrar a saudade? — Verónica ficou ainda mais perto de mim. — Rhuan, é natural querer estar perto de quem amamos.

— É, *corazón*, mas... — Eu ri e balancei a cabeça, e olhei para os dedos de Nicki entrelaçados aos meus. Minha nova obsessão era como os seus dedos pareciam delicados e pequenos. A marca da aliança que antes havia ali havia sumido com o tempo. Tudo se transforma, inclusive meus sentimentos por Lola, que agora eram apenas uma profunda indiferença. — Com o tempo e a terapia, percebi que a distância não era o verdadeiro problema. Eu aguentaria cinco ou seis meses, até um ano sem vê-la, se houvesse mais sobre Lola em *mim*. Faz sentido?

— O que você quer dizer?

— Eu queria mais dela. Queria conhecer seus pais e seus melhores amigos, eu queria poder ser o namorado dela como realmente me sentia. Ela estava comigo, mas sem estar. E eu, Nicki, *carajo*, eu era louco de amor. Cogitei terminar a faculdade e me mudar para Málaga, abrir meu consultório lá e viver esse relacionamento. — Fiz uma pausa. — Eu queria o que o coração de todo De La Vega deseja. Reciprocidade, entrega, intimidade. Queria saber por quem o meu coração batia, mas a verdade é que eu não conhecia a Lola. Nunca a conheci.

— Rhuan...

— Lola ficou grávida e eu fiquei muito feliz. — Fiz uma pausa. — Um dia, ela disse que precisava conversar comigo. Eu estava prestes a me formar, faltava pouco. Tinha juntado dinheiro dos trabalhos que havia feito para conseguir me mudar para Málaga. Estava com uma boa quantia, havia aprendido a investir, e eu poderia comprar uma casa para nós. Quando ela me contou da gravidez, me senti mais do que pronto para me casar com ela, mas depois descobri que...

— O que houve?

— Ela era casada. Por isso que ela quis conversar comigo. Lola nunca me contou que tinha alguém antes de me conhecer em Málaga. Então, tudo fez sentido. O fato de eu não poder conhecer a família dela, não conhecer seus amigos e não poder ter Lola inteiramente. Eu nunca a tive.

Vi a expressão de Nicki se tornar puro choque e fiz carinho nas suas mãos.

— Por fim, o bebê era do marido — continuei. — Nós sempre nos protegemos com camisinha e, quando o bebê nasceu, ele era a cara do marido, não havia nenhuma dúvida quanto a isso. Lola decidiu que nossa *aventura* deveria terminar, já que agora era mãe, e também disse que amava muito o marido. Me pediu desculpas por ter me feito criar expectativas.

— É por isso que você só dorme com profissionais.

Assenti.

— Não quero alimentar expectativas de ninguém. Dessa forma, prefiro trocar sexo por dinheiro. Não nutro em alguém algo que não posso oferecer.

— Sinto muito. — Ela inclinou a cabeça para o lado. Então, me surpreendeu quando levou minha mão aos seus lábios. Ela não beijou, mas sua respiração bateu na minha pele e, por um instante, fechei os olhos. — Sinto muito por alguém ter te ferido assim.

— Eu não sinto, foi um aprendizado.

— Não foi apenas um aprendizado se gerou um trauma. Ela não teve nenhuma responsabilidade com o seu coração, Rhuan. — Nicki soltou minha mão e segurou meu rosto. Não vi pena em seus olhos, mas empatia. — O que mais te doeu? Nutrir expectativas sobre a Lola ou sobre a criança?

— Eu nunca tinha me feito essa pergunta.

— Foram duas perdas, afinal.

— É, acho que sim. — Então, baixei o olhar. — As duas perdas foram dolorosas.

Ela respirou fundo.

— Eu posso te abraçar?

— Me abraçar?

— Sim, te abraçar.

Abri os braços e Nicki quase se jogou em mim. Eu ri pela surpresa, mas ela estava séria. E quando achei que tudo estava bem, ela começou a chorar. Nunca imaginei ver uma mulher como Verónica Castelli chorando nos meus braços sem roupa, apenas de roupão. Mas ali estava ela, sentada no meu colo, seus braços ao redor dos meus ombros, apertando-me como se quisesse colar os pedaços do meu coração. Ela chorou por pouco tempo, talvez o suficiente para se livrar da surpresa da emoção e da dor que sentiu. A dor que eu senti.

— Não sei qual é a personalidade da Lola e o que aconteceu para que ela tenha mentido para você por anos. — Verónica se afastou e fungou enquanto me olhava. Seu olhar... tinha mudado. A maneira como ela me observou foi diferente. Nenhuma *mujer* havia me olhado assim. Era carinho, afeto e algo que eu não sabia nomear. Algo muito novo. — Mas me preocupo com a maneira que você carrega o que ela te fez. Dormir apenas com profissionais, Rhuan, não é errado. Eu acho admirável que você pense assim, e proteja o coração de outras pessoas dessa forma, mas... — Ela deslizou uma mão até onde meu coração batia. — E você?

Pisquei, perdido naqueles lábios e em quão perto estávamos.

— O que tem eu?

— O que você *quer*?

Não sei a resposta, Verónica.

— Você faz essa pergunta para mim constantemente.

— Não estou falando de desejos sexuais. Estou falando do caminho mais difícil, e não da praticidade que você encontrou ao fugir de compromissos. — Ela fez uma pausa e riu, depois fungou. — Como posso te dar um conselho se eu mesma fujo de compromissos? A diferença é que ninguém me feriu. Eu só nunca me apaixonei.

Toquei seu rosto, meu polegar traçou seu maxilar e eu estava a um passo de beijá-la. Meu coração estava batendo rapidamente. Mais vivo do que nunca, embora eu o tivesse escondido por anos. Tempo demais. Era como se Nicki tivesse acabado de mergulhar fundo, resgatando partes minhas que viviam nas profundezas do oceano.

— O que sentiu quando viu o Enigma?

Nicki piscou lentamente.

— Paixão.

— O que sentiu quando se deitou na cama com Talita e Logan?

— Paixão.

O que você sente quando olha pra mim?

— E como me diz que nunca se apaixonou, Verónica? Você já se apaixonou, sim. Só não percebe, porque são pequenas paixões disfarçadas de felicidade. Você *sabe* o que é se apaixonar. É tudo o que já sentiu nesses momentos, multiplicado por mil.

— Eu não pareço escutar quando esse sentimento vem.

— Acredite em mim, você vai ouvir — sussurrei. — Se apaixonar é ensurdecedor.

— Pare de inverter o assunto e me responda o que você quer. — Ela sorriu, colocando a ponta do seu nariz no meu.

Fechei os olhos.

— Não sei o que eu quero.

Mas pareço querer você cada vez mais.

— Eu posso te beijar? — Nicki pareceu prender a respiração.

— Você quer?

— Sim.

— Não me beije por pena. Me beije se me quiser. Não, me beije se precisar de mim.

— Eu preciso de você agora.

— Precisa?

— Preciso que saiba que você está vivo, Rhuan. Não vamos dormir juntos, eu só quero te adorar. Adorar você um pouquinho.

Ela queria ser gentil comigo.

Ser amável.

Verónica queria me oferecer algo que ninguém me oferecia.

Não era uma mentira, não era uma verdade.

Era o que nós dois precisávamos naquele momento.

Mas quando um De La Vega beija, ele faz isso com tudo o que há em si.

Não sei se seríamos capazes de sobreviver a isso.

Não sei se uma parte minha não ficaria com Nicki.

Mas aquela *mujer* não me deixou pensar.

Ela se levantou e se sentou no meu colo, de frente para mim, suas coxas ao redor dos meus quadris. Seus dedos se emaranharam nos fios dos meus cabelos e, em um segundo, sua boca tocou delicadamente a minha.

Carajo, Nicki.

Não foi o tipo de beijo que devora, é o tipo de beijo que consome em câmera lenta. *Nicki quis me apreciar.* Ela brincou com meu lábio inferior, sugando entre seus lábios, então o superior, deixando uma suave mordida no de baixo, para então começar a me dar pequenos beijos, tão suaves, que meu corpo inteiro foi derretendo.

O gosto do chocolate misturado às frutas me deixou tonto, ou talvez fosse a forma como Nicki entreabriu meus lábios para que sua língua encontrasse caminho. Era um beijo em que ela me dominava, em que Verónica me tinha sob seu comando. Nunca entreguei esse poder para *mujer* alguma, mas desde que Nicki entrou na minha vida, do restaurante até cavalgar em cima de mim, ao agora, tudo sobre ela continuava sendo sobre ela, e sobre nós.

Um "nós" que eu não queria pensar, só queria viver.

Apertei sua cintura com uma das mãos e, com a outra, segurei sua nuca, angulando seu rosto para mim. Nossas línguas rodearam uma à outra, sentindo, provando, experimentando, fazendo-me tremer com uma vontade maluca por *somente una mujer.*

Dios, o sabor de Nicki. *Ay, corazón.*

Fui mais fundo, entregando em um beijo tudo o que eu não entregava há anos para alguém. Ou talvez algo que eu nunca tenha entregado para alguém. Estar com Verónica era diferente, seu beijo era viciante, eu queria viver dentro da sua boca, rodeando aquela língua, explorando seu prazer. Mas o beijo não parecia sexual, parecia mais profundo do que apenas o ato de *beijar*.

Os sons molhados das nossas línguas, os gemidos abafados que eu engolia no fundo da garganta, a maneira como suas mãos envolviam os meus cabelos, apertando-me e me trazendo para perto.

Nicki se colou em mim, sem nunca descolar dos meus lábios, e quando achei que passaríamos a noite inteira nos lábios um do outro, ela tirou sua língua da minha boca, beijou com carinho meus lábios e então segurou meu rosto. Ela deu um beijo suave na ponta do meu nariz, então na ponte e no meio da minha testa. Minhas sobrancelhas foram o seu alvo, e minhas bochechas. Seus lábios devem ter pinicado na minha barba por fazer, mas ela me beijou mesmo assim. Então, meu queixo e, quando fechei os olhos, seus lábios suavemente tocaram minhas pálpebras.

Eu a puxei contra mim e a abracei, enterrando meu rosto no seu pescoço. Meu coração estava correndo o *carajo* de uma maratona, e eu sabia que Nicki podia sentir.

— Você é digno do amor, Rhuan. Como qualquer pessoa — sussurrou, a voz embargada.

— Você realmente me adorou.

— É, eu fiz isso.

Afastei do abraço e observei seus olhos.

— E eu quero te venerar. — Fiz uma pausa. — Faz mais de seis anos que não beijo alguém, Verónica. Espero que não tenha sido uma experiência horrível.

Nicki sorriu.

— Você beija como um De La Vega.

— Como sabe disso?

Ela tocou no meu peito.

— Porque é um beijo com o coração entregue. — Nicki piscou um olho para mim. — Vamos ver um filme?

— Todos que você quiser.

Tudo o que você quiser.

Eu estava sentindo, Nicki estava certa.

Eu ainda estava vivo.

PARTE III

Capítulo 23

Nunca foi fácil, amor
Eu só queria que você me trouxesse para mais perto.
Ellie Goulding feat Big Sean — Easy Lover

Nicki

— Nicki, você está me ouvindo? — Mario perguntou e então riu. — Estou falando da estimativa de lucros para hoje e você está...

— Estou em outro planeta, desculpa.

— Anunciamos que hoje as cabines de vidro serão diferentes, e as pessoas estão animadas. — Ele fez uma pausa. — O público-alvo do Enigma aumentou. Eles têm feito reservas on-line para garantir a vinda ao clube nos primeiros dez minutos de liberação do site. O que eu quero dizer é que estamos lotando todos os dias em menos de dez minutos, Nicki. Você conversou com o Rhuan sobre a possibilidade de expandir?

— Bem, há duas possibilidades. Há um comércio à nossa direita e outro à esquerda. Podemos conferir se os donos estão dispostos a vender. Caso não seja possível expandir o Enigma dessa forma, podemos abrir uma segunda casa. — Olhei para o computador. — *Dio*, os números estão incríveis, mas sabe o que realmente me deixa feliz?

— O quê? — Mario pareceu surpreso.

— Não é o lucro e nem o sucesso do clube, mas sim como as pessoas estão se sentindo desinibidas aqui. É como se o Enigma tivesse uma energia própria, de um lugar em que todos pudessem realizar fantasias que nunca disseram em voz alta. — Respirei fundo. — Há um cruzeiro erótico que parte em Miami, chamado *Heart On Fire*. Eles têm uma ideia semelhante à nossa, mas lá é mais como um encontro entre pessoas em festas diversas, e não uma fantasia específica. O Enigma é para quem quer ver e ser visto.

— Eu já ouvi falar do *Heart On Fire*.

— Todos ouviram. — Fiz uma pausa. — Seria um excelente lugar para uma parceria. Mas no futuro, somente. Agora, eu só quero agradecer ao universo por essas pessoas estarem vivendo o que sempre quiseram. — Olhei para Mario. — Obrigada por tudo. Eu vou falar com o Rhuan.

Mario saiu e, assim que fechou a porta, comecei a navegar pela página do Enigma, vendo os comentários positivos, mas minha mente voltou para o que tinha acontecido no dia anterior.

Depois do beijo, apenas assistimos a um filme. Mas não assistimos de verdade. Nós conversamos por horas sobre tudo e sobre nada. Fomos para a sauna em seguida, e depois para o ofurô até que nossas peles enrugassem e faltassem duas horas para o sol nascer. Comentamos sobre como era bom compartilhar as experiências sexuais um com o outro, como nosso relacionamento era amigável e doce.

Estava tudo bem até *aí*.

Mas quando fomos tirar um cochilo, Rhuan se deitou no sofá do quarto e deixou a cama para mim. Eu poderia dizer que isso foi esquisito, porque a gente poderia dividir a cama, certo?

Mas não foi o que realmente senti.

A verdade é que aquele momento foi um dos mais românticos da minha vida. Ver Rhuan tão perto, e ao mesmo tempo tão longe, observando-me com seus olhos verdes e o sorriso preguiçoso. Olhando para mim em silêncio. Dizendo tudo, sem dizer nada. O frio na minha barriga se intensificou, e quando fechei as pálpebras cansadas, sabia que Rhuan ainda não tinha tirado os olhos de mim.

Por que senti que isso foi romântico, *Dio mio*?

E ainda havia o beijo, *cazzo*. Eu não queria pensar em como os lábios de Rhuan me deixaram adorá-lo, o quanto ele foi tão carinhoso que doeu. Doeu meu coração. Em como suas mãos me respeitaram, em como seu corpo pareceu entender que, por mais que estivéssemos loucos para arrancarmos nossos roupões, e por mais que ele tivesse sentido a minha virilha em seu colo, não era sobre isso. *Não era sobre sexo.*

Quando isso entre nós havia se tornado... *outra* coisa?

— Você está pronta, *corazón*? — Rhuan perguntou e só então percebi que a porta tinha sido aberta. Ele parou por alguns segundos, enfiando as mãos no bolso da calça e sorrindo. — Não me ouviu entrar, né? Nem ouviu o meu boa-noite?

Tomamos café da manhã juntos, mas nos despedimos na frente do hotel, já que fui dirigindo e ele também. Dormi por longas horas quando cheguei em casa, tomei uma ducha quente e demorada e fui trabalhar no início da noite. Não tínhamos conversado desde que ele me deu um beijo na testa, despedindo-se de mim, na frente do hotel.

— Desculpa, são muitas coisas na minha cabeça. Precisamos falar sobre o Enigma antes de descermos. — Me levantei e me aproximei de Rhuan para cumprimentá-lo com beijos no rosto.

Mas Rhuan fez algo que nunca tinha feito. Assim que cheguei perto, uma de suas mãos foi para a base da minha cintura e ele me puxou para si até que nossos corpos se colassem. A mão livre de Rhuan se encaixou na lateral do meu rosto, e ele inclinou meu queixo para cima até que nossos lábios se encontrassem.

Foi o beijo mais suave do mundo, apenas um encontro rápido de bocas. Rhuan então encaixou seu lábio inferior entre os meus, movimentando nosso beijo e criando a revolução das fadas no meu estômago. Estremeci, fechei os olhos e senti meu corpo inteiro esquentar. Ele sorriu contra a minha boca e, quando se afastou, manteve a mão nas minhas costas.

— Eu quis te adorar um pouco. — Deslizou o olhar para a minha boca e depois subiu para os meus olhos. — Gosto de cereja. Boa noite, *corazón*.

— Boa noite — murmurei.

— O que ia falar do Enigma?

— Eu ia falar que estamos lotando em menos de dez minutos.

— É, eu sei. Conversei com o dono do prédio à nossa direita. Ele está disposto a vender por um bom preço.

Pisquei.

— Quando fez isso?

— Depois que voltei da nossa noite, vim para o Enigma. Mario já estava trabalhando e me falou das previsões. — Parou. — Está chateada que não comuniquei a você?

— Não, estou feliz que você se adiantou.

— Podemos marcar uma reunião com ele no final de semana, antes de viajarmos.

Fiquei confusa por um segundo.

— Viajarmos?

— É, para a minha palestra na Grécia. — Fez um carinho na minha cintura. — Você vai, certo?

— Já é *agora*?

Ele pegou meu queixo e roubou outro beijo dos meus lábios.

— Eles adiantaram um pouco as coisas e eu me adiantei mais ainda. — Seus olhos procuraram um traço de dúvida nos meus. — Tudo bem, *corazón*?

— Sim, *bello*. Está tudo bem, eu só... — Parei e comecei a rir. — Por que estamos agindo como um casal?

— Estamos apenas sendo afetuosos e íntimos.

— Tem razão. Estamos bem.

— É claro que estamos, *dolcezza*. — Piscou para mim, me chamando de doçura em italiano e derretendo metade do meu cérebro. — Vamos conversar mais sobre o Enigma e, então, vamos aproveitar a festa.

Isso me fez congelar no lugar.

— Que festa?

Rhuan abriu um sorriso diabólico.

— A nossa.

Meu cérebro começou a processar essa informação, buscando na memória o que ele poderia querer dizer com isso, até eu lembrar...

— É sobre o que você quer fazer comigo?

— Não me faça estragar a surpresa, Verónica.

— Não gosto de surpresas.

Rhuan gargalhou.

— Você vai gostar, acredite em mim. — Fez uma pausa. — Há uma caixa te esperando no meu escritório. Se troque e desça.

Caspita. O que estamos nos tornando?

Capítulo 24

Vá mais devagar se precisar
Me mostre como posso te dar prazer
Eu quero sentir você.
Nicholas Bonnin feat. Angelicca — Shut Up And Listen

Rhuan

Havia muitas mensagens para ler no meu grupo com os *hermanos* Diego, Hugo, Esteban e Andrés. Eu não poderia conversar com eles no momento, teria que fazer quando tivesse um tempo livre. O dia tinha sido *jodido*, tive muitas coisas para resolver e acabei não dormindo.

Mas tinha valido a pena.

Minha noite com Verónica foi especial de uma maneira que eu sequer queria processar. Em algum momento, as emoções iam exigir que as escutasse, mas enquanto isso não acontecia, eu iria aproveitar.

Não ia refletir sobre nós, não esta noite.

No meio da pista de dança, com a máscara no lugar, bebi um gole de uísque duplo com gelo. Havia alguns casais se beijando e transando, animados com o clima enigmático do clube, e tirei um tempo para vê-los, mas não me senti atraído. Minha alma *voyeur* estava adormecida naquela noite. O que eu queria, *quem* eu queria, estava lá em cima, vestindo-se com uma peça Versace e saltos altos da mesma marca, que comprei especialmente para viver esse dia.

Falando nela, meus olhos foram atraídos para um ponto da escada e a vi descendo em seus saltos dourados e o vestido decotado, ousado, com uma fenda que impedia minha imaginação de trabalhar. Estava tudo ali para eu ver, sentir, tocar. A peça de tecido Oroton, segundo a vendedora, era feita para enaltecer as curvas naturais da mulher.

As curvas de Verónica Castelli.

Gemi quando seus quadris balançaram, as coxas sendo exibidas pela fenda que se abria e, ousadamente, quase mostrava o tecido da sua calcinha, se é que Nicki usava uma. Seus olhos sorriam para mim por trás da máscara brilhante, como se o sol decidisse quebrar as regras e iluminar nossa noite, o que fez meu coração se apertar no peito.

Nos últimos degraus, um homem estendeu a mão para Nicki. Virei a dose de uísque e a observei trocar meia dúzia de palavras com um estranho. Ela sorriu para ele, e assisti a tudo aquilo como se estivesse fora do meu corpo, mas a verdade é que a *mierda* da minha barriga gelou.

Apertei o copo com mais força e caminhei até o bar, sentando-me em uma banqueta.

O primeiro homem foi dispensado, então Nicki foi abordada por um segundo. Ele a puxou e tentou dançar com ela, mas Nicki rodopiou e saiu dos seus braços, continuando a caminhar até mim. Um barman encheu o meu copo, e quando ela estava perto de mim, um terceiro homem se aproximou. Eu me levantei e estendi a mão para Nicki. Ele me lançou um olhar por trás da máscara, um pouco confuso, então falei:

— Se a quiser, vai ter que dividir. Ela é minha esta noite.

Ele piscou várias vezes.

— Posso me juntar a vocês?

— Quando ela estiver sem roupas e gemendo por minha causa e se *ela* quiser, sim.

O desconhecido umedeceu os lábios e olhou para Nicki.

— Posso?

Nicki concordou e como se não estivesse sendo a tentação de toda a festa, sentou-se ao meu lado, cruzando as pernas. Tirei o copo do uísque do balcão e o finalizei. Não era de beber de forma imprudente, mas me sentia nervoso.

Irritado.

— Tudo bem?

— Sim — respondi e chamei o barman. — Eu quero uma caipirinha para a Nicki, por favor.

— Agora mesmo, chefe.

— Finalmente vou provar a caipirinha? — Verónica pareceu interessada.

Encarei seus lábios.

— Quero o gosto do açúcar, do limão e da cachaça na minha boca esta noite. Quero sentir isso quando te beijar.

Ela sorriu, mas pareceu incerta por alguns segundos.

— Você estava falando sério?

— Sobre a caipirinha?

— Sobre transar comigo esta noite. Aqui, no Enigma.

— Você disse que eu poderia realizar o que quisesse.

— Disse, sim. — Ela não pareceu com medo, pareceu *excitada*. — Quer se exibir, De La Vega?

Ri, leve.

— Quero exibir nós dois. — Me inclinei e inspirei seu perfume quando dei um suave beijo na sua boca e me afastei. — Quero mostrar a visão que nós somos quando transamos. Não, eu quero te foder do jeito certo, Nicki.

— Jeito *certo*?

Ergui meu olhar até encontrá-la.

— Ainda não te entreguei tudo o que tenho.

Nicki espremeu uma coxa na outra e a caipirinha chegou. Nicki gemeu assim que a provou.

— Afrodisíaca, empolgante e deliciosa.

— A caipirinha me remete a você.

Nicki riu.

— É?

— É. — Encarei seu decote, os bicos dos seios brincando com o tecido. Passei uma noite sem tocar naquela *mujer*. Nós tínhamos dividido a cama apenas duas vezes, mas eu queria *mais*. Queria que ela sentisse o que me pediu quando explicou do que precisava. O limite entre o prazer e a vergonha. — Você quer dançar comigo?

— E você sabe dançar?

Gargalhei.

— Ah, Verónica...

Havia tanto para saber sobre um De La Vega ainda.

Ela terminou a caipirinha e ficou me perguntando como iríamos dançar aquela batida sexy do Enigma. Fui rindo com ela até a pista de dança, porque Nicki não sabia tudo sobre mim. Dançar é uma arma de sedução. Quem sabe usá-la derrete o mais cético dos corações. Todos os meus *hermanos* sabiam, e eu tinha uma habilidade que Nicki ainda não conhecia.

Joguei seus braços ao redor dos meus ombros assim que a batida de *Shut Up and Listen* começou e a puxei para mim em meio segundo. No meio da pista de dança, as luzes vermelhas e quentes em todos os lugares, colei a testa na de Nicki e fechei os olhos.

— Me deixe guiar você.

— Sempre.

Era o que eu queria ouvir.

Levei as mãos para os seus quadris e girei nossos corpos colados um no outro pela pista. Ela respirou fundo quando eu a trouxe ainda mais perto de mim, parando-a no lugar, mas rebolando lentamente para a direita e para a esquerda, fazendo-a sentir o que estava causando em mim.

O sangue estava circulando depressa e a vontade por Verónica era insustentável, mas eu ia queimar o nosso fogo lentamente.

Nicki gemeu, acompanhando o movimento dos meus quadris, e encaixei meu rosto no seu pescoço quando Angelicca começou a cantar, dando um beijo molhado com lábios e língua, subindo até sua orelha, abocanhando suavemente seu lóbulo. Abaixei seus braços e deixei Nicki apenas solta em mim, com uma mão na sua cintura e a outra deslizando a alça direta do seu vestido, guiando os meus lábios até seus ombros.

Verónica não ficou insegura, ela me deixou beijá-la. Me deixou rebolar contra ela, ondulando meus quadris como as ondas suaves do oceano. Eu a girei de novo e de novo e a trouxe para mim, deixando a alça esquerda do vestido cair. Seus seios ficaram à mostra e sorri contra a sua boca quando ela percebeu que a dança era o começo de tudo.

Levei minhas mãos para o vestido e abaixei até alcançar seus quadris.

Segurei a lateral do rosto de Verónica e dei um beijo em seus lábios deliciosos, descendo por seu queixo, seu pescoço, entre seus seios, abaixando-me devagar para alcançar sua barriga. Lambi sua pele como quem chupa um sorvete no dia mais quente de verão. Ela tremeu sob as minhas mãos e quando escorreguei não apenas a boca, mas os meus dedos, aproveitando o espaço que encontrei para levá-los entre os meios das suas coxas, senti o quanto ela estava molhada e quente. Nicki gemeu quando toquei nos seus lábios mais íntimos, sentindo-os inchados e pulsando, rodeando o clitóris uma vez ou outra. Com fome *dela*, abaixei o resto do que faltava do vestido, a ausência da calcinha me fazendo ver sua boceta molhada a meu bel prazer. Nicki me olhou de cima, cobrindo os seios com as mãos, talvez tímida pelas pessoas, ou tímida por minha causa.

Eu sabia que ela podia ver meu desespero em senti-la estampado nos meus olhos.

— Sabe dançar? — perguntei. Nicki assentiu. — E você me quer?

— Por favor — Verónica gemeu.

— Rebole essa boceta na minha cara, então — ordenei. — Dance na minha língua, Verónica. Mostre para toda essa gente a quem eu pertenço.

Ela piscou dezenas de vezes, um misto de confusão e luxúria. Seus olhos inebriados de desejo. Algo sobre *pertencer* fez seu sangue ferver depressa. Ela ficou ainda mais molhada contra os meus dedos.

— O que disse? — Moveu seus lábios, mas não pude ouvir o som da sua voz sobre a música.

Os olhos de algumas pessoas já estavam em nós e eu sabia que daríamos um show e tanto. Era sobre isso esta noite.

Era sobre servi-la e depois fazê-la me servir.

— Me deixa venerar essa boceta — implorei.

Ela se apoiou em mim e ergueu uma das pernas, dando-me acesso. Sob a Nicki, com a máscara em seu rosto, eu a vi caber direitinho na minha boca. Eu queria tanto sentir esse sabor. Me embebedar dela.

Com Verónica era diferente, tudo era diferente quando se tratava dela.

Lambi sua boceta de cima a baixo, gemendo assim que senti a textura suave e macia, os lábios e então seu clitóris, tremendo seu clitóris na ponta da minha língua, para depois vibrar o quanto ela precisasse por toda a volta. Agarrei a sua coxa erguida, para que Nicki não se desequilibrasse, e ela levou sua mão no topo da minha cabeça, agarrando os meus cabelos. Ela começou a rebolar com mais força, querendo gozar na minha língua, e levei a minha mão livre para o meio das suas pernas.

Nicki gemeu alto, fechando os olhos e jogando a cabeça para trás, quando começou a rebolar com mais força, fodendo os meus dedos e a minha língua, como eu havia pedido.

Era gostoso pra *carajo* ser esse *hombre* para ela.

Ser o cara que a fazia gozar em pé, em público, desesperada por mim.

Fiquei completamente molhado dela, inebriado ao ver seus olhos completamente perdidos, e quando Nicki estava perto de gozar, algo aconteceu.

Alguns homens se aproximaram, segurando seus seios, acariciando sua barriga e beijando seu pescoço, lambendo sua orelha, dividindo-a comigo.

Nicki se deixou levar, ela quase se deitou nos braços de um cara enquanto eu a chupava, mas seus olhos não saíram de mim nem por um segundo. Eu sabia que eles queriam aproveitar o momento para dar prazer a ela, mas meu sangue esquentou e não só de tesão.

Eu não me importava.

Mas, naquele momento, eu me importei.

A posse de um De La Vega urrou dentro de mim, criando um monstro gigante e irracional, a emoção gritou quando eu queria calá-la. Assim que Nicki virou o rosto para beijar a boca de um homem aleatório, gozando aquela linda e pequena boceta na minha língua e tremendo, enquanto outros caras a seguravam, eu soube, em um estalo, que não poderia mais dividir a cama.

Eu não ia aguentar ver ninguém tocando a Verónica.

Beijando.

Fodendo.

Não, eu não ia.

Mas esperei a onda de prazer dela acabar. Eu a esperei conseguir se firmar nos próprios pés. Uma música sexy estava tocando quando foi a minha vez de ficar em pé. Olhei para os homens de uma forma que qualquer cara entenderia que a festinha tinha acabado. Eu parecia ridículo, sabia disso. Não por estar com a cara toda molhada do prazer de Nicki — eu queria o seu cheiro e o seu sabor em toda a parte do meu corpo —, mas porque eu parecia o homem de *una mujer* só.

— Rhuan, isso foi... — Ela se perdeu nas palavras. — Era isso o que queria?

Encarei Nicki.

— Não. — Tirei a gravata e percebi que havia uma lata de lixo perto de mim. Eu simplesmente a joguei fora. Arranquei a camisa social e os botões quicaram por algum lugar pelo chão do clube. Nicki me olhou quase assombrada por um instante, mas então sua atenção caiu para a minha ereção sob a calça. Arranquei os sapatos, o cinto, a calça e a boxer, jogando tudo para algum lugar que eu não me importava.

Nu, no meio do meu empreendimento, com apenas a máscara, senti algumas mulheres me tocando, e tirei suas mãos de mim no instante em que puxei Verónica para perto.

— O que eu quero é te foder, Verónica.

— Só nós dois?

— Se não quiser, me avise agora. — *Dios*, meu timbre parecia fora de qualquer traço de racionalidade. Eu estava com raiva. Queria tirar a saliva daquele homem de dentro da boca de Verónica, as digitais dos homens que tocaram seus seios e sua pele. Não só agora, mas de todos aqueles encontros de *mierda* que ela teve, o casamento morno com o Rafael. Todos os homens que já tocaram em Verónica no passado, presente e futuro. *Isso* era a coisa mais irracional que eu já sentira, o ciúme mais descabido, e minha mente sabia, mas eu não consegui controlar. — Eu não posso dividir você esta noite. Você disse que queria saber a minha fantasia com você. E é essa. Só me resta querer entender se você vai arriscar comigo ou não.

Estávamos nus em público, mais vulneráveis do que seria possível. Alguns olhos ainda estavam em nós, e quando um homem se aproximou de

Nicki e ela afastou a mão dele de sua cintura, eu soube sua resposta.

Todos os meus nervos se acalmaram.

Meu cérebro pareceu em paz.

Meu coração também.

Ay, mierda. Ser um De La Vega ciumento era uma porra de coisa sem sentido, *carajo!*

— Esta noite apenas. — Assenti, mas ela continuou: — E, Rhuan?

— Sim.

— Se entregue inteiramente para mim. Não quero ressalvas, não quero gentileza. Eu quero você.

Eu quis abrir um sorriso quase idiota demais para aquele momento, mas não o fiz. Peguei Nicki em meus braços, como uma noiva, e a levei para uma das cabines de vidro vazias do Enigma, a maior que tinha. Assim que a coloquei no chão, peguei a chave que ficava do lado de fora e nos tranquei.

Simbólico, eu diria. Mas verdadeiro.

Poderiam nos ver, mas jamais nos tocar.

O mundo deixaria de existir naquela noite, o meu ciúmes e a minha posse iam ter voz e iam domar a Nicki, além de me deixar ser domado por ela, como nenhuma outra vez pudemos ser.

Nicki ia sentir o meu coração batendo.

Coloquei a corda da chave ao redor do meu pescoço, como um colar, e mantive ali. Levei-a gentilmente contra a parede, e só percebi que era a que tínhamos projetado com uma suave queda d'água, saindo do alto da parede, quando os cabelos de Nicki ficaram suavemente molhados. Era a cabine de um dos meus dançarinos, que adaptamos para ser um sexo envolvente para o público, mas nada importava.

— Eu vou te beijar, Verónica — murmurei, e minha voz saiu trêmula.

— Por favor.

Segurei seu rosto e me pressionei contra ela, minha língua deslizando em sua boca e sentindo o sabor da caipirinha, varrendo da memória de Nicki todos os homens que já a beijaram, porque esse era o *meu* beijo.

Não do pau-amigo, não do sócio, não do cara ferido por um amor antigo.

Mergulhei ainda mais fundo na sua boca, girando ao redor da língua com todo o tempo do mundo, sentindo Nicki derreter nos meus braços. Ela ergueu uma perna para mim, sem parar de me beijar, tão naturalmente que tudo o que pude fazer foi segurar sua coxa no meu antebraço, trazendo-a para cima. Como seu salto era alto, eu apenas me abaixei um pouco, apertando-a contra mim. Nicki colocou sua mão entre nós dois, pegando meu pau e afastando-se do beijo, olhando direto nos meus olhos, quando minha glande tocou a entrada dela.

Gememos juntos assim que entrei, tão lento quanto eu aguentaria, molhado do seu próprio prazer e da água que escorria vagarosamente por nossos corpos. Puxei o queixo de Nicki para baixo e chupei seu lábio inferior, arrepiando-a para mim, suguei sua língua e comecei a ir e vir com calma, batendo no fundo da sua boceta, que parecia me agarrar a cada investida. Ela pulsando em volta do meu pau, toda aberta para me receber, molhando-o da ponta à base, foi algo que eu nunca me esqueceria.

Caliente, dale.

— Você gosta desse pau. Não gosta, Nicki? — murmurei, beijando sua boca. Tomei cuidado com sua máscara, mas seus olhos eram o meu alvo quando me afastei. Eu queria que Verónica soubesse quem estava fodendo-a. — Gosta de como te preenche toda, sinto você latejar em volta de mim. Você é tão gostosa, *corazón*.

— Eu amo como você me fode — ela gemeu.

— Quer gozar nesse pau, né? — Sorri contra seus lábios. — Sua boceta gosta tanto de mim, *dolcezza*. Essa boceta é toda minha esta noite.

Ela ofegou quando acelerei. O bate-bate dos quadris molhados ecoaram na cabine e, nossas temperaturas começaram a embaçar o vidro. Havia muitas pessoas nos assistindo, algumas se tocando enquanto nos observavam, mas nada importava. Eu estava dentro dela, e ia fazer Nicki gozar como nunca.

— Rhuan...

— Eu sou seu. Esta noite, Nicki, *mierda*, eu sou todo seu — murmurei, sem parar por um segundo de fodê-la. Puxei Nicki para cima e a peguei no colo, sem tirar meu pau de dentro. Agarrei sua bunda e comecei a descê-la e subi-la no meu pau. Nós dois gememos, dizendo o nome um do outro, mas era isso que eu queria. Nicki, e mais ninguém. — Arranca a minha máscara — pedi.

— Não podemos, e a sua profissão como...

— Ninguém pode me ver, os vidros estão embaçados. Eu quero que você me olhe, eu quero que me sinta. Não é a mesma coisa com a máscara. Quero que segure o meu rosto e me beije quando quiser. Me descabele se precisar. Quero enterrar o rosto no seu pescoço e lamber você quando gozar para mim.

Nicki pulsou ao redor do meu pau, mas tirou minha máscara e a sua. Admirei as feições lindas daquela *mujer* que parecia um anjo, que eu estava fazendo pecar em meus braços.

— Você é linda, *corazón* — sussurrei, fodendo-a gostoso, movendo meus quadris como se estivesse dançando dentro dela. Nicki me agarrou, me trouxe contra o seu corpo e me abraçou. Suas unhas marcaram minhas costas e eu fechei os olhos, parando-a quietinha contra a parede, só movendo o meu quadril para frente e para trás. — Sente meu coração batendo?

— Não diz...

— Você me pediu isso — murmurei, beijando seu pescoço. — Me pediu o Rhuan. Estou aqui. Precisa que eu vá mais fundo? — Afundei devagar quando ela assentiu e Nicki tremeu. Reduzi o ritmo ainda mais e ela pulsou no meu pau. — Sou eu te fodendo gostoso. Sou eu, Nicki. — Me afastei para beijar sua boca. — Goza essa boceta linda para mim, amor — murmurei, agarrando-me a ela. — Me deixa pertencer a você.

Acelerei, fixando o olhar no seu, enquanto sentia Nicki gozar uma segunda vez em mim. Ela era linda, mas não era apenas por sua aparência, era por tudo o que era e passou a significar para mim. Eu queria mergulhar tão fundo, nas paredes encharcadas da sua boceta, corpo com corpo, coração com coração. Era um pensamento ridículo, mas, *Dios*, eu não conseguia evitar. Nicki gemeu tão profundamente no segundo orgasmo, que quase me levou junto, mas não, ainda não.

Saí do seu corpo e a coloquei lentamente no chão.

— Vamos sair?

— Vamos — concordei. Tirei a chave do meu pescoço e abri a porta.

— As máscaras. — Nicki as pegou do chão. — Não quero que você tenha problemas.

Beijei sua boca, coloquei a chave ao redor do meu pescoço de novo, sem pensar em nada, e a levei para a cama mais próxima. Era no centro do clube, a cama para orgias, que estava livre só para nós dois. Fechei as cortinas, não queria mais os olhos de ninguém em nós. Não teríamos privacidade porque, se alguém quisesse nos espiar, conseguiria. Mas eu queria sentir que o mundo era só meu e de Nicki.

Estávamos molhados quando deitei Nicki sob mim, quando me ajeitei em cima do seu corpo e coloquei meu pau dentro dela. Segurei seu rosto e sussurrei:

— Passe suas mãos em mim, sinta a minha pele, me sinta aqui com você, Nicki — gemi seu nome. — Já fez amor, *corazón*?

— Não. — Ela tremeu, seus olhos molhados. Não pela água da cabine, mas pela emoção. — E você?

Sorri.

— Não, *dolcezza* — sussurrei. — Mas deve ser parecido com isso.

— Deve. Deve ser muito parecido com isso. — Nicki estremeceu. — É tão gostoso ter você dentro de mim, Rhuan.

— Passe as coxas ao meu redor — pedi. — Eu preciso ir fundo, linda. Me deixa ir fundo. Consegue me receber todo?

— Sim...

— Isso, se abra para mim. Eu quero estar todo dentro de você — murmurei. Indo fundo e completamente deslizando dentro de Nicki. — Bem assim, amor. *Carajo,* sim. Você sabe o quanto eu amo o seu corpo, Verónica? — sussurrei no seu ouvido. — Sabe o quanto amo a sua mente? — Beijei seus lábios. — Sabe o quanto estou me perdendo dentro de você agora?

Ela me agarrou com força, gemendo, lágrimas descendo dos seus olhos, mas levou sua mão até o clitóris e começou a tocá-lo com pressa. Segurei sua nuca e afundei tudo o que eu tinha nela, indo e vindo, rebolando na sua boceta, beijando sua boca, lutando entre respirar e me afogar em Nicki. A sensação era essa. Ir até o fundo do oceano sem máscara de oxigênio. Era como saber que não tinha volta, que depois disso não seríamos mais os mesmos. Gememos com tanta força quando Nicki gozou que isso foi o suficiente para me levar com ela. Dessa vez, deixei tudo ir, me deixei ser tomado pelo simples prazer e coração.

Era parecido com se apaixonar.

Mas mais do que isso.

Era encontrar um propósito.

Abracei Nicki, e ela me deixou montar nela, gozando com tanta força como se eu estivesse há anos sem tocar em alguém. Eu me sentia assim. Todas as fodas mecânicas e sem sentido não eram nada se comparadas a isso. Era Verónica Castelli nos meus braços, era uma mulher que passei meses desejando sem poder encostar um dedo sequer. Ela buscou minha boca quando meu orgasmo estava no fim, me beijando e me adorando como só ela sabia fazer. A cada movimento das nossas línguas, meu coração parecia querer pular para fora. Cair direto dentro do peito de Nicki. Morar ali, e nunca mais voltar.

Nosso beijo reduziu a velocidade, nos acalmamos até com nossas bocas coladas, respirando contra o outro, tentando permanecer vivos.

Seus olhos se abriram e me encontraram.

— Tudo o que você tem para dar é lindo, Rhuan. — Seus olhos passearam por mim. Por que via tristeza neles? — Não se prive de sentir.

— Não acho que eu tenha escolha — murmurei.

Ela piscou algumas vezes.

— O que quer dizer?

— Quero dizer que tenho um coração. — Fiz uma suave carícia no seu maxilar. — É difícil, Nicki.

É difícil impedir que você leve o meu coração com você assim que sair dessa cama.

— Entendo.

Mas eu sabia que Verónica não entendia.

— Vou usar a ducha dos funcionários — Nicki avisou, querendo se levantar.

— Me abrace por alguns minutos?

Ela sorriu.

— Dois minutos.

Assenti.

Mierda, pensei.

Hugo De La Vega estava certo.

Meu *hermano* estava certo o tempo todo.

Capítulo 25

O amor vem tão fácil
Quando você não quer se apaixonar.
Sofia Karlberg — Do It Again

Nicki

Uma parte minha sabia que, depois daquela noite, tudo seria diferente.

Eu estava certa.

Minhas emoções falaram tão alto que entendi o que Rhuan quis dizer. Se apaixonar é mesmo ensurdecedor. Grita como nada mais é capaz. É o coração implorando por uma pessoa, como se *precisasse*. Não como se quisesse. Porque nada mais faz sentido sem aquele alguém. É um estalo diferente, algo que muda tudo e, ao mesmo tempo, nada.

É a primavera acontecendo dentro de nós.

Saí do Enigma depois da nossa noite e fui para casa. Abracei o travesseiro e chorei. Não porque eu estava machucada, mas porque finalmente pude compreender como essa emoção é avassaladora. Eu definitivamente não tinha sentido isso por ninguém. Era Rhuan De La Vega que me tinha. Completamente. E pude ver como uma parte do seu coração, a parte que ainda acreditava, me queria também.

Mas por que tudo parecia tão novo e ao mesmo tempo tão antigo?

Porque nossa história foi sendo construída devagar.

Eu gostava de Rhuan antes, mas agora eu estava apaixonada. Tinha plena certeza de que era *ele*. Como se o amor não precisasse vir à primeira vista, mas pudesse ser uma construção. Eu sabia que ele estava muito machucado para querer se relacionar de verdade com alguém, e ainda havia mágoas; dividir um pouco do seu coração comigo era tudo o que se permitiria.

Jamais cobraria isso dele de volta, até porque amor não se pede, se dá.

Me lembrei do que Rhuan disse, sobre como é fácil se perder quando o mundo do outro passa ser o seu. Eu não ia fazer isso comigo mesma. Me afastaria. Apesar de sentir que uma parte dele tinha emoções por mim, não tínhamos conversado sobre isso, porque nos dias seguintes após a nossa noite tivemos que colocar o trabalho em primeiro lugar.

Negociamos um valor para comprarmos o prédio vizinho ao Enigma. Fazer a negociação, assinar os contratos, contratar um engenheiro e um arquiteto, tudo isso no curto prazo de uma semana, foi uma das maiores loucuras que fizemos.

E agora, Atenas. Grécia. Rhuan e eu. Em um lugar que eu nunca tinha ido, mesmo sendo tão perto. Rhuan nos reservou o melhor voo, sem escalas, e em pouco mais de três horas e meia chegamos a um dos países mais lindos do mundo. Conversamos sobre trabalho o voo inteiro, empolgados com a perspectiva de aumentarmos o Enigma, pensando a longo prazo. Foi confortável não falar sobre *nós*, mas quando Rhuan pegou na minha mão dentro do quarto de hotel, e eu percebi que teríamos um quarto para *nós dois*, senti as paredes do meu coração apertarem com a expectativa de ter uma conversa com ele.

O que eu deveria fazer? E por que parecia tão difícil falar com Rhuan sobre aquela noite?

— Vamos para o lago Vouliagmeni? — Rhuan se aproximou, segurando minha mão. — É um dos meus lugares favoritos, é quase um paraíso escondido em Atenas, e podemos almoçar por lá. Fica a uns vinte minutos de carro daqui. Depois, pensei em vermos um pouco de arte. Nós dois gostamos. — Sorriu.

Engoli em seco.

— Eu vou adorar. — Fiz uma pausa. — Você vai ter que estudar para a palestra?

— Sim. — Seus olhos verdes pareceram ler através de mim. — Amanhã vou fazer isso. Hoje, eu sou seu. Então, coloque um biquíni por baixo. Vista algo confortável, e tênis também.

— Rhuan...

Fechei os olhos por alguns segundos.

Se eu conversasse com Rhuan no primeiro dia da viagem, não poderíamos aproveitar a companhia um do outro. Porque o que eu ia dizer mudaria tudo entre nós. Eu deveria fazer isso *depois* que ele já tivesse palestrado, de preferência voltando para casa, sem atrapalhar seus estudos, sua rotina, sua vida. É o tipo de conversa que precisaríamos ter com calma.

— O que foi, *corazón*? Está tudo bem?

Abri os olhos.

— Estou morrendo de fome.

Ele entrelaçou seus dedos nos meus.

— Então vamos comer.

A viagem foi curta e a paisagem grega me distraiu dos meus pensamentos enquanto Rhuan dirigia tranquilamente. Ele parecia conhecer tão bem Atenas que nem precisava se guiar muito pelo GPS. Vi a paisagem exótica de uma das cidades mais antigas do mundo, cercada por arte e história, que pouco a pouco foi se modernizando. O berço da democracia. Algumas ruas eram bem pavimentadas, mas havia muitos prédios antigos em reforma. Tive a sensação de voltar no tempo.

Rhuan pagou a entrada VIP do lago Vouliagmeni. Ele parecia ter reservado um espaço privado para nós dois. Tiramos a roupa e ficamos com trajes de banho, nos deitamos em duas espreguiçadeiras, e quando o sol começou a tocar minha pele, queimando-me mais do que eu esperava, me senti viva e suspirei.

— Nossa, Rhuan. Parecem miniférias.

Ele riu, e pude ver os olhos verdes embaixo dos óculos escuros desenhando o meu corpo.

— Por hoje, sim, e espero que amanhã também. Preparei algo para que não fique entediada enquanto me espera estudar. — Foi minha vez de olhar para Rhuan por baixo dos óculos. Sua sunga não era nada modesta. Rhuan usava vermelho e eu podia ver exatamente o contorno do seu membro relaxado, jogado para a esquerda. Rhuan moveu o quadril para frente, ajeitando-se na espreguiçadeira. Espremi uma perna na outra, e meu coração acelerou, tudo ao mesmo tempo. Tesão e paixão não são uma combinação muito saudável para ninguém. — Fiquei pensando na semana maluca que tivemos; essa viagem realmente veio no momento certo. *Dale*, Verónica, só quero tirar alguns minutos para apreciar a vida com você.

— E estamos apreciando — O lago era quase transparente, dava para ver os peixes, e eu estava ansiosa para nadar. — Vamos para o lago daqui a pouco?

— Quer ir agora? — Rhuan se sentou e passou os dedos no cabelo. — Está tão quente. — Sorriu. Aquele sorriso malicioso, que fez com que as borboletas no meu estômago batessem as asas mais forte. — Você passou protetor solar, certo?

— Filtro setenta — respondi e mostrei o frasco.

— E suas costas?

— Acho que não passei.

— Levanta. Vou passar antes de entrarmos na água.

Obedeci, e Rhuan aplicou o produto na minha pele, tão gelado em contraste ao sol. Então, suas mãos vieram fortes, mas delicadas ao mesmo tempo, deslizando por mim enquanto eu fechava os olhos. Rhuan passou o protetor nos meus ombros, então no centro das minhas costas, descendo até a lombar, passando por minha bunda. Apertou devagar minhas nádegas, e foi massageando enquanto deslizava o protetor até chegar na parte de trás das minhas coxas, panturrilhas, para baixo e para cima. Assim que terminou e senti meu corpo pulsar de vontade, Rhuan colou seu peito nas minhas costas e deu um beijo suave no meu pescoço. Seus dedos desamarraram meus cabelos e, enquanto seus lábios ainda estavam na minha pele, ele deu voltas e voltas nos fios e prendeu meu rabo de cavalo mais firmemente. Eu tremi, e talvez tenha gemido, o que arrancou uma risada do homem que acabava com minha sanidade.

— Prefiro que não me conte como sabe amarrar o cabelo de uma mulher.

Ele me virou para si e sorriu. Pude ver seus olhos se estreitando por trás dos óculos Ray-Ban.

— Não quer mesmo saber? É uma história muito sexy.

— Não.

Rhuan inclinou a cabeça para o lado.

— Está com ciúmes de mim?

— Nunca.

Ele gargalhou e entrelaçou nossas mãos, levando-nos até o lago. A água nos tocou, tão gelada e deliciosa, que imediatamente o sol intenso da Grécia pareceu ameno. Quando estávamos com a água no meu peito, ele me puxou para ele, e com uma de suas mãos levou os seus óculos para cima da cabeça e, então, os meus. Estávamos sob uma pequena sombra, ou o sol nos deu um momento ao ser coberto por uma nuvem. Eu jamais saberia dizer. Não conseguiria olhar para cima para ver qualquer coisa além dos olhos verdes de Rhuan.

— Sabe de uma coisa, Nicki?

— O quê? — perguntei, observando os traços do seu rosto, tão definidos e esculpidos. Ele mesmo poderia ser uma escultura grega, se quisesse. Se um artista o visse, passaria horas esculpindo-o de forma apaixonada. Eu não sabia se alguém no mundo era tão bonito, mas ele parecia único em todo o universo.

— Hoje é o meu aniversário — sussurrou.

A surpresa apareceu no meu peito, e senti até comichão.

— *Por que não me disse?*

— Porque percebi que você não sabia. — Ele pegou minhas mãos e as levou para os seus ombros, então me puxou com si, fazendo-me colocar as pernas ao redor da sua cintura. Suas mãos foram para a minha bunda, me mantendo tranquila assim, fazendo-me lembrar de como Rhuan me fodeu deliciosamente contra a cabine de vidro. — O seu aniversário é vinte e quatro de março, certo?

Pisquei, surpresa.

— Não é justo você saber o meu e eu não saber o seu.

— Agora você sabe.

— Não tive tempo de comprar um presente, Rhuan.

— Você não percebe, não é? — murmurou.

Estávamos tão perto que eu conseguia sentir sua respiração contra os meus lábios. Meu coração seria destruído no final dessa viagem, mas me deixei levar pela pequena mentira que estávamos criando. Não era uma mentira por completo – eu sabia que Rhuan gostava de mim de alguma forma

–, mas também não era verdade se nós dois dissemos que não queríamos exatamente isso o que estava acontecendo entre nós. Eu não cobraria de Rhuan algo que eu mesma impus. Me sentia hipócrita ao ter me apaixonado por ele, e precisava dizer isso. Precisava falar sobre isso no final da viagem ou meu coração nunca teria paz.

— O que eu não percebo?

— Que esse momento com você já é o meu presente de aniversário.

— Você não pode dizer essas coisas, Rhuan.

Ele sorriu, deu um beijo na minha bochecha, então na ponta do meu nariz, e finalizou com um selinho suave nos meus lábios.

— Eu posso, porque é a verdade. — Uma das suas mãos subiu da minha bunda e tocou meu rosto. Rhuan colou a testa na minha e fechou os olhos. — Você deve estar morrendo de fome. Vamos comer comida mediterrânea. Então vamos tomar sol e beber um drinque. Quer dizer, você pode beber, eu estou dirigindo. Vamos ao hotel tomar banho e trocar de roupa para visitarmos um museu. Eu quero jantar com você no meu restaurante favorito.

— Me deixa uma hora sozinha para eu comprar um presente.

Rhuan riu.

— É sério que quer comprar algo para mim?

— Não posso deixar esse dia passar em branco. É o seu aniversário de trinta e seis anos. Só se faz trinta e seis uma vez na vida.

Ele piscou para mim.

— Todos os aniversários são únicos, mas esse já está sendo o melhor de todos. — Ele fez uma pausa. — Eu juro, Nicki. É o melhor de todos.

— Me deixa comprar algo e aí, sim, será o melhor aniversário de todos os tempos. — Sorri. — Já ligou para os seus pais e primos?

Rhuan balançou a cabeça.

— Escrevi no grupo da minha família que estava indo para a Grécia com você. Foi o suficiente para todos me deixarem em paz. — Rimos, mas Rhuan perdeu o sorriso alguns segundos antes de mim. — Estão torcendo por nós.

— Em que sentido?

Seus olhos desceram para os meus lábios.

— No sentido de *Said I Loved You But I Lied*, do Michael Bolton.

Gargalhei.

— Eles querem que você me peça em casamento na Grécia e que façamos um bebê em Santorini?

Rhuan riu.

— É, provavelmente. — Seus olhos pararam em mim. — Uma loucura, né?

Uma loucura.

Meu coração bateu tão forte com uma simples brincadeira.

— Vamos comer, você está sendo um péssimo companheiro de viagem. — Me afastei do seu corpo e apoiei os pés no chão do lago. Mergulhei por alguns segundos para molhar o cabelo e retornei à superfície. — Estou com fome desde antes de chegarmos aqui.

— Você tem razão. — Rhuan riu. — Vamos comer.

— E me deixe em alguma loja na volta. Quero comprar algo para você.

— Tudo bem.

Ele começou a caminhar para fora do lago, e estendeu a mão para mim. Saímos da água e fomos direto para as espreguiçadeiras. Rhuan me deu a toalha antes de se secar. Ele era gentil, um cavalheiro. Tinha o mesmo coração apaixonado que vi nas redes sociais dos seus primos. Ele só não sabia disso ainda. Enquanto olhava para o cardápio que estava em cima da mesa, atento demais ao que pediríamos para perceber o quanto meu coração batia forte por ele, eu o chamei:

— Rhuan?

Ele olhou para mim, e me sentei de frente a ele.

— Feliz aniversário, *bello*.

Seus olhos cintilaram como pedras preciosas.

— Obrigado, *dolcezza.*

Capítulo 26

Você veio sem aviso.

Klavdia — Lonely Heart

Rhuan

Meu dia inteiro foi com Nicki. Nadamos no lago, e então fizemos o roteiro que eu tinha planejado. Antes, passamos em uma pequena loja e Nicki me pediu para ficar no carro. Ela comprou um presente para mim, que só me daria quando fôssemos jantar.

Fomos ao Museu da Acrópole, e Verónica ficou fascinada pelo lugar. Ela se esqueceu de mim e se concentrou nas peças. Ficou ainda mais impressionada com o fato de que o museu era tão moderno em contraste com a história da Grécia. Saímos de lá rindo e felizes, aprendemos tanto sobre o país e seu passado, mas havia algo diferente em Nicki. Depois da nossa noite, ela colocou uma barreira entre nós que só seria derrubada com uma conversa. Eu queria ter essa conversa tanto quanto ela, mas respeitaria seu espaço e seu momento de falar as coisas quando fosse a hora certa. Se eu conhecia Verónica como imaginava, ela deixaria para me falar o que quer que fosse depois da minha palestra.

— Rhuan, há quanto tempo você reservou essa mesa?

— Eu conheço o chef. Liguei para ele e disse que era o meu aniversário. A lista de espera é de meses, mas sempre venho aqui.

— Esse não é o restaurante que as celebridades gostam?

— Sim, é. — Sorri. — Já conhecia?

— Acho que ouvi alguns amigos falarem que, se você vai para a Atenas, precisa comer com essa vista. — Nicki olhou além de nós dois e suspirou. — Sério, Rhuan. Isso é lindo.

— A comida é tão boa quanto o lugar. Prometo.

— Eu vou pagar. É o seu aniversário.

Eu ri.

— Não.

— Eu pago, Rhuan. Sem discussão. Você já cuidou de tudo, hotel, passagens, me deixa te dar um jantar de aniversário, ok? — Ela fechou os olhos quando o vento da noite tocou seu rosto. A lua estava cheia no céu, e havia uma centena de estrelas que, devido à iluminação baixa, cintilavam sem timidez. — Esse lugar é um sonho.

— Tudo é um sonho com você — murmurei.

Nicki abriu os olhos. Eles ficaram marejados e, então, ela balançou a cabeça e sorriu.

— Acho que sou bem real.

Meu sorriso ficou preguiçoso.

— Você é.

E é por isso mesmo que me sinto aterrorizado.

— Eu preciso ir ao banheiro, já volto — Nicki avisou.

— Tudo bem.

Estávamos no meu restaurante favorito em Atenas. Era muito romântico, mas eu sempre vinha sozinho. O lugar tinha um dos terraços mais disputados do mundo, havia velas por toda a murada e vista para o Templo de Zeus, que ficava completamente iluminado à noite, e o Panteón, na Acrópole. A mesa com uma toalha branca, flores e velas parecia o cenário de um filme hollywoodiano.

— Bem, agora vamos pedir. — Ela se sentou na minha frente assim que retornou e eu tomei alguns segundos para olhá-la. Verónica tinha se vestido como uma deusa grega, o vestido branco solto em suas curvas, mas justo na cintura. — Esse menu degustação parece incrível.

— Podemos pedir?

— Sim. E o vinho, eu quero um da Grécia.

Chamei o garçom e fiz o pedido. Depois de alguns minutos, ele veio com o vinho e nos serviu, retirando-se logo em seguida e avisando que os pratos seriam entregues em alguns minutos. Depois que ele se afastou, apoiei os antebraços na mesa e me inclinei para Nicki.

— Você aprontou alguma coisa?

— O quê? — Ela franziu a testa, bebendo de sua taça.

— Demorou muito no banheiro.

— Eu não fiz nada.

— Fez, sim.

— Vamos aproveitar a noite. — Seus olhos ficaram enrugados no cantinho quando sorriu. — Já pensou no que vai pedir de aniversário?

Me recostei confortavelmente, peguei a taça e inspirei o aroma, para depois beber um gole.

— *Puta madre*, que vinho perfeito. — Olhei para a garrafa e guardei o nome mentalmente. — Sobre a sua pergunta, eu vou pedir para os deuses gregos cuidarem dos meus desejos, dessa vez.

— O vinho é realmente perfeito, mas... você não vai pedir nada?

— Uma coisa ou duas.

— Você deveria pedir. Sabe, no meu último aniversário, eu pedi algo que me fizesse sentir viva. — Nicki cruzou as pernas e pegou a taça, bebendo confortavelmente. — Então, você apareceu.

— Nos conhecemos pessoalmente perto do seu aniversário, não foi?

— Dois dias depois, para ser precisa. — Ela sorriu.

— Eu fui um pedido realizado — afirmei, mordendo o canto inferior do lábio. — Não imaginou que iria abrir um clube de *voyeurismo*, muito menos que ia dividir a cama com o seu sócio gostoso. O que está achando do seu pedido realizado até agora?

— Rhuan De La Vega — ela disse meu nome completo e meu corpo inteiro se arrepiou. Seu olhar parecia tão intenso, porque suas emoções estavam na superfície. Eu conseguia enxergar além de todos os meus pacientes, mas não conseguia ler os pensamentos de Verónica. — Não imaginei que te conheceria. Nem que eu viveria nada disso com você. O Enigma está voando, mas não é só isso. Não imaginei que, durante todo esse tempo, você estava a um encontro de mim.

— Em que sentido? Você ficou preocupada com a possibilidade de termos nos encontrado na época em que estava com o Rafael?

— Não, eu não gosto de viver no "e se". Foi bom ter te conhecido depois de tudo. Apesar de saber que eu me interessaria por você da mesma maneira. — Ela inclinou a cabeça para o lado. — Eu gosto da liberdade que eu tive em definir como o nosso relacionamento seria, Rhuan. Mas gosto ainda mais de poder viver dia após dia com você. Eu nunca me imaginei na Grécia, mesmo sendo tão perto da Itália. Eu tinha uma visão de vir aqui, talvez... — Nicki olhou para o horizonte. — Sozinha.

— Por que sozinha?

— Não conseguia imaginar uma companhia para mim. — Nicki parou e sorriu. — Agora, eu consigo.

Como se os anjos enviados por dona Hilda escolhessem aparecer naquele instante, um violino começou a tocar *I Swear*, do grupo All 4 One. Eu não consegui olhar para trás para ver o que estava acontecendo. Estava preso em Verónica dizendo que agora conseguia se ver ao lado de alguém, e esse alguém era *eu*.

Carajo, Nicki.

Um homem começou a cantar e percebi que nem eu nem ela desviamos os olhares, apenas quando as pessoas começaram a aplaudir algo acontecendo no restaurante. Nicki finalmente tirou sua atenção de mim. Suas duas mãos cobriram a boca e seus olhos se arregalaram. Virei para trás e vi um homem ajoelhado no chão, a aliança na caixinha vermelha cintilando sob as velas do terraço. As poucas pessoas da área VIP do restaurante estavam em pé, aplaudindo, e a mulher estava com lágrimas nos olhos enquanto assentia e dizia um "sim" trêmulo.

Senti meu coração bater com força, *I Swear* ainda estava tocando quando os dois se abraçaram, e o noivo, comemorando, disse que todos deveriam dançar. Ele puxou sua noiva e todos ao nosso redor foram para o meio.

Eu não deveria fazer isso.

Mas fiz.

Estendi a mão para Nicki e a trouxe para o meu corpo. *Mierda*, essa música era uma das mais românticas e clichês de todos os tempos e um noivado aconteceu à nossa frente. Se eu não tivesse uma crise de pânico naquele segundo, nunca mais teria. Mas Nicki afastou todas as minhas ansiedades quando riu no meu ouvido, sendo balançada para lá e para cá. Eu não sabia se estava dançando direito, suas palavras ainda estavam rodando em meus pensamentos, e aquele *carajo* de música...

— Isso parece tanto algo que sua mãe faria.

— Pensei a mesma coisa — falei, e Nicki gargalhou. — Ela deve ter conversado com os anjos.

— Deve. — Nicki assentiu. — Não acredito que estou dançando com você ao som de *I Swear.*

— É ridículo, né?

— Um pouco.

Nós dois rimos, mas Nicki me apertou com mais força, sua mão no meu ombro ficando mais firme. Sem os saltos altos, Nicki apoiou a cabeça no meu peito. Eu a puxei para mais perto do meu corpo, e me permiti relaxar. A música ainda estava tocando e as pessoas ainda dançavam, enquanto eu sentia cada parte de mim acelerar.

— Estou ouvindo seu coração bater — sussurrou.

— Eu juro, Nicki...

Ela riu alto.

— É a música — Nicki disse.

— É — gemi.

Não, não era. Mas podíamos fingir que era.

Nossa dança parou assim que a música acabou, mas me senti tão mais conectado a Verónica depois daquilo. Que espécie de magia acontece com músicas românticas?

Elas são feitas para isso.

Dios, que inferno.

O garçom chegou e nós jantamos em paz. Nicki começou a rir quando contei algumas *mierdas* que fiz quando estava no começo da vida adulta, e a forma que eu comemorava meu aniversário sempre nadando pelado em alguma praia aleatória da Europa. De preferência, sozinho.

Na hora da sobremesa, Verónica disse que tinha um pedido especial, e quando o garçom apareceu com um pequeno bolo cheio de velas, foi a minha vez de rir.

Eu não me lembrava de quando tinha sido a última vez que assoprei uma vela. Mas Verónica pareceu tão animada que fiquei feliz de dividir esse momento com ela.

— Como conseguiu isso? — perguntei.

— Quando fui ao banheiro. — Ela riu. — Consegui falar com o chef, que é seu amigo.

— Ah, Nicki. Isso não era...

— O bolo é de chocolate com morango. — Nicki bateu palmas. — E claro que era necessário. Para de ser rabugento. Você está fazendo trinta e seis. Tem muito o que comemorar. Se tivermos a nossa sociedade até os oitenta, pode ter certeza de que ainda estarei te dando um bolo gostoso e te colocando para assoprar as velas.

— Se a minha dentadura cair, você assopra para mim.

Nicki riu.

— Vamos cantar parabéns!

Falamos de termos oitenta anos e ainda estarmos aqui. Senti uma emoção imensa preencher minha garganta. Meus olhos ficaram marejados. Eu não sabia o que era isso. Não conhecia essa emoção. Com Lola, tudo parecia prestes a ruir a qualquer segundo, mas com Verónica... parecia eterno, como se o amanhã nunca fosse chegar.

Por que me sentia tão certo de que aos oitenta anos ainda estaríamos fazendo exatamente o que estamos fazendo agora?

Mierda, eu não tinha um diploma de psicólogo? Por que não conseguia racionalizar quando estava com Verónica?

Ela cantou parabéns para mim, sem ver as lágrimas que não deixei escorrerem pelo meu rosto. Fechei os olhos assim que sua cantoria acabou. Abri apenas um, espiando para ver se ela estava atenta a mim. Vendo-a sorrir daquela forma, com o coração brilhando como se pudesse vê-lo, não tive dúvidas do que pediria.

Eu quero comemorar todos os meus aniversários com Verónica Castelli.

Assoprei as velas e abri os olhos. Ela aplaudiu e não parou de sorrir, nem quando me perguntou:

— O que desejou?

— Não posso dizer ou não vai se realizar.

— Ah, verdade. — Ela puxou a bolsa para o seu colo e, com um semblante de garota travessa, tirou uma pequena caixinha de dentro. — E isso é para você. Mas, antes, posso te dar um abraço?

Me levantei e abri os braços.

— Vem.

Nicki saiu da cadeira com a caixinha na mão, e envolveu seus braços com força ao redor da minha cintura. Apertei-a contra mim, sentindo saudade dela, ainda que Verónica estivesse aqui. Fechei os olhos e suspirei fundo, o cheiro floral do seu shampoo, sua presença e aquele perfume de flor de laranjeira inebriando os meus sentidos. Meu coração bateu tão forte que eu estava certo de que Verónica sentiria, mas ela não disse nada quando se afastou e pegou uma das minhas mãos, colocando a caixinha na palma.

— Abra.

— Tudo bem. — Sorri, desfazendo o pequeno laço branco sobre a caixa preta.

Coloquei o laço na mesa e abri a caixinha.

Era um colar masculino. Eu nunca havia ganhado uma joia, mas fiquei surpreso com o pingente. Era uma chave. Eu sabia o que significava, mesmo que Nicki não tivesse me dito. A chave representava o que fizemos naquela noite no clube, quando a guardei no meu pescoço e nos tranquei. Eu nos fechei para que ninguém pudesse tocar em nós dois. Fechei meu coração para que nenhuma outra pessoa pudesse ter acesso.

Poderiam nos ver, mas jamais nos tocar.

Nicki suspirou fundo, tirou o colar de dentro da caixa e me abaixei para que ela pudesse prendê-lo. Sua mão tocou a chave, e seus olhos pareciam emocionados.

— Naquela noite, você me deu o seu coração. — Nicki subiu o olhar até que pudesse me ver. — Você me emprestou, na verdade. Foi um dos melhores momentos da minha vida, e eu vi e senti nos seus olhos que foi um dos melhores momentos da sua também. Eu quero que você use isso e se lembre de que é um De La Vega. Você nunca foi e nunca será uma ovelha negra. *Bello*, você é tão passional e tão maravilhoso. Tudo o que você fez naquela noite foi se permitir, então eu quero que essa chave seja essa lembrança, a sua permissão consigo mesmo. — Ela brincou com a chave no meu peito. — E se isso significar se trancar em uma emoção com alguém, então viva isso. Seu coração é bonito demais para você se ater somente ao mundo, mas nunca a si mesmo.

Eu teria que processar essas palavras por toda a noite, mas, por agora, estava preso ao fato de que ela sentiu o meu coração.

— Nicki. — Prendi a respiração e toquei seu rosto. — Você sentiu?

— Senti. — Ela sorriu, mas seus olhos estavam marejados. — Eu senti tudo.

Não era racional, mas foda-se a racionalidade. Levei meus lábios até os seus. Eu a beijei não por gratidão pelo presente e pelo meu aniversário, mas simplesmente porque Nicki me disse algo que eu sempre quis ouvir.

Sabia, lá no fundo, que a permissão para eu viver um novo amor deveria vir de dentro de mim mesmo, mas ter *una mujer* que me enxergou o suficiente para que soubesse o quanto eu precisava ouvir essas palavras foi como uma cura.

Eu me culpei muito pelo relacionamento com Lola, por minha ingenuidade e pela dor que deixei que outra pessoa me causasse, mas tudo sobre mim e Nicki era diferente. Ela me acolhia. Então, quando meus lábios se moldaram aos dela, eu tinha tudo em mim, menos a sensação familiar de gratidão; era uma emoção maior do que isso, que calava os meus tímpanos e fazia o meu coração bater com toda força. Era aquela certeza de que viveríamos oitenta anos juntos, misturado a uma vontade de querer continuar conhecendo seu coração, e entregando mais do meu.

Nicki, eu nunca te aluguei meu coração.

Ele foi seu.

E eu não sabia se tinha conseguido pegá-lo de volta.

Agora eu sei.

Ainda está com você.

Por favor, não me machuque.

Nicki pareceu ouvir minhas palavras. Suas mãos se enredaram no meu cabelo e ela me puxou para a sua boca, deslizando a língua entre os meus lábios e me fazendo tremer. Una *mujer* tão pequena em meus braços parecia ser capaz de causar um desastre natural dentro de mim. Deixei que ela me beijasse e permiti que meu coração dançasse naquele beijo. Eu sabia, desde que senti sua boca e até antes disso, que o momento em que começasse a beijá-la, seria uma estrada sem fim. Em que eu não dirigiria mais sozinho, mas sim com alguém ao meu lado.

Eu queria a Verónica.

Eu a queria tanto que estava difícil respirar.

Me afastei dos seus lábios e quando pensei em dizer qualquer coisa, ouvi alguém chamando o meu nome.

— Rhuan? — uma voz feminina questionou.

Olhei para o lado, ainda segurando o rosto de Verónica, quando tudo em mim parecia fogo e paixão. E encontrei os olhos frios e curiosos da única *mujer* que permiti que entrasse no meu coração.

Lola Muñoz.

Capítulo 27

Se você não fizer perguntas
Então não saberá o porquê.
James Arthur feat. Lost Frequencies — Questions

Nicki

Meus pés pareciam estar além do chão, flutuando, quando ouvi a voz de uma mulher chamando Rhuan. Assim que a vi, pensei ser uma das garotas do passado dele. Quero dizer, ela era linda, seus cabelos eram curtos e ruivos, em um corte *long bob*, e seus olhos eram escuros sob a luz da noite. No entanto, quando desci minha atenção e vi um garotinho de mais ou menos seis anos com ela, pensei que talvez...

— Lola — Rhuan murmurou, sua voz calma. Ele ainda me abraçava, e o meu corpo estremeceu.

Era ela. A Lola. A mulher que havia partido o coração de Rhuan.

— Olá! — Ela olhou para mim e depois para ele. — Humm... Este é o Kai. Filho, dá oi para o Rhuan. Era um amigo da mamãe.

O garoto se escondeu atrás da mãe, tímido.

— Me desculpem. — Lola balançou a cabeça, confusa por um segundo.

A situação toda era constrangedora. Se eu fosse Lola, jamais teria me aproximado, não depois de tudo o que tinha acontecido. Mas minha preocupação não era com ela, e sim com Rhuan, que parecia olhar fixamente para Kai como se estivesse pensando que aquele garoto poderia ter sido seu. A emoção em seus olhos partiu o meu coração. Rhuan apertou minha cintura por um segundo, garantindo que estava bem, mas eu sabia que ele não estava. Ele me surpreendeu quando se abaixou para ficar na altura de Kai.

— Oi, Kai. Eu sou o Rhuan. — Seus olhos pareceram emocionados por um momento. Kai, sem dúvida, havia puxado a aparência do pai, pois os traços asiáticos eram evidentes. Mesmo ele não tendo nada de Rhuan, eu sabia que, por um tempo, ele o amou como se fosse seu filho. Fiquei enjoada, e Lola pareceu ter congelado. — Pode me dar um aperto de mão?

O garotinho timidamente estendeu a mão e Rhuan apertou com carinho.

— Conheci sua mãe antes de você nascer. — A voz de Rhuan estava embargada. — Você é tão bonito, parece o seu pai.

— Mamãe disse que eu tenho o nariz dela.

Rhuan sorriu.

— É verdade. — Ele fez uma pausa. Pude ouvir sua respiração curta, quase como se Rhuan estivesse a um passo de quebrar mais um pouco, então coloquei a mão no seu ombro, sentindo sua respiração trêmula.

— Por que você está chorando? — o garoto perguntou.

Rhuan secou as lágrimas.

— Estou? Nem percebi. Devo estar com alergia. — Seu sorriso ficou mais largo. — É um prazer te conhecer, Kai.

— Tá bom. — Kai abriu um sorriso para Rhuan. — Você gosta de carros?

— Gosto — Rhuan disse.

— Mamãe, posso mostrar meu carrinho para ele?

— Outra hora, filho. Temos que encontrar o seu pai — Lola disse, querendo sair daquela situação. Mas, segundos depois, um homem se aproximou e Rhuan se levantou.

Ele era tão alto quanto Rhuan, ombros largos e traços asiáticos, lindo de uma forma que me surpreendeu. Por eu ter trabalhado com muitas pessoas do mundo da moda, notei que seus traços eram coreanos ou chineses, mas definitivamente o marido de Lola era de parar o trânsito.

— Querida, quem são esses?

Lola pareceu congelar por um minuto e foi Rhuan quem se apresentou.

— Eu sou Rhuan e esta é minha parceira, Verónica. Eu fui amigo da Lola anos atrás.

Parceira? Bom, poderia ser de negócios ou...

— Ah, prazer. — O homem estendeu a mão para nós dois. — Eu me chamo Chang Min, sou o marido de Lola, e este é o nosso pequeno, Kai.

O menino imediatamente foi até o pai, contando sobre querer mostrar o carrinho para Rhuan. O pai pareceu feliz com a ideia, sem sequer imaginar tudo o que Lola fez.

— Querido, pode levar o Kai para a mesa de jantar? Eu gostaria de conversar com Rhuan e Verónica por alguns minutos.

— Claro — ele garantiu. — Foi um prazer conhecê-los.

Kai saiu acenando para Rhuan e vi seu maxilar ficar tenso quando olhou para Lola.

— Rhuan, eu posso conversar com você a sós por um segundo?

— Não há nada para conversarmos. — Ele pareceu tranquilo em lidar com ela, e foi então que percebi que a verdadeira dor de Rhuan não foi o relacionamento, não foram as mentiras, claro que isso o machucou, mas o que realmente o marcou foram as esperanças que ele tinha de formar uma família, e a frustração em saber que não a teria. — Estou feliz de verdade em ver o Kai saudável, o seu marido bem, espero que tenha evoluído como pessoa e aprendido a ser mais responsável afetivamente.

— Na verdade, eu só queria te pedir desculpas. Droga, vou dizer na frente da sua namorada, de qualquer forma. — Lola passou a mão no cabelo curto. — Achei que nunca teria a chance de falar isso para você, mas agi completamente errado e tenho total consciência disso. Fiz terapia e aprendi a ver o meu comportamento com mais clareza. Não quero justificar tudo o que fiz com você, mas te conheci em uma das épocas mais estressantes da minha vida, tive que lidar com o meu trabalho e um casamento em crise, e quando te conheci, você foi como uma válvula de escape da minha vida. Fui tão egoísta, eu deveria ter sido honesta. — Ela fez uma pausa. — Não quero mesmo arrumar desculpas, fui muito errada, mas quero pedir que me perdoe, por favor. Você é um homem maravilhoso, passional e tão doce...

Até você aparecer e fazê-lo desacreditar no amor. Senti uma revolta imensa nascer dentro de mim. Mas essa história não era minha, era de Rhuan. Eu teria virado as costas e ido embora se fosse ele, mas se aprendi alguma coisa durante todos os meses ao lado de um psicólogo, assistindo aos seus vídeos no YouTube e acompanhando de perto seu trabalho, era que não poderíamos esperar que os outros agissem como nós agiríamos. Em uma situação como essa, eu só tinha que estar ali pelo Rhuan e respeitar a decisão que ele tomasse.

— Lola, eu já te perdoei há muito tempo. Há somente uma única coisa que não consigo digerir nisso tudo, que foi minha expectativa em ser pai do Kai. Mas estou aprendendo a lidar com isso com o passar do tempo. — Ele fez uma pausa. — Cuide do seu casamento e da sua família. É o bem mais precioso que alguém pode ter. As feridas que você me causou serviram para eu amadurecer, então, seja feliz. Vou fazer questão de ser também.

— Me desculpe. — Ela olhou para Rhuan e depois para mim. — Eu sinto muito.

Lola saiu de repente, desabando em lágrimas. Ela foi ao banheiro antes de se encontrar com a família e, por um tempo, Rhuan e eu ficamos ali, olhando para a mesa onde Chang Min e Kai estavam. O garoto estava no colo do pai, brincando com seu carrinho, e o marido da Lola parecia um santo. Ele estava dando toda a atenção para o filho, e meu coração apertou ao ver, nos olhos de Rhuan, o quanto ele desejou ser o pai daquela criança.

— Vamos comer o bolo? — perguntei suavemente.

Rhuan levou a mão ao colar, mas não desviou os olhos de Kai.

— Vamos.

Eu não queria que o aniversário dele fosse assim, então enviei uma mensagem no Instagram de um dos seus primos, Hugo De La Vega, avisando que eles poderiam ligar, que ele estava livre para falar com a família, e que seria muito bom para ele os ver. Eu sabia que já tinham se falado, então apenas disse que Rhuan ia adorar mostrar a paisagem da Grécia. Seus primos fizeram uma videochamada, incluindo a mãe dele, Hilda. Todos fizeram Rhuan rir, mas a tristeza em seus olhos permaneceu.

Isso me fez perceber que tudo o que Rhuan fez até o momento, dormir apenas com profissionais e não se aproximar de mulheres, além de ter sido uma defesa para que ninguém criasse expectativas, era a sua própria armadura para não se apaixonar de novo. Ele tinha medo de desejar uma família, medo de desejar o casamento. Medo de se casar com uma garota como Lola, que trairia sua confiança sem ele perceber. Medo de ser como Chang Min, e medo de ser ele mesmo. Medo de ter uma criança e passar pelo divórcio. Sua família era formada por casos de amor de sucesso. Rhuan tinha medo de decepcionar os pais, medo de decepcionar a si mesmo e um medo profundo de não ser como Diego, Hugo, Andrés e Esteban, que encontraram um amor que permaneceu.

Toquei em sua mão sobre a mesa e seus olhos se desviaram para os meus. Rhuan virou o celular de repente, e finalmente pude conhecer os De La Vega. Eu ri quando vi que não era somente eles que estavam ali, mas também suas mulheres. Hilda parecia nas nuvens ao me ver, e reparei que o pai de Rhuan, Lorenzo, tinha traços tão elegantes quanto o filho. Todo mundo parecia tão feliz, e Rhuan me olhou com tanto carinho, que senti uma emoção encher meu peito.

— Me desculpem, acho que estou sentindo falta da minha família — falei, olhando para eles.

— Ah, agora você tem duas famílias — Esteban brincou, e Laura, sua companheira, riu. — Uma parte de nós está em Madrid, e a outra, nos Estados Unidos.

— Você nunca vai ficar entediada. Há muitas viagens para fazer — Laura adicionou.

— Seus pais moram na Itália? — Hugo questionou.

— Sim. Quero visitá-los assim que essa viagem acabar.

Rhuan pareceu surpreso, porque eu não tinha falado nada ainda.

— Você precisa vir nos conhecer, Verónica — Andrés disse. — Eu e Natalia moramos perto de vocês. Venha passar um dia da nossa folga com a gente.

— É, larga o Rhuan um pouco! — Natalia piscou. — Você precisa passar um tempo comigo e descobrir como driblar esses De La Vega.

— Ah, não é fácil — Vick brincou.

— Sério, *cariño*? — Hugo lançou um olhar para a esposa. — Eu fui seu desde o primeiro minuto.

— Todos os De La Vega são rendidos, Verónica. — Diego riu. — A gente só finge que não é, mas temos um coração enorme.

Meus olhos subiram e encontraram os de Rhuan.

— Eu sei.

— Ótimo, família. Vou descansar. — Ele virou a câmera para si. —

Obrigado pelas felicitações. De novo. Vocês são loucos, mas eu amo vocês.

— Nós te amamos — todos disseram juntos e Rhuan suspirou, fechando os olhos e abaixando o celular.

— Hoje foi um dia maluco. — Passou os dedos pelo cabelo e suspirou. — Quero ir para o hotel, tomar uma ducha e então relaxar com você.

— Vamos embora, *bello*.

Eu estava saindo da ducha quando vi Rhuan sentado em uma das poltronas do quarto. Ele estava pressionando as têmporas, como se estivesse com dor de cabeça. Eu estava com uma toalha no cabelo e de roupão, mas senti que ele queria me dizer alguma coisa. Ele tinha tomado banho antes de mim, e estava apenas com uma bermuda de pijama confortável, sem camisa e o colar de chave descansando no peito.

Seus olhos me buscaram, e Rhuan sorriu para mim.

— Como você está se sentindo? — perguntou.

— Estou bem, mas sei que eu deveria fazer essa pergunta para você.

— Deveria? Eu não sei. Quer ter essa conversa?

Me sentei calmamente na beirada da cama, de frente para a sua poltrona.

— Senti várias coisas sobre o seu encontro com a Lola, mas quero saber como a sua cabeça está. Apenas se quiser me dizer, claro.

— Não foi como planejei passar o meu aniversário.

— Eu sei.

— Mas não foi ruim. Eu tive a chance de ver o Kai. — Rhuan fez uma pausa. — Mas não tive a sensação de que queria ter aquela vida, não com aquela pessoa. Lola não é a mulher que o destino tinha me reservado, ela foi apenas um aprendizado. Através do meu relacionamento com Lola, pude ser um psicólogo melhor, encontrar minha área de atuação e ser responsável afetivamente com as pessoas que me envolvi.

Concordei, mas prendi a respiração quando o olhar de Rhuan se tornou mais intenso.

— Ultimamente tenho pensado como seria me relacionar de verdade. — Rhuan riu. — Não acredito que estou dizendo isso em voz alta.

— Você quer isso? Quer um relacionamento estável?

Rhuan não desviou o olhar do meu.

— Não sei se estou pronto.

— Você não precisa estar, pode apenas decidir o que quer fazer depois. — Meu coração estava batendo com tanta força que achei que Rhuan poderia ouvi-lo. — Antes desse sonho, primeiro você precisa se permitir se apaixonar. Antes de ter um relacionamento. O que eu quero dizer é que não faça como eu, que me envolvi com o meu melhor amigo e apenas me casei por comodismo, faça somente se não puder se ver mais nem um dia sem aquela pessoa.

Rhuan levou a ponta dos dedos ao colar, traçando os detalhes da chave dourada.

— Você disse que nunca tinha se apaixonado. Como sabe sobre essa emoção?

— Acho que li em algum romance.

O olhar dele se estreitou.

— Faça somente se não puder se ver mais nem um dia sem aquela pessoa — repetiu as minhas palavras. — Talvez seja como quando olhamos para o passado e vemos quem éramos, então como esse alguém chegou e mudou tudo, nos tornando uma pessoa melhor. Ou talvez como a vida antes parecia um despropósito sem fim. Um dia após o outro. Esse tipo de emoção?

— Acho que sim.

— É, parece que sim. — Rhuan traçou o meu rosto, um olhar atento. — Minha maior dor foi não ser o pai do Kai — disse de uma vez. — Ter meu coração machucado não foi nada perto da perspectiva de ter sido pai daquele garotinho.

— Vi nos seus olhos.

— Eu sei que você viu. — Rhuan apoiou os cotovelos nas coxas. — Você parece ser a única pessoa capaz de entender quem eu sou de verdade.

— Você tem um coração lindo, a diferença é que foi machucado. Você me contou sobre a história do Hugo, e ele teve um pouco mais de fé no amor do que você, mas sua traição foi dupla. Lola não apenas traiu o seu coração, ela traiu o seu sonho de ter uma família. — Lancei um olhar além dele, porque senti meu coração bater com ainda mais força.

— Você está certa.

— Estou, sim. — Assenti. — Você quer se apaixonar de novo, Rhuan? — Voltei a olhar para ele. — Quer sentir essa emoção de novo?

— Me relacionar parece um pouco distante para mim, mas eu quero.

Engoli em seco.

— Eu quero me relacionar e isso não parece distante.

Rhuan ficou surpreso.

— Você quer?

— Acho que quero namorar alguém. — Ri. — Depois de viver tantas experiências sexuais com você, quero ser fechada em uma cabine de vidro. Quero alguém que queira somente a mim. Quero um relacionamento. Não um casamento, mas um namoro. — Fiz uma pausa. — Estou velha demais para sonhar com isso?

— Não existe idade para sonhar com romantismo. — Rhuan realmente ficou surpreso. — *Carajo*, Nicki. Eu não esperava que nossas noites te levassem a esse sentimento. Ao menos a sensação de que você quer se relacionar com alguém.

— Eu também não esperava que você fosse querer o mesmo.

— Ainda preciso pensar sobre isso, mas, sim...

Pensar sobre isso, encontrar alguém com quem ele queira viver isso, não significava que seria eu. Assim como o que eu estava dizendo, não parecia que seria ele o homem a me dar isso.

— Vamos assistir a um filme? — perguntei.

— Podemos apenas conversar sobre o nosso futuro por mais tempo.

Eu não queria ter aquela conversa ainda, não antes de Rhuan fazer a palestra.

— Vamos ver um filme. — Minha voz saiu mais dura do que eu esperava.

Rhuan arqueou as sobrancelhas.

— Tudo bem. Você escolhe?

— Sim.

Demorei a pegar no sono, mas Rhuan envolveu minha cintura em um abraço de lado e adormeceu com o rosto entre os meus seios. Segurei uma risada, mas ele parecia tão confortável aninhado comigo. Desliguei a TV e, em algum momento da noite, fui parar nos braços de Rhuan, nossas pernas completamente enroscadas e senti o maior amor do mundo.

Era amor.

Como *aquilo* poderia ser outra coisa?

Capítulo 28

Eu não quero que você mantenha isso em segredo

Eu preciso que grite o meu nome.

Dani Sylvia — Love Me Loud

Rhuan

O dia seguinte ao meu aniversário foi estranho. Fiquei sozinho e sem Nicki, porque reservei para ela um dia de SPA. Antes de ir, ela me contou que, depois da Grécia, passaria uma semana na Itália. Apenas confirmou, já que eu tinha ouvido na ligação com os meus primos.

Senti um aperto no peito, algo angustiante me consumindo.

Eu ficaria sem ela.

Ficaria sem ela, sem ter tocado em Nicki desde aquela noite no Enigma. Beijá-la já estava sendo além do que eu tinha combinado que faria. Prometi que não levaria as coisas adiante antes mesmo de termos tido aquela noite, e esse tempo sem sexo parecia ótimo para Nicki.

Mas não pra mim.

Eu queria me afundar no seu corpo, apenas nós dois. Queria me perder em Nicki e nunca mais me encontrar, queria me deixar ali, dentro dela.

Mesmo sabendo que Verónica passou a desejar algo que eu não me sentia pronto para oferecer.

Um relacionamento.

Fiquei com isso na cabeça durante todo esse tempo, e quando enfim chegou o momento da palestra, e o dia em que nos separaríamos, senti que algo estava prestes a acontecer.

A conversa que não tivemos.

Pude ver nos olhos de Verónica que ela tinha coisas para me dizer, coisas importantes sobre nós dois.

Então, depois da palestra e dos aplausos, fui para a festa pós-evento oferecida pela equipe de psicólogos. Com a bajulação e conversas, meu caminho nunca encontrava o de Verónica.

Ela estava a alguns metros de mim, tomando uma dose de uísque, com um vestido vermelho De La Vega, a cor da minha família, como se soubesse exatamente como me empurrar de um precipício.

— Você estava ótimo, sr. De La Vega — uma pessoa aleatória disse, e eu deveria estar com a cabeça boa para fazer contatos, eu deveria pensar no meu trabalho e nas conexões importantes, nas palestras que ainda me convidariam.

Verónica estava me dando espaço justamente para eu fazer isso, mas eu não conseguia tirar os meus olhos dela.

— Obrigado — respondi, e tentei continuar a andar.

A cada segundo, alguém me parava. Eu não sabia o que Nicki tinha achado da palestra, nós não tínhamos conversado, embora ela estivesse na primeira fila.

Ela me aplaudiu de pé.

Tirando meus pais e primos, não era comum ter pessoas orgulhosas de mim.

Eu estava prestes a chegar nela, quando um casal me deu seus cartões de visita e me convidou para palestrar na Itália em alguns meses. Aceitei os cartões e pensei que era muita sorte a minha, porque eu nem estava me esforçando para ser um bom ouvinte ou sequer estar mentalmente presente no evento, mas...

— Finalmente te achei. — Verónica tomou a frente, sua mão no meu antebraço, e ela sorriu para o casal. — Posso roubá-lo por alguns minutos?

— Fique à vontade — o homem garantiu, mas eu sequer prestei atenção no seu nome quando ele se aproximou com a esposa.

Nicki começou a me puxar dali, e ri de alívio por ela ter conseguido me salvar. Estávamos do lado de fora do evento, havia uma mulher fumando à nossa esquerda, mas nada interessada em nós. Respirei fundo e passei as mãos no cabelo e no maxilar, sem barba dessa vez, enquanto observava Nicki.

— Me desculpe por passarmos o dia separados, não consegui te ver desde cedo. Me desculpe também por não conseguir te buscar no hotel e ter feito você vir de táxi. *Mierda*, eu queria estar com você.

— Você parecia tão desesperado para ser salvo, era como se implorasse para eu te resgatar. — Nicki riu. — Não precisa pedir desculpas. Ontem fiquei relaxando e você estudou o dia inteiro, só nos vimos à noite, e pela manhã você já teve que sair e se preparar para a palestra, conversar com as pessoas. Eu entendo. Essa viagem sempre foi a trabalho.

Mas nada parece mais importante do que estar com você.

— Estou orgulhosa, Rhuan — Nicki adicionou, seus olhos brilhando.

Ela estava com um coque no alto da cabeça, não tinha aplicado muita maquiagem e o vestido era uma peça delicada que não colava em suas curvas. Nicki parecia mais jovem, na casa dos vinte anos. Não sei o porquê de ela estar tão linda naquela noite, mas em sua expressão havia uma certeza, como se ela tivesse esperado o tempo todo por isso.

— Por trás dessa pele de lobo promíscuo, existe o Rhuan jovem adulto que estudou como um louco para cuidar do coração das pessoas. — Fiz uma pausa. — Eu era um nerd no período da faculdade, então o "meu eu" do passado está muito feliz por você ter orgulho de ele ter mergulhado de cabeça nos estudos.

— Melhor do que ter a cabeça no meio das pernas de uma mulher.

— Fiz isso também, mas eu era um idiota.

Nicki balançou a cabeça. Ela sabia que eu estava falando sobre o período do meu relacionamento com Lola. Seus olhos pareceram tão ternos para mim, e quando respirei fundo, ela pegou minha mão.

— Eu não acho.

— Quer fugir daqui? — perguntei.

Por que eu sentia tanto medo? Por que parecia que estava perdendo a Nicki? Por que parecia que algo ia se partir esta noite?

— Eu pesquisei e estamos a três ruas da Syntagma Square. — Verónica começou a caminhar comigo. — Vamos?

— Você quer conversar comigo, não quer?

— Eu quero conversar com você antes de ir para a Itália — Nicki disse, caminhando ao meu lado calmante. Ela estava com saltos altos, mas não parecia ter dificuldade para andar. — Acho que é importante eu dizer algumas coisas, você me ouvir, e então depois você pensar o que vai fazer a respeito disso tudo.

— Isso tudo o quê?

— Minhas emoções. — Ela sorriu para mim. — Eu acho que está na hora de você ouvir sobre o meu coração, Rhuan. É a primeira vez que vou fazer isso, então apenas seja legal, está bem?

— Eu vou ouvir tudo o que quiser me dizer — garanti. — Vai ser uma primeira vez para nós dois. Eu escuto e normalmente posso dizer algo em retorno.

— Você só vai me ouvir. Não quero que me responda nada, só depois que eu voltar da Itália, tudo bem?

Assenti e depois de mais alguns passos em silêncio, chegamos a Syntagma Square.

— Meu Deus, estamos perto do Natal? — perguntei, surpreso.

— Bem, estamos no começo de dezembro, Rhuan. — Nicki riu.

Esse foi o ano mais louco da minha vida. A verdade é que vivi no piloto automático, e só senti que a minha vida realmente estava sendo vivida quando estava com Verónica.

— *Dio mio*, é lindo, não é? — Nicki se surpreendeu.

— É, sim — sussurrei.

A praça inteira estava iluminada, inclusive o Parlamento tinha uma imagem em 3D de um piano. Todas as árvores estavam com pisca-piscas dourados, e havia uma árvore principal, próxima à fonte, cheia de ornamentos natalinos. As pessoas estavam caminhando, ainda tranquilas, e não vestindo roupas muito pesadas.

O inverno oficialmente chegava em dezembro, e tinha tido sorte de ter tido alguns dias ensolarados no começo do mês com Verónica. A Grécia podia ter temperaturas bem frias em janeiro e fevereiro. *Carajo*, demos muita sorte.

Nos sentamos em um banco, e tirei o paletó para colocar sobre os ombros de Verónica. Ela respirou fundo e as luzes natalinas dançaram em seu rosto, iluminando-a como se Nicki fosse um conjunto de estrelas.

— Quando você fez aquela proposta para mim, de dormirmos juntos e eu viver minhas fantasias sexuais, achei que eu estaria livre. Achei, na verdade, que isso era liberdade — Nicki contou, mas em um tom suave e tranquilo. Dei a mão para ela e entrelaçamos os dedos. Verónica suspirou fundo e continuou a falar, ainda olhando para a árvore, além de mim. — Você sabe que nunca me apaixonei. Achei que meu coração não era capaz de sentir algo profundo, tudo o que eu queria era viver noites intensas e memoráveis. Achava que era *isso* o que eu precisava. Dormir com várias pessoas, entregar meu corpo para quem nunca poderia esperar mais de mim do que um orgasmo. E por um tempo isso foi me nutrindo, tivemos poucas experiências, mas todas foram significativas. Eu provei um pouco de tudo, bem, menos orgia e sexo com três homens. Essa última você ficou me devendo.

Eu queria sorrir, mas não conseguia. Nicki estava colocando um ponto-final em nós.

Ela me olhou e sorriu, com lágrimas nos olhos.

— Não posso mais continuar com o nosso acordo, Rhuan. — Ela riu e secou um par de lágrimas que caíram. Senti meu coração bater tão forte, e tive que me concentrar para ouvi-la. — Porque a pessoa que eu era quando te conheci não existe mais. Ou ainda existe, mas com uma nova perspectiva. O que eu tanto buscava, o que eu achava que precisava conhecer e me sentir viva, era o amor. Era amor o tempo todo. Acho que eu queria me apaixonar. E é por isso que não posso mais dormir com outras pessoas, porque me apaixonei por você.

Dios, mierda. Era essa a conversa importante, era isso o que Nicki estava sentindo. Minha mente foi para os dias anteriores, buscando qualquer sinal que ela tivesse me dado. O fato de não querer transar comigo naquele hotel, apenas conversar. E como ela foi amorosa quando nos deitamos na cama. O colar no meu pescoço. O simbolismo da chave, de que ela estava se entregando apenas para mim. Não era sobre eu encontrar a mim mesmo e a minha capacidade de sentir, era sobre entregar seu coração para mim.

Senti uma súbita vontade estúpida de chorar. Mas não consegui. Fiquei congelado olhando para aquele rosto delicado, aquela *mujer* que conseguiu se apaixonar por um *jodido* como eu.

— Por quê? — Engoli em seco. — Por que eu?

— Por que *não* você? — ela rebateu. — Rhuan, você é amável, carinhoso. Naquela noite no Enigma, você me deixou com um pedaço do seu coração. Você é um homem incrível. E, sinceramente, descobri que não controlamos como nos sentimos. Me apaixonei de uma forma tão sorrateira, que nem compreendi o que era até você me prender naquela cabine de vidro. Eu queria que você me quisesse, que só quisesse a mim, eu queria amar e ser amada, e foi quando entendi que o que eu tanto buscava era a liberdade, sim. A liberdade de ser amada e amar. Mas sobre ser você... por que não seria? Eu dividi todos os meus dias contigo, você cuidou de mim e se preocupou comigo, quebrou a sua regra por mim e me seduziu por acaso. — Fez uma pausa.

— E como você sabe? — Minha voz tremeu.

— Não paro de pensar em você. Quando não está dividindo a cama comigo, eu me toco sonhando com o seu corpo e os seus beijos, o som da sua voz chamando o meu nome. Você aparece nos meus pensamentos antes de eu sequer acordar. Quando pego o celular, vejo se você me enviou uma mensagem antes de checar qualquer outro aplicativo. Me preocupo com a sua saúde, a sua agenda maluca, quero aliviar o seu trabalho, tendo consciência de que você tem dois empregos e eu, apenas um. — Ela sorriu. — Você é a pessoa sem a qual não quero viver sequer um dia.

— Nicki...

Ela cobriu os meus lábios com a ponta dos dedos.

— Eu quero te dizer tudo porque estou sentindo isso, mas entendo que você não está pronto para se relacionar. Por isso, só posso ser a sua sócia agora, e talvez a sua amiga daqui a alguns meses. O que quero que você entenda é que não quero que você me escolha porque te escolhi, eu quero que me queira porque se sente da mesma forma. Caso um dia aconteça. E se não, bem, eu vou lidar com isso depois.

— Posso te responder?

— Não pode. Porque consigo ver o desespero nos seus olhos. Você não está pronto para me dizer qualquer coisa ainda, Rhuan. Eu vou respeitar. Vou viajar agora à noite para a Itália, meu voo é em três horas, e quero muito ver os meus pais, mas, quando eu voltar, podemos ter essa conversa.

— Não.

— Não o quê?

— Eu também sinto coisas por você.

— Rhuan...

Mierda, ela não ia virar as costas assim.

Peguei seu rosto e a beijei, conectando meus lábios ao dela e deixando-a se derreter contra mim. Eu não podia acreditar que ela tinha dito como se sentia, por que pareceu tão difícil dizer de volta? Se eu não tinha medo, era o quê, então? Eu precisava entender. Mas, enquanto isso, precisava beijá-la.

Além da paixão, havia essa necessidade de pertencer a Verónica. Eu queria ser dela, de uma maneira que nunca quis ser de ninguém, e quando sua língua rodou calmamente ao redor da minha, eu soube que Nicki entendia o que minhas palavras não tinham sido capazes de alcançar.

Eu esperava que sim.

Estou apaixonado por você, Verónica.

Mas preciso te mostrar de outra maneira.

Não quando você diz para mim.

Mas quando eu digo sem esperar algo em troca.

O beijo reduziu o ritmo, e ela suspirou contra os meus lábios. Suas mãos estavam no meu rosto e ela me olhou como se todo o seu universo coubesse dentro dos meus olhos. Foi a coisa mais forte que já senti, e quando pensei que teria que me afastar dela por uma semana, fiquei me questionando como Hugo e Victoria foram fortes para manter um relacionamento à distância. Eu não teria forças para isso, mas enfrentaria o que fosse por Verónica.

O amor era sobre isso, não era? Sobre ir além do mundo por alguém?

— Me deixa te levar ao aeroporto.

— Não sei se quero me despedir de você.

Beijei a ponta do seu nariz.

— É só uma semana, *corazón*. Só uma semana.

— Tudo bem, então me leve ao aeroporto.

— Vamos para o hotel pegar suas malas. Mas, Nicki, por favor, e falo sério, me envie mensagens, não me deixe sem notícias.

— Como eu deixaria? Ainda somos sócios.

Eu ri, por mais que meu coração estivesse doendo.

— Você tem razão.

— Esse beijo foi a despedida do nosso acordo sexual. — Nicki piscou para mim. — Agora voltamos oficialmente a sermos somente sócios.

— Somos mais do que isso.

— Somos?

Lancei um olhar para ela.

Carajo, eu não sabia.

Capítulo 29

Onde está esse grande amor
Que eu continuo imaginando?
Whitney Houston feat. Kygo — Higher Love

Nicki

Meus pais fizeram uma festa enorme para me receber, mesmo que eu tivesse decidido essa viagem em cima da hora e soubesse que, para reunir os lados da Espanha e da Itália, levaria mais de uma semana de planejamento. Acontece que grande parte da minha família da Espanha já estava na Itália para o Natal. Então era como um pré-Natal em família, e eu estava me sentindo em casa.

— Filha, você está tão magra.

— Não começa, pai. — Revirei os olhos.

— Coma mais, coma. — Ele me serviu mais macarronada, e eu ri enquanto os observava. Tinha chegado na madrugada e, na hora do almoço, já havia um banquete me esperando, músicas tradicionais tocando, várias pessoas falando ao mesmo tempo, e isso representava muito a minha família. Mesmo sendo filha única, havia todos os meus primos e primas, meus tios e tias, tanto do lado materno quanto paterno. — Como está indo o seu clube sexy?

— Está indo bem. Rhuan é maravilhoso, juntos temos ideias incríveis e...

— Sua mãe me contou que vocês dormiram juntos.

— Don! — minha mãe gritou, mesmo estando ao lado dele. — Para de fofocar!

— Não posso evitar. — Meu pai piscou para mim. — Eu sei que, quando você diz as coisas para ela, sabe que vai cair nos meus ouvidos — sussurrou.

— Eu sei.

— E então?

— Eu me apaixonei — soltei, sabendo que não havia privacidade na minha família. Minha mãe também estava ouvindo. E talvez todos os familiares.

— Óbvio — meu pai disse sucintamente. — E ele?

— Não sei, pai. Quero dizer, acho que ele está apaixonado por mim, mas preciso entender como vamos ficar. Só vamos pensar nisso quando eu voltar para a Espanha.

Meu pai encheu meu prato de macarrão e colocou o molho. Quando se sentou à minha frente, suspirou fundo e minha mãe também me observou.

— Ela fez a massa da nossa família para ele. Eu soube que Nicki estava se apaixonando naquele momento — mamãe garantiu.

— Eu não estava apaixonada por ele naquela época. Eu estava um pouco encantada, mas não apaixonada.

— Quando você se apaixonou?

Como você conta para os seus pais que soube que estava apaixonada no momento em que transou em público com o cara?

— Foi pouco a pouco, pai.

— Como tudo nessa vida. Mas vocês dois vão achar um momento para viver esse relacionamento, se tiver que ser. Sabe, sua mãe e eu olhamos as redes sociais de Rhuan. Ele é muito bonito, filha.

— Ele é mesmo muito lindo, Nicki. — Mamãe sorriu. — Quem não se apaixonaria por um homem como esse?

— Não é só a aparência, é tudo o que ele é. Rhuan tem coração, tem alma, mas ele foi muito ferido no passado. Quero que ele encontre o caminho para dentro de si mesmo, para que assim possa me encontrar quando e se for o momento certo. Não cobro nada dele, nada além da nossa sociedade e do nosso acordo, mas se um dia tivermos que ser algo um do outro, além de sócios, eu não vou negar. Sei que com ele fui feliz de uma forma que nunca fui com outro. Estou apaixonada, estou morrendo de saudade dele e só faz doze horas que nos vimos, mas parece uma eternidade. — Fiz uma pausa. Todos da família estavam me olhando, a mesa completamente lotada. Até as crianças pararam de chorar e olhavam para mim. — Me desculpem.

— Ela está apaixonada — meu pai disse em voz alta e todos voltaram a comer. — Filha, eu entendo. Disse tudo para ele?

— Disse, e agora preciso de espaço para organizar minhas emoções.

— É, eu acho que sim — mamãe falou.

Nós almoçamos, e ouvi sobre a vida de todos os meus familiares e as últimas novidades, inclusive o fato de Rafael ter vindo para a Itália com Selena para visitar sua família e curtir a espera do bebê. Mas a saudade de Rhuan era tão insuportável que não consegui comer nem metade do que meu pai colocou no prato. Ver a mesa da minha família, o lado espanhol e italiano, comunicando-se em dois idiomas, me fez lembrar de como eu falava em espanhol com Rhuan, e como ele me deu dois apelidos, sabendo que havia dois lados de quem eu era.

Cazzo, tudo me lembrava ele.

Por que ninguém me avisou que estar apaixonada era insuportável?

Fui passear de bicicleta pelas ruas de paralelepípedo de Florença completamente sozinha. O sol parecia quase tímido, estava frio, mas eu precisava me exercitar, e foi quando estava pedalando que vi Rafael a certa distância. Ele estava sozinho, com uma sacola de pães na mão, usando óculos escuros. Seu cabelo loiro como o meu brilhava sob o sol.

Abri um sorriso genuíno e parei a bicicleta. Eu não sabia que sentia falta do meu melhor amigo até abraçá-lo.

— Rafa!

— Nicki! — Ele me apertou com o mesmo entusiasmo. — Minha mãe me avisou que você viria, porque, você sabe, nossas famílias se falam. Mas não esperava te encontrar ao acaso. Como está?

— Não! *Como você está?* Cadê a Selena?

— Deitada no sofá sendo mimada pela minha mãe. Acredite, ela está bem. — Ele sorriu e tirou os óculos, e seus olhos azuis cintilaram para mim. — Tem tempo para um café?

— Só se você pedalar. Minhas pernas estão me matando.

— Ok. — Ele riu e pegou a bicicleta. Ele montou primeiro e eu me sentei entre o guidão e o banco, me sentindo de volta uma adolescente que fazia peripécias com o melhor amigo. — Caramba, você está pesada.

— Cala a boca e pedala.

Rindo, Rafael nos levou até a cafeteria mais próxima. Nos sentamos e pedimos um cappuccino para cada. Meu melhor amigo não parava de sorrir, e eu também. Era tão bom vê-lo. Depois de tantos anos juntos, deveríamos ter tido mais contato. Nos ligávamos de vez em quando, mas a vida muda, e o nosso casamento sempre seria um peso para Selena, por mais que nunca tivéssemos dito em voz alta. Todo mundo sabe que é complexo ser amigo da ex, e eu não queria passar qualquer impressão de que tinha alguma intenção com o Rafael, além da amizade.

— Me conta tudo — Rafa pediu. — Vamos, como está o seu relacionamento com o Rhuan?

Fiz um breve resumo para Rafael, e ele me ouviu com atenção. Nas partes mais emocionantes, Rafael deu risada, e fiquei surpresa com sua reação.

— Por que você está rindo?

— Desculpe, nunca achei que veria você se apaixonando por alguém, mas Rhuan é perfeito para você. — Ele respirou fundo. — Rhuan também está apaixonado. Eu o conheço há muito tempo, nunca o vi quebrar aquela maldita regra por nenhuma mulher. Talvez ele já estivesse apaixonado antes de vocês combinarem esse acordo.

— Não, ele foi muito machucado — contrapus.

— A história com a Lola?

— Como sabe? — Franzi a testa, surpresa.

— Ele me contou em um dia que bebeu demais. Provavelmente nem se lembra disso.

— Rhuan se apaixonou, Rafa. Ele sofreu demais. Não espero dele um relacionamento...

— Você não conhece os De La Vega, né? — Rafael sorriu.

— Conheci vendo fotos no Instagram e fazendo uma pequena videochamada.

— A família de Rhuan nasceu para viver uma paixão intensa. Todos são assim. Eles correm, correm, mas então param em algum lugar que querem estar para sempre. — Rafa se recostou. — Se conheço Rhuan, assim que você voltar, as coisas vão ser diferentes do que você pensa. Como estão as suas expectativas?

— Continuar a sociedade? — Deveria ser uma resposta, mas soou como uma pergunta.

Rafael riu.

— Ah, Nicki. Você realmente nunca viu um homem apaixonado. Um De La Vega apaixonado? Eles são capazes de fazer o mundo girar ao contrário por suas mulheres.

— Eu não sou dele.

— Você é, só não sabe disso ainda.

— Não me dê esperanças — sussurrei, segurando um sorriso.

Rafa puxou a cadeira para o meu lado e passou o braço ao redor do meu ombro. Deitei a cabeça no seu peito e inspirei o cheiro familiar do seu perfume. Ficamos um longo tempo assim, sem mexer em nossos cappuccinos, sem trocarmos uma palavra, até que Rafael suspirasse fundo.

— Aquela vida que tivemos juntos foi especial, mas foi a coisa mais sem sentido do mundo, Nicki. Nós dividimos a casa como um casal de amigos, não um casal de amantes. Há relacionamentos que são feitos para seguirem caminhos separados, independente de quanto tempo você está com a pessoa, se construiu uma família ou não. Mas esse não é o seu caso com Rhuan. Isso está longe de acabar, porque está só começando. — Ele fez carinho no meu braço. — Eu sempre quis para nós dois uma paixão que arrancasse a gente do chão, que fôssemos tão alto que até o ar ficasse rarefeito. Eu queria que você amasse, mas especialmente que fosse capaz de ser amada como merece. O seu relacionamento com Rhuan é assim, talvez ele leve alguns dias ou algumas semanas para se dar conta, mas a sua coragem em ter dito foi linda, Nicki. Espero que saiba o quanto torço por vocês.

Ele me deu um beijo no meio da testa e se afastou.

— Não pense que o pior vai acontecer, pense que o melhor já está acontecendo. — Ele apontou com o indicador para o meu coração. — Bem aí.

— Você é um anjo, Rafa.

— Temi muito minha paixão pela Selena. Tive medo de te machucar, mesmo sabendo que entre nós dois não havia amor. Não esse amor apaixonado. — Seus olhos cintilaram para mim. — Mas quando falei, você me acolheu, foi a minha amiga, e não a minha esposa. Simplesmente tem um diamante batendo e pulsando dentro de você. Se eu vejo isso, tenho certeza de que Rhuan consegue ver também.

— Como você descobriu que estava apaixonado pela Selena?

— Quando a vi sob a luz da manhã. — Ele balançou a cabeça. — Parece ridículo, mas foi quando percebi que queria todas as manhãs ao lado dela.

— Eu quero todas as manhãs com o Rhuan, Rafa.

Ele ficou sério e umedeceu os lábios.

— Se ele for o homem certo para você, não vai te oferecer o mínimo que merece. Ele vai te dar tudo. Eu sei disso, Nicki. Falta apenas você perceber isso também.

Eu queria ter o otimismo de Rafael, mas Rhuan, apesar de ter me pedido para enviar mensagens, estava me respondendo de forma fria e imparcial. Eu sabia que havia muitas coisas para lidar assim que voltasse, o Enigma e a sua profissão, mas também sabia que haveria coisas para Rhuan pensar, coisas sobre nós dois.

E nos vimos ontem. Não era como se ele tivesse tido tempo o suficiente para processar.

— Eu acredito em você.

— Que bom, Nicki. — Rafa sorriu. — Você vai ver que estou certo.

— Por que você é tão incrível?

— Eu sou o melhor ex-marido do mundo.

Ri e o abracei.

— Você é mesmo. Obrigada.

Rafa me apertou com carinho.

— Vou te levar para casa. Na bicicleta. E espero não quebrar nossas pernas.

Capítulo 30

Estou obcecado
Por como você ama as coisas
Que odeio em mim mesmo.
Cliton Kane — I Guess I'm In Love

Rhuan

— Uísque sem gelo e duplo? — Andrés perguntou. — Dois dias sem ela e você está *jodido* assim?

— É a primeira dose. — Prendi o ar. — Está difícil, *hermano*.

O Enigma estava no auge, as pessoas estavam se divertindo, uma música sexy tocava e Andrés veio me visitar. Ele sabia tudo o que tinha acontecido, todos os meus primos sabiam, e eu nem tinha conseguido conversar direito com eles.

Eu só precisava beber, porque a saudade de Nicki era uma merda.

Eu não sabia que sentir falta de alguém era assim, nunca nada foi assim. Nada parecia fazer sentido sem ela. O Enigma não fazia sentido sem ela, a minha cacatua aprendeu a falar *stronzo* e não parava de dizer isso no meu ouvido, até o meu gerente sentia falta de Verónica.

Parecia tão dramático, eu sabia, mas doía como se mil espadas tivessem atravessado o meu corpo.

Ao mesmo tempo.

— Por que você não diz para a Nicki o que sente?

— Existe uma diferença entre amar alguém e querer ter um relacionamento com essa pessoa. Tudo o que pensei quando vi Nicki ir embora era que eu não queria deixá-la ir. Mas sei que para tomar uma decisão como essa, é preciso tempo. Então, eu tive que deixá-la se resolver, enquanto eu me resolvia aqui. Tive que pensar com calma, e dar um passo de cada vez, mas agora me sinto pronto. — Fiz uma pausa. — Ela me pediu para esperar.

— Você vai aguentar esperar?

— Não — respondi, sincero.

Andrés riu.

— *Ay, ay.* — Balançou a cabeça. — Essa luta toda é pelo quê? Do que você tem medo?

— Eu não tenho medo, agora sei o que quero.

— Sabe? — Andrés pareceu surpreso. — O que você quer, *hermano*?

— Não posso passar um dia sem ela sem que meu mundo colapse. Estou apaixonado, mas não se trata só disso. Percebi que tudo sobre mim e Nicki, desde o começo, desde quando começamos a trabalhar juntos, o tempo que dedicamos um ao outro, os momentos que dividimos... tudo isso já era um relacionamento.

— Nós te falamos isso faz tempo, Rhuan.

Olhei para Andrés.

— Mas eu quero mais.

— Mais. — Andrés coçou a barba por fazer no maxilar. — Qual o plano?

— Eu vou para a Itália.

— Rhuan, calma. Você vai para a Itália fazer o quê?

— Garantir que Nicki seja minha. — Sorri.

— Então por que você está bebendo e depressivo?

— Não consigo achar uma passagem tão em cima da hora.

— Quer que eu fale com Vick e Laura?

— Nem pensei nelas. *Mierda*, não pensei em nada.

— Fica calmo, Rhuan. Nada se resolve assim. — Andrés parou por um segundo. — Você vai chegar lá e fazer o quê?

Achei que Andrés me recriminaria quando ouvisse meus planos, mas meu *hermano* me escutou de coração aberto. Perguntou o que eu tinha feito até agora e se disponibilizou a ir comigo em todos os lugares que eu precisasse.

Andrés me surpreendeu.

Quando pensei que me zoaria, quando pensei que diria que eu estava sendo irresponsável.

Tudo o que ele me mostrou foi apoio.

Natalia não fazia ideia do quanto tinha cuidado do coração do meu primo, *mierda*.

— Então vamos — Andrés falou. — Vou ligar para Laura e Victoria. Você fala com Hugo, Diego e Esteban?

— Perfeito.

Tomar essa decisão não me custou muito tempo. Quando estava no avião da Grécia de volta à Espanha, com o assento de Verónica ao meu lado vazio e o seu colar pesando mais de mil toneladas no meu peito, eu soube que não podia viver essa jornada sem que ela estivesse de mãos dadas comigo. Não me apaixonei por Verónica à primeira vista, me apaixonei aos poucos, e sentir o seu corpo não foi fator determinante, foi sentir quem ela era.

Eu não podia viver mais um segundo sem a Nicki.

Se isso me tornaria o último romântico dos De La Vega, *puta madre*, que seja.

Eu só queria que aquela *mujer* fosse só minha.

De agora até o fim dos tempos.

Capítulo 31

Eu fui feito para te amar
Eu fui colocado na Terra para isso.
Drew Angus — Made To Love You

Nicki

A Piazza della Signoria era um dos meus lugares favoritos em Florença, porque concentrava tudo em apenas um lugar. Eu sempre comprava tantas coisas e mesmo sendo no final da tarde, ainda estava lotado de turistas, mesmo estando tão frio. Eu fui com meus pais e tínhamos planejado visitar antes de eu ir embora, para comprar presentes para os meus amigos.

Amava a companhia da minha família, mas sentia falta de Rhuan. Uma saudade inexplicável. Decidi que não passaria o Natal na Itália, mas em Madrid. Queria visitar minhas amigas e ter uma passagem de ano tranquila.

É, meu coração estava partido.

Falei com Rhuan por mensagens, mas ele parecia sempre ocupado e distante. Estava esperando que, quando eu retornasse, as coisas entre nós não ficassem como Rafael previra, mas sim um desconforto sem fim.

Assisti a um vídeo de Rhuan dizendo que nosso cérebro entende a dor de um coração partido como se fosse uma dor física, uma dor real. Como quando quebramos o braço e precisamos de gesso. O cérebro comunica que aquela dor *existe*. Ele até brincou dizendo que tomar paracetamol, cientificamente, alivia o desconforto do coração partido.

Parei de assisti-lo porque ouvir os conselhos do homem que de forma não intencional havia quebrado meu coração não me ajudaria a curá-lo.

Mas a história do paracetamol era mesmo verdadeira.

— Filha, você parece tão cabisbaixa. — Minha mãe notou. — Quer ir naquele restaurante que você adora mais tarde?

— Seria maravilhoso — concordei.

Minha mãe sorriu e me abraçou de um lado, enquanto meu pai me abraçava do outro. Estávamos caminhando tranquilamente pela área central de Florença quando ouvi o som de um helicóptero sobrevoando. Era natural os turistas ricos da cidade fazerem um tour e passarem por lugares como Parco delle Cascine, Arno River, Ponte Vecchio, Duomo, Piazza della Signoria, entre outros. Então não era incomum. Só era *incomum* o fato de que o helicóptero parecia desejar continuar sobrevoando ali, como se quisesse pousar.

— Não podem pousar aqui, certo? — perguntei ao meu pai.

— Não — respondeu. — Há muitas pessoas na praça. O helicóptero está voando baixo, não acha?

— Que estranho — minha mãe adicionou.

Algo estava errado. O helicóptero parou bem acima das nossas cabeças, mesmo que não houvesse um problema visível, parecia que alguma coisa estava prestes a acontecer. Percebi isso porque, do nada, uma equipe de cinegrafistas com câmeras e microfones gigantes surgiu. Pisquei centenas de vezes, perguntando-me se isso era para alguma cena de filme. Todas as pessoas da *piazza* pararam de andar e apenas olharam para cima, animadas e curiosas.

Olhei mais uma vez para cima e, quando dei por mim, pequenas pétalas começaram a cair do helicóptero. Pétalas cor-de-rosa, que não eram de rosas, mas sim...

— São peônias, Nicki!

Estendi a mão e, como se fosse neve, uma pétala caiu delicadamente na minha palma.

Não sei por qual motivo, mas ver peônias caindo do céu despertou algo tão grandioso em mim. Meu coração ficou cheio de novo, meus olhos marejaram, e quando vi uma escada caindo até o chão da praça, toda a *piazza* murmurou algumas palavras em surpresa.

Meus pais se afastaram de mim, como se quisessem me dar espaço, mas meu coração estava batendo tão forte, e eu entendia o porquê. Um homem, sem equipamento algum além de coragem, vestido com um terno preto elegante, começou a descer degrau por degrau.

Espera, eu conheço essa bunda.

Ele era tão familiar que prendi a respiração.

Fiquei tão hipnotizada observando-o, ignorando os murmúrios de surpresa ao meu redor, que me desliguei do mundo e me concentrei apenas nele. Como na primeira vez em que o vi, que não pude ter certeza se era ou não ele, mas era como se o meu coração o reconhecesse em qualquer lugar, vestido de qualquer maneira.

Com um smoking elegante e caro.

Seu rosto finalmente se virou para mim, faltando poucos degraus para descer. Rhuan deu um salto curto e ficou de pé, de frente para mim. Ignorei as câmeras, as pessoas, os meus pais. Olhei para Rhuan sem acreditar no que estava acontecendo, e sutilmente me belisquei.

Quando doeu, eu tive certeza de que ele estava ali.

Rhuan estava com um sorriso tão brilhante e lindo, seu olhar parecia o mais sincero e livre. Era como se finalmente eu estivesse vendo quem ele era. De verdade. Sua alma por inteiro, seu coração e sua personalidade. Sem as ressalvas de alguém que temia se machucar, Rhuan De La Vega apenas sendo o meu Rhuan.

Meu coração estava batendo tão alto quanto as hélices do helicóptero, eu podia senti-lo nos meus tímpanos e na minha garganta. A Verónica de meses atrás estaria encontrando uma maneira de fugir. A Verónica de agora só queria se refugiar em seus braços.

E foi o que fiz.

Corri até que Rhuan me pegasse no ar. Ele me girou e me girou, e comecei a rir enquanto ele me apertava e ria comigo, como dois bobos. Mas eu não me importava. No fundo da minha mente, as palavras de Rafael voltaram, lembrando-me de que o amor de um De La Vega era para sempre e, quando eles se apaixonavam, era de verdade e faziam o mundo girar ao contrário por você.

— O que é isso? — perguntei, ofegante, enquanto o helicóptero recolhia a escada e partia, já tendo feito seu trabalho. — Você se entregou para mim em um táxi aéreo?

— Quase isso. — Ele segurou minhas bochechas. Apesar do frio, Rhuan estava com a testa molhada de suor, seus olhos cheios de adrenalina. Eu podia jurar que o seu coração estava batendo tão forte quanto o meu. — Isso não foi obra da minha mãe, embora pareça.

Gargalhei forte, e as pessoas formaram um círculo ao nosso redor.

— Não precisava desse gesto para dizer que está apaixonado por mim, Rhuan!

— O último dos românticos, certo? — ele brincou, sorrindo largamente. — Mas não é para me declarar que estou fazendo isso. É algo mais forte, Nicki. É a certeza de que você terá o meu coração pelo resto dos seus dias, se me permitir.

Ele me deu um suave beijo nos lábios e, em meio segundo, ajoelhou-se aos meus pés.

— Nicki. — Ele pegou uma caixinha do bolso. Uma caixa azul da Tiffany.

Calma.

Espera.

Calma, calma, calma.

Isso estava acontecendo?

Minha cabeça ficou nas nuvens, e quando Rhuan abriu a pequena caixa, revelando uma aliança incrustada de diamantes, com uma pedra em formato de coração, verde da cor dos seus olhos, eu percebi que era muito real, sim.

Levei as mãos aos lábios, abafando um grito que eu sabia que soltei, mesmo tentando conter. As lágrimas desceram, mas elas não eram importantes. O meu mundo tinha mais de 1,80 m de altura. E estava abaixado aos meus pés como se eu fosse o seu mundo inteiro também.

— Eu estou aqui, humildemente diante de você, para implorar que esqueça todas as *mierdas* que eu já disse sobre relacionamentos afetivos.

Ri e chorei ao mesmo tempo.

— Passei a vida inteira dizendo que eu não era o cara de grandes gestos de amor. Disse que romantismo era a maior balela do século e fruto do capitalismo. Ri dos meus primos quando eles se comprometeram. Ri de mim mesmo quando descobri que estava apaixonado por você. — Rhuan ficou sério. — Mas estou aqui, agora, quebrando a promessa de que não iria me casar, porque foi você quem fez o soneto, gravado na minha pele, ser verdadeiro. Era por você que eu estava esperando todo esse tempo. O amor dos poetas, das obras de arte e também todo o amor que existe dentro de mim, sim, se explica. Ainda assim, nem um helicóptero, nem as pétalas de peônias, nem mesmo esse anel chegam perto do que eu sinto por você. Nada vai conseguir te provar que quero passar o resto da minha vida sendo o seu homem, mas espero que o meu coração, batendo no ritmo do seu, seja o suficiente. Espero que me ter por toda a vida seja o suficiente.

— Rhuan... — Solucei.

— Não espero que você esteja na mesma página que eu, não espero que queira se casar amanhã. Vou esperar cinco ou dez anos. Cinquenta, se assim preferir. Mas você será minha noiva por todo o tempo que se permitir. E minha mulher, quando estiver pronta para assinar o papel e ter o meu sobrenome. Não vou apressar as coisas, mas dizer que eu te amava não era o bastante. Dizer que vou te amar para sempre também não é. Mas, por favor, Verónica. *Corazón*. *Dolcezza*. Eu te amo. Diz sim para mim. Diz sim para um futuro cheio de tudo o que importa: nós.

Senti o tempo parar.

Era como naqueles momentos em que você está assistindo a um filme impactante, e aperta o pause para processar o que aconteceu. Mesmo que o tempo não tenha parado, eu me sentia congelada, enquanto as lágrimas desciam pelas minhas bochechas, porque tudo o que eu mais queria era viver na eternidade daquele milésimo de segundo em que eu ouvia Rhuan dizer que me amava.

Me aproximei dele e fiquei de joelhos à sua frente, segurei seu rosto e o beijei. Rhuan ainda estava com a caixinha, mas meus lábios tinham se conectado aos dele e as coisas pareceram fluir como se estivessem em seu devido lugar. Meu coração bateu com tanta força que Rhuan sorriu nos meus lábios e deslizou a língua para dentro da minha boca, puxando-me para ele, enquanto os aplausos começavam. Não sei quanto tempo o beijo durou, eu estava perdida na sua boca e pela surpresa, nas suas palavras e naquele pedido, mas, quando me afastei, a primeira coisa que eu disse foi o que o meu coração estava gritando.

— Eu te amo, Rhuan De La Vega. — Sorri contra a sua boca. — Eu quero me casar com você.

— Isso é um sim, certo? Eu nunca fiz isso. — Ele riu. — Diga sim.

— Sim! — Ri. — Por favor, eu quero ser a sua esposa e te amar todos os dias, sem nunca ferir o seu coração. Eu prometo. — Parei e o observei. — Você está seguro comigo.

Seus olhos cintilaram.

— Eu sei disso. — Fez uma pausa. — *Dios*, eu sei disso agora. Me desculpe ter levado tanto tempo, Verónica.

— Eu faria tudo de novo, desde que o nosso final fosse esse, *bello*.

Os aplausos ficaram mais altos e voltamos a nos beijar. Rhuan apenas parou por um segundo para colocar o anel no meu dedo que, segundo ele, tinha conseguido graças a um anel que eu havia esquecido na mesa do escritório. Em um instante, paramos, e Rhuan finalmente pôde conhecer os meus pais. Ele brincou e disse, atrapalhando-se no italiano, mas falando em um espanhol que minha mãe entendia perfeitamente, que foi grato por toda a ajuda que meus pais ofereceram, e meus pais, por sua vez, disseram que estavam felizes e confiavam no homem para quem entreguei meu coração.

— Espera, vocês sabiam disso o tempo todo? — perguntei, surpresa.

— É claro, filha. Rhuan nos ligou e nos contou tudo.

— Eu tive que falar com a agência de viagens das minhas cunhadas de coração, Victoria e Laura, que se dedicaram para conseguir uma passagem, o helicóptero, as flores. Tudo isso em cima da hora. Comprei a aliança com Andrés e Esteban. Diego e Hugo opinaram em uma chamada de vídeo. — Rhuan sorriu.

— Quer dizer que você pensou em tudo isso sozinho, sem a ajuda de Hilda?

— Sim. — Rhuan piscou para mim. — Minha mãe vai morrer quando vir as filmagens. — Ele olhou para a câmera. — Viu, mãe? Sou seu filho. Não fui trocado no hospital.

Nós todos rimos e, quando a risada parou, Rhuan continuou a conversar com os meus pais, seus dedos entrelaçados aos meus.

Um pequeno detalhe, que poderia ser pequeno se não significasse tudo, é que, quando demos as mãos, percebi que Rhuan já estava com a aliança de noivado no dedo dele, acreditando que eu diria sim para um futuro com ele.

Essa era a maior prova do quanto ele estava certo de que isso entre nós era para sempre.

Não éramos apenas sócios, seríamos marido e mulher.

Seríamos para sempre um do outro.

A maior felicidade do mundo e tudo o que busquei, eu encontrei em uma só pessoa.

E esse homem era Rhuan De La Vega.

— Para sempre nós dois, *corazón* — sussurrou no meu ouvido.

Beijei seus lábios.

— Mal posso esperar para provar o sabor da eternidade com você.

Epílogo

Eu vejo a entrada para mil igrejas
Nos seus olhos.
Peter Gabriel — In Your Eyes

Grupo das mães De La Vega

Hilda: *Precisamos fazer alguma coisa. Não aguento mais. Já se passaram anos. Por que ninguém fala do casamento do meu filho? Eles nem planejaram! ELES NÃO PLANEJARAM NADA! Bebês estão nascendo! Eu vou ficar maluca e ter um infarto!!!!*

Marifer: *Calma, Hilda. É claro que precisamos fazer algo. Elisa e Laura tiveram lindas garotinhas. Victoria, Natalia e Verónica tiveram meninos tão doces! Eu nem acredito que a Natalia me deu esse presente. Mas ainda assim, falta O CASAMENTO!!!!!!!*

Hilda: *Esse casamento de Rhuan e Verónica… olha há quanto tempo aconteceu esse pedido! Não preciso nem comentar do Esteban, que garante para a toda família que será para sempre o noivo da Laura, né?*

Maribel: *Meu filho não tem jeito! Isso é ridículo. Elas já deveriam ter o sobrenome De La Vega a essa altura. Elas são mães De La Vega! Ai, a tia-avó Angelita deve estar se revirando no túmulo.*

Hilda: *Vou rezar um salmo para ela. Que Dios tenha piedade da alma da nossa cara Angelita.*

Marifer: *Mas todas elas ficaram grávidas ao mesmo tempo. Não sei o que aconteceu. Quer dizer, os De La Vega aconteceram. O pedido de Rhuan não deveria significar que aquela promessa de não se casar caiu por terra?*

Hilda: *É claro que a promessa acabou. Todos eles estão apaixonados e são pais! Rhuan disse uma besteira de que só vai se casar daqui a uma década, mas eu acho que podemos fazer algo a respeito. Precisamos agir!!!!!*

Maribel: *Esperamos tempo demais. Andrés está acomodado só morando com a Natalia.*

Marifer: *Esteban está feliz sendo noivo para sempre da Laura.*

Hilda: *Rhuan é outro noivo para sempre.*

Maribel: *Eles precisam amadurecer.*

Marifer: *Fale com Victoria e Elisa. Elas têm juízo. Vão saber o que fazer.*

Hilda: *Eu mesma vou resolver isso.*

Maribel: *Como?*

Marifer: *Eles precisam se casar. Precisam da cerimônia.*

Hilda: *Eu sei, eu vou resolver. Calma. Tudo ao seu tempo. Mas não vou ficar de braços cruzados.*

Marifer: *Como se resolve uma coisa dessas?*

Hilda: *Vou precisar de todas as economias da família De La Vega. Me deem mais um ano ou dois. Não vou morrer antes de ver os nossos meninos casados.*

Marifer: *Ay, Hilda. Quando você fala assim…*

Hilda: *Queremos ou não que eles se casem?*

Maribel: *É claro que queremos.*

Hilda: *Quebrem os porquinhos e venham para a minha casa. Vou planejar algo inesquecível!*

Continua em...

Agradecimentos

Quero começar agradecendo a você que leu *Seduzido por Acaso* e se apaixonou por Rhuan e Nicki. Essa história seria impossível sem o apoio incondicional dos meus leitores, blogueiros e parceiros. Sem todo o carinho que tenho recebido de vocês, não estaria aqui. Obrigada por me permitirem continuar sonhando. Às minhas Santinhas, que são tão parceiras, e mergulham mesmo com medo do que vou aprontar. Espero que a liberdade de Rhuan e Nicki inspire vocês.

Verônica e Ingrid, minhas cúmplices de crime, que tornei imortais na série De La Vega como Laura Ingrid Hawthorn e Verónica Castelli! Agora vocês são eternas, assim como o meu amor por vocês.

Editora Charme, obrigada por publicar sonhos e por valorizar o trabalho de todos os autores, equipes, blogueiros e parceiros. Vocês sabem o quanto esse mundo literário é difícil, mas saber que tenho a melhor casa editorial do mundo faz a minha vida ser muito mais doce.

Mamãe e irmã, obrigada por serem o meu exemplo diário e a minha força. Eu amo vocês além do que poderia descrever aqui.

Patrícia, Isabelle e Bruna. Meninas, obrigada por me ajudarem com personagens tão desafiadores. Pedro, amigo querido, obrigada por me aguentar nos dias complicados. Sei que sou uma amiga difícil e vivo quase isolada da sociedade, mas também sei que posso contar com você para tudo.

Matthew, deixei um parágrafo só para você, porque essa série não teria sido iniciada e/ou concluída sem a faísca criativa que você fez nascer em mim. Não há palavras para descrever tudo o que você representa, você tem a alma dos De La Vega e sempre terá. Coloquei um pouco de tudo o que aprendi com você em cada um deles. Andrés tem a sua profissão; Esteban, o seu senso de humor; e o clube de Rhuan foi inspirado na série *Sex Coach/Sex Therapist*. Então, obrigada por continuar segurando a minha mão e ouvindo sobre os meus personagens, agregando conhecimento à minha vida e também aquecendo o meu coração. Obrigada por ser o melhor parceiro nesse mundo criativo! Não poderia ser outra pessoa. Sou muito mais feliz desde que os De La Vega me apresentaram a você.

Nos vemos no próximo sonho?

Com amor,

Aline Sant' Ana

Editora Charme

Entre em nosso site e viaje no nosso mundo literário.
Lá você vai encontrar todos os nossos
títulos, autores, lançamentos e novidades.
Acesse www.editoracharme.com.br

Você pode adquirir os nossos livros na loja virtual:
loja.editoracharme.com.br

Além do site, você pode nos encontrar em nossas redes sociais.

https://www.facebook.com/editoracharme

https://twitter.com/editoracharme

http://instagram.com/editoracharme

@editoracharme